BÄCHLE, GÄSSLE, TODESSTOSS

Ute Wehrle ist gebürtige Freiburgerin und studierte Touristik-Betriebswirtschaft in Heilbronn. Sie arbeitet als freie Autorin und Journalistin.

Dieses Buch ist ein Roman. Handlungen und Personen sind frei erfunden. Ähnlichkeiten mit lebenden oder toten Personen sind nicht gewollt und rein zufällig.

UTE WEHRLE

BÄCHLE, GÄSSLE, TODESSTOSS

Der Badische Krimi

emons:

 Lust auf mehr? Laden Sie sich die »LChoice«-App runter, scannen Sie den QR-Code und bestellen Sie weitere Bücher direkt in Ihrer Buchhandlung.

Bibliografische Information der Deutschen Nationalbibliothek
Die Deutsche Nationalbibliothek verzeichnet diese Publikation in der Deutschen Nationalbibliografie; detaillierte bibliografische Daten sind im Internet über http://dnb.d-nb.de abrufbar.

© Emons Verlag GmbH
Alle Rechte vorbehalten
Umschlagmotiv: mauritius images/Dorling Kindersley Ltd./Alamy
Umschlaggestaltung: Nina Schäfer, nach einem Konzept
von Leonardo Magrelli und Nina Schäfer
Gestaltung Innenteil: César Satz & Grafik GmbH, Köln
Lektorat: Susanne Bartel
Druck und Bindung: CPI – Clausen & Bosse, Leck
Printed in Germany 2019
ISBN 978-3-7408-0692-7
Der Badische Krimi
Originalausgabe

Unser Newsletter informiert Sie
regelmäßig über Neues von emons:
Kostenlos bestellen unter
www.emons-verlag.de

Man sollte nie etwas tun,
worüber man nicht nach dem Essen plaudern kann.

Oscar Wilde

1

Kein Wölkchen am Himmel, nur strahlendes Blau. Ein lauer Sommerabend wie aus dem Bilderbuch. Entspannt lag ich unter einem gelben Sonnenschirm im Vorgarten und döste vor mich hin.

»Hallo, Romeo. Da hast du dir ja ein nettes Plätzchen gesucht.« Die graue Maus vom dritten Stock fühlte sich bemüßigt, mich aus meinem Halbschlaf zu reißen. Ich schenkte ihr einen vielsagenden Blick aus halb geschlossenen Augen, der sie selig lächeln ließ. Kein Wunder, die arme Frau erfuhr nicht gerade allzu viel Beachtung. Ihr Mann war ständig auf Achse, um Ärzte zu überreden, ihren Patienten Antidepressiva zu verschreiben, die seine Firma herstellte. Schätzungsweise war seine eigene Ehefrau die beste Kundin von dem Zeug, so nachlässig, wie er sie behandelte. Vielleicht sollte ihr mal jemand den Tipp geben, sich aufs Sofa der Psychologin zu legen, die ein Stockwerk tiefer ihr Geld damit verdiente, sich die Nöte ihrer Mitmenschen anzuhören. Manchmal tat ich das übrigens auch – mit dem kleinen Unterschied, dass ich nicht dafür bezahlt wurde.

Mit mir und der Welt im Einklang schlief ich endgültig ein, bis mich ein donnerndes Geräusch hochschrecken ließ. Natürlich, wer sonst? Der kleine Rotzlöffel vom Nachbarhaus düste mit Karacho auf seinem Skateboard die Straße hinunter. Geistig unterbelichtet, wie er nun einmal war, war er vermutlich erst jetzt mit seinen Hausaufgaben fertig geworden und auf dem Weg ins Schwimmbad, um mit seinesgleichen den Schwimmmeister an den Rand eines Nervenzusammenbruchs zu bringen. Nun, besser den Mann am Beckenrand als mich.

Doch da ich jetzt schon einmal wach war, konnte ich genauso gut auch einen kleinen Streifzug unternehmen. Schließlich musste ich die Gunst der Stunde nutzen, dass sich meine ständig um mich besorgte Mitbewohnerin im Urlaub auf Kreta befand und mich nicht davon abhalten konnte. Zwar wusste ich ihr Verantwortungsgefühl für mich durchaus zu schätzen, aber manchmal war es mir einfach zu viel des Guten, wie sie mich ständig bemutterte. Höchste Zeit also, wenigstens für ein paar Stunden aus meinem behüteten Dasein auszubrechen. Zum Glück hatte ich für heute den täglichen Kontrollbesuch meiner Super-Nannys bereits hinter mich gebracht. Meine Mitbewohnerin, die die zwei Damen aus dem Lachyoga-Kurs kannte, hatte die beiden gebeten, während ihrer Abwesenheit ein Auge auf mich zu werfen. Eine Aufgabe, der sie zu meinem großen Leidwesen nur allzu gern nachkamen.

Leise verließ ich den Garten, um keine unerwünschte Aufmerksamkeit zu erregen. Nicht, dass sich noch die graue Maus an meine Fersen heften würde, anhänglich, wie sie war. Für das, was ich vorhatte, konnte ich kein Publikum brauchen.

Ein paar Meter weiter gelang es mir gerade noch, einem Radfahrer auszuweichen, der mir auf dem Gehweg – wo sonst? – entgegenkam. Ich schlug einen eleganten Haken und begab mich auf die Sternwaldwiese, wo mir der Duft von Grillwürsten entgegenschlug.

Plötzlich entdeckte ich sie: ganz allein, verträumt im Gras sitzend. Blutjung, zierlich und ohne jegliche Lebenserfahrung – genau so, wie ich sie mir vorgestellt hatte. Lautlos pirschte ich mich an sie heran. Die Kleine war so mit sich selbst beschäftigt, dass sie mich nicht einmal bemerkte. Vorsichtig blickte ich mich um, dann holte ich kräftig aus. Mit einem Schlag brach ich ihr ein paar Knochen. Sie stieß einen entsetzten Angstschrei aus. Er klang wie Musik in meinen Ohren.

Mit letzter Kraft versuchte sie, sich wegzuschleppen, doch ich schlug erneut zu. Dieses Mal fester. Blutgeruch stieg mir in die Nase. Ein letztes Röcheln, dann hauchte sie ihre Lebensgeister aus. Ich ließ sie einfach liegen. Sollte sich doch jemand anders um ihr Begräbnis kümmern.

Die lärmende Clique beim Grillplatz hatte noch nicht einmal bemerkt, was sich in ihrer unmittelbaren Nähe abgespielt hatte, da sie immer noch damit beschäftigt war, lauwarme Bierdosen kreisen zu lassen. Vermutlich würde das so lange gehen, bis sich auch der Letzte in der Runde in einem komatösen Zustand befand.

Da ich keine Lust hatte, dem würdelosen Treiben weiter zuzuschauen, beschloss ich, mich auf den Heimweg zu machen.

Während ich vor der Haustür noch nachdachte, was ich weiter mit dem angebrochenen Abend anfangen sollte, näherten sich Schritte, und ich nahm einen intensiven Duft wahr. Ich schnupperte. Wenn mich mein feines Näschen nicht täuschte, handelte es sich eindeutig um Sandelholz. Neugierig wollte ich mich umdrehen, um nachzusehen, wer da so wohlriechend unterwegs war, doch dann geschah etwas, womit ich nun gar nicht gerechnet hatte: Zwei Hände legten sich blitzschnell um meinen Körper und hoben mich in die Höhe.

Ehe ich begriff, was da vor sich ging, geschweige denn mich zur Wehr setzen konnte, landete ich in einer Art Korb, dessen Deckel schleunigst geschlossen wurde. Um mich herum wurde es stockdunkel.

2

Das junge Pärchen, das eng umschlungen auf der breiten Treppe des Theaters saß, sah sich so verliebt in die Augen, dass das Stracciatella-Eis in der Waffel, an dem die beiden abwechselnd schleckten, vor Rührung regelrecht dahinschmolz. Unbeeindruckt von dem jungen Glück drehte sich der vollbärtige Mann zwei Stufen darüber sorgfältig eine Zigarette, um wenig später den Rauch tief in die Lungen zu ziehen. Zu seinen Füßen streckte ein hechelnder Golden Retriever, der seinem Bauchumfang nach eine ausgeprägte Schwäche für Leckerlis hatte, erschöpft alle viere von sich.

Gegenüber, auf dem Platz der Alten Synagoge, testete ein Skater auf dem von der Stadtverwaltung eigens aus Vietnam importierten Basaltpflaster geräuschvoll aus, was sein Brett so alles hergab. Ein weiblicher Teenager mit Zahnspange, der ihn von einer Bank aus beobachtete, klebte verstohlen seinen Kaugummi unter die Sitzfläche. Neben ihr studierte ein Senior intensiv ein gelbes Reclam-Heftchen mit dem spannenden Titel »Lateinische Gedichte deutscher Humanisten«.

Kurzum, es war ein typischer Sommerabend in Freiburg, noch zu früh und zu hell, um die ersten Betrunkenen randalieren zu hören, aber spät genug, dass die meisten bereits in vollen Zügen ihren Feierabend genossen. Nur in der Universitätsbibliothek rauchten noch die Köpfe im Schein der exklusiv designten Schwanenhalslampen.

Wesentlich gelöstere Stimmung herrschte derweil nebenan im Freiburger Theater, wo ein rasantes Verwirrspiel voller Liebe, List und Intrigen im Gang war. Rossinis Oper »Der Barbier von Sevilla« hatte etliche Besucher angelockt, die sich prächtig amüsierten. In der Hauptrolle des kessen Mündels Rosina ließ Nele Otto, eine mollige Blondine mit himmelblauen Puppenaugen, ihr Herz von Graf Almaviva erobern. Doch am heutigen Abend war es Manuel Angelico als Figaro, der in erster Linie die geballte Aufmerksamkeit der Besucherinnen auf sich zog. Der Sänger mit den dunklen Locken und dem Dreitagebart verfügte über eine erotische Ausstrahlung, die bis in die letzten Reihen spürbar war, und sein voller Bariton riss sogar die härtesten Kritiker regelmäßig zu Begeisterungsstürmen hin.

Endlich ein richtiges Mannsbild auf der Bühne, das auch noch singen konnte. Selbst die sonst eher traditionell geprägten Damen aus einem Freiburger Seniorenstift, die zu ihrem großen Bedauern keine Plätze mehr in den vorderen Reihen ergattert hatten, sahen großzügig darüber hinweg, dass die Kulisse der Oper verdächtig an den Katalog eines schwedischen Möbelhauses erinnerte und die Protagonisten ständig an Smartphones herumfummelten. Die Regie am Freiburger Theater ging halt voll mit der Zeit, da konnte man nichts machen. Und an schräge Einfälle war man nun wirklich hinlänglich gewöhnt, seit Intendant Mike Schönberg das Zepter in der Hand hatte.

Deshalb wunderte sich auch niemand, als plötzlich eine quietschlebendige schwarze Katze, dem strammen Körperbau nach ein Kater in den besten Jahren, über die Bühne sauste und elegant ein Klavier umrundete, um wenig später geschmeidig auf ein knallrotes Sofa zu springen. Im Gegenteil: Die Beleseneren unter den Besuchern, so auch die Seniorinnen, brachen in herzliches Gelächter aus. Endlich mal ein geistreicher, geradezu genialer Einfall des Regisseurs. War nicht schon Rossinis Uraufführung durch das unerwartete Erscheinen eines Stubentigers unfreiwillig bereichert worden? Toll, dass man dieses kleine, aber feine historische Detail bei der Produktion berücksichtigt hatte, da nahm man selbst die ästhetisch fragwürdige Kulisse in Kauf. Die Damen spendeten entzückt Szenenapplaus.

Die Reaktion auf der Bühne, auf der Rosina und der Figaro gerade ihr Duett »Dunque io son ... tu non m'inganni?« schmetterten, fiel um einiges zwiespältiger aus. Als der Kater mit seiner Nase ein geblümtes Kissen vom Sofa schubste, begannen Manuel Angelicos Mundwinkel verdächtig zu zucken, und es gelang ihm nur noch mit Müh und Not, den Ton zu halten.

Nele Otto hingegen hätte nicht entsetzter sein können, wäre aus dem Nichts ein leibhaftiger Tiger aufgetaucht. Theatralisch griff sie sich ans Herz, und ihre sonst so glockenhelle Stimme überschlug sich wie die eines Wiener Sängerknaben im Stimmbruch, bevor sie abrupt verstummte.

Auch im Orchestergraben waren die ersten Missklänge zu vernehmen. Der Dirigent ließ ratlos die Arme sinken, die Streicher kamen aus dem Takt, dann gaben auch die Blechbläser auf.

Das Publikum johlte.

Angespornt von der positiven Resonanz im Zuschauerraum zeigte sich der Kater weiterhin wild entschlossen, seinen Auftritt voll auszukosten. Er hüpfte vom Sofa und flitzte direkt auf Nele Otto zu.

»Hau ab, du Mistvieh!«, kreischte die Sängerin, bis eben noch die zarte Unschuld in Person, wenig damenhaft los. Dazu wedelte sie mit den Armen wie eine Windmühle auf Speed. Niesend und hustend flüchtete sie hinter das Klavier, der Kater dicht auf ihren Fersen.

Beim Anblick der aufgelösten Sängerin, die vergeblich versuchte, das Tier zu verscheuchen, brach der Figaro endgültig in haltloses Gelächter aus, ehe er seiner Partnerin zu Hilfe eilte. Er schnappte sich den Kater, verschwand mit ihm hinter der Kulisse und ließ die heulende Nele Otto zurück. An eine Fortsetzung der Oper war nicht mehr zu denken, doch nicht einmal die Damen des Seniorenstifts störten sich daran, dass sich der Vorhang um einiges früher senkte, als von Rossini vorgesehen. Sie konnten sich nicht erinnern, wann sie sich zuletzt so gut im Theater unterhalten hatten. Immer noch lachend, drängelten sie sich an die Sektbar.

Fast alle waren voll des Lobes für die Inszenierung. Bis auf einen Tierfreund, der bis eben noch in der ersten Reihe gesessen hatte und jetzt empört aus dem Gebäude stürmte. So eine Sauerei, eine wehrlose Katze für eine Oper zu missbrauchen. Keine Minute länger würde er sich das ansehen und gleich morgen Anzeige wegen Tierquälerei erstatten.

Er war nicht der Einzige, der von der allgemeinen Heiterkeit unberührt geblieben war. Auch der Intendant der Frankfurter Oper, Sven Kluge, verließ vorzeitig die Vorstellung und machte sich kopfschüttelnd auf den Weg in sein Hotel, wo er gedachte, als Erstes den bereits ausgearbeiteten Anstellungsvertrag in kleine Stücke zu zerreißen, bevor er sich an die Bar setzte.

Nur gut, dass er sich persönlich ein Bild von Nele Otto gemacht hatte. Hübsches Gesicht und passabler Mezzosopran hin oder her, aber an seinem Haus würde sie in der nächsten Saison keinen Ton von sich geben, so viel stand für ihn fest. Unglaublich, wegen einer harmlosen Katze derart die Contenance zu verlieren. Und vor allem völlig unprofessionell. Von seinem Ensemble erwartete er ein besseres Nervenkostüm, schließlich musste es auch seine Launen ertragen. Und davon hatte er reichlich. Behauptete zumindest seine Frau.

Während sich Sven Kluge vom Barkeeper den ersten Manhattan mixen ließ, ging der zweite Akt vom »Barbier von Sevilla« ohne nennenswerte Zwischenfälle zu Ende, sah man gnädig davon ab, dass Nele Ottos Stimme beträchtlich an Wohlklang verloren hatte. Die Besucher, die anschließend aus dem Theater strömten, hatten jedenfalls ihren Spaß gehabt.

»Ich sage es dir zum letzten Mal.« Schneidend durchdrang eine Stunde später eine Stimme den ansonsten verwaisten Theatersaal. »Halt den Mund oder du wirst es bereuen. Von so einer wie dir lasse ich mir mein Leben nicht kaputtmachen.«

»Du hast sie ja nicht mehr alle«, antwortete jemand anders. »Glaubst du allen Ernstes, du könntest mich davon abhalten, zur Polizei zu gehen? Und eines garantiere ich dir: Ich werde nicht die Einzige sein, die –«

Ein lautes, stetig näher kommendes Brummen übertönte den Rest des letzten Satzes. Verursacht wurde es von einem Staubsauger, der von einer Neapolitanerin, die die Vorhut des Putzgeschwaders bildete, schwungvoll durch die leeren Stuhlreihen geschoben wurde.

»Ich habe dich gewarnt.« Eine Tür wurde heftig zugeschlagen.

Bewundernd schnalzte Rosa Mugavero mit der Zunge, während sie den Boden zwischen den Stuhlreihen von Straßenschmutz und heruntergeflatterten Bonbonpapierchen befreite. Sie hatte zwar wegen der voll aufgedrehten Musik aus ihren Kopfhörern, die sie gewohnheitsmäßig während der Arbeit trug, kein Wort von dem mitbekommen, was auf der Bühne gesprochen worden war, war aber dennoch tief beeindruckt. Diese Körpersprache. Diese Ausdruckskraft. Und der Hass, der aus den Augenpaaren geblitzt hatte. Das musste man erst mal hinkriegen.

Für welches Stück die beiden wohl zu solch später Stunde noch geprobt hatten? Was auch immer es war, sie hatten sich mächtig ins Zeug gelegt.

Und genau das sollte sie jetzt auch machen, damit sie hier fertig wurde und endlich nach Hause kam. Sie musste noch ihren Koffer packen, bevor sie morgen in den Flieger nach Neapel stieg, um rechtzeitig zu Nonnas achtzigstem Geburtstag zu erscheinen, zu dem die ganze Familie erwartet wurde. Leider auch ihre Cousine Francesca, die vermutlich wieder kein anderes Thema als ihre vierte Schwangerschaft kennen würde.

Als der Triumphmarsch aus »Aida« aus ihren Kopfhörern drang, legte Rosa Mugavero noch einen Zahn zu, bei »La donna è mobile« aus »Rigoletto« sang sie lauthals mit. Man konnte sagen, was man wollte, aber mit Verdi putzte es sich doch gleich viel besser.

War nicht auch die Netrebko entdeckt worden, als sie als Putzfrau den Boden der St. Petersburger Oper schrubbte und eine Arie schmetterte? In Rosa Mugaveros Ohren verwandelte sich das Getöse des Staubsaugers in donnernden Applaus.

3

»So viel kann ich Ihnen versprechen. Das wird ein Fest, von dem noch unsere Urenkel sprechen werden«, tönte Oberbürgermeister Norbert Winkler vollmundig im Kaisersaal des Historischen Kaufhauses vor der versammelten Pressemeute. »Ein Mega-Event, bei dem sich unsere schöne Stadt in eine riesige Freilichtbühne verwandeln wird, auf der sich alle Freiburger verwirklichen dürfen.«

»Auch endlich mal die von der Opposition im Gemeinderat?« Die vorwitzige Bemerkung einer stupsnasigen Radioreporterin war nicht zu überhören.

»Geboten wird eine prächtige Zeitreise mit unzähligen Darstellerinnen und Darstellern, die unter dem Motto ›Freiburg-Protokoll‹ verschiedene wichtige Ereignisse und Stationen aus unserer ruhmreichen Geschichte aufführen werden«, machte der Oberbürgermeister ungerührt weiter.

»Wie bitte? Den staubtrockenen Titel kann sich doch nur einer im Finanzamt ausgedacht haben«, rutschte es der Stupsnasigen entgeistert heraus.

»Seit wann wird dort gedacht?« Ein Journalist, auf dessen T-Shirt unübersehbar Kaffeeflecken prangten, lachte laut über seinen eigenen Witz. Sein bärtiger Nebenmann gähnte unverhohlen.

Winkler räusperte sich vernehmlich. »Zu den Feierlichkeiten erwarten wir natürlich zahlreiche illustre Ehrengäste.« So leicht ließ er sich nicht aus dem Konzept bringen, schon gar nicht von Journalisten, die er sowieso nicht leiden konnte. Stolz wie ein Pfau strich er sich durch seine gegelten Haare, die borstenartig von seinem Kopf abstanden. Böse Zungen behaupteten schon lange, er würde regelmäßig einen Drogeriemarkt überfallen, um seinen gewaltigen Bedarf an der klebrigen Masse zu decken. »In Ihrer Pressemappe finden Sie eine Liste, wen wir alles begrüßen dürfen. Oder nein, besser, ich lese Ihnen die Namen vor.« Ganz so, als hätte er ein paar Erstklässler vor sich, die ein A noch nicht von einem Z unterscheiden konnten.

»Falls der Papst wiederkommt, sollte er sich aber dieses Mal im Papamobil anschnallen. Nicht, dass es noch mal eine Anzeige gibt.« Schon wieder der Spaßvogel mit dem fleckigen T-Shirt.

»Das Einzige, was mich brennend interessiert, ist, wie lange der Zauber hier noch dauert«, flüsterte Katharina ihrem Kollegen Dominik, der beim »Regio-Kurier« für die Fotos zuständig war, ins Ohr und rutschte unruhig auf ihrem Stuhl hin und her, während der Oberbürgermeister stolz einen Namen nach dem anderen herunterratterte. »Wenn Winkler in dem Tempo weitermacht, können wir unsere Mittagspause vergessen. Und ich habe nicht mal richtig gefrühstückt.«

Seit einer geschlagenen Stunde saß sie jetzt schon im Kaisersaal, um den Lesern des »Regio-Kuriers« berichten zu können, was sie zum neunhundertsten Jubiläum der Stadt Freiburg erwartete.

Obwohl sie es nie zugegeben hätte, war selbst Katharina von Winklers ambitioniertem Programm beeindruckt: Drei Tage lang würden Ende Juli in der ganzen Stadt kurze Theaterstücke zu sehen sein, um Freiburgs Historie lebendig zu machen. Stoff dafür gab es reichlich, seit der Zähringer Konrad den Freiburgern 1120 das Marktrecht verliehen hatte. Und damit das Event nicht allzu sehr die eh schon strapazierte Stadtkasse belastete, wurde jeder, der nicht bei drei auf den Bäumen war, genötigt, sich doch bitte schön ein historisches Kostüm zu besorgen, um als Statist in der Rolle eines Nachtwächters, Mönchs, Gauklers, Feuerschluckers oder einer Wäscherin das Stadtbild zu bereichern.

Ihren großen Auftritt haben sollten auch jene berühmten Persönlichkeiten, die, jede auf ihre Art, im Lauf der Jahrhunderte etwas dazu beigetragen hatten, dass Freiburg zu dem geworden war, was es heute war: ein Hort gepflegter Gemütlichkeit, gleichermaßen beliebt bei Tofu- und Würstle-Fans, und der blanke Horror für Autofahrer und Wohnungssuchende.

Das Gerangel um die Hauptrollen war bereits in vollem Gang. So legte der Vorsitzende des Einzelhandelsverbandes Rudi Müller aus unerfindlichen Gründen allergrößten Wert darauf, sich als Scharfrichter Werlin Großholz zu präsentieren, der im Mittelalter sein Handwerk in der Wiehre verrichtet hatte. Rudi Müller war eben schon immer ein Mann der Tat und nicht der Worte gewesen.

Zu Katharinas großem Bedauern gedachte Oberbürgermeister Winkler jedoch nicht, sich bei der Hinrichtungsszene am eigens zu diesem Behufe von Berufsschülern der Richard-Fehrenbach-Gewerbeschule angefertigten Galgen aufknüpfen zu lassen, um dieses Kapitel im mittelalterlichen Stadtleben möglichst authentisch zu gestalten. Vielmehr hatte er verkündet, den Festumzug als edler Herzog aus dem Zähringer Geschlecht anzuführen, und zwar völlig wurscht, als welcher, waren es doch gleich mehrere männliche Familienmitglieder, die sich als Herren von Freiburg einen Namen gemacht hatten.

Theo Schneider, der Vorstandsvorsitzende der Sparkasse, war mit viel Überzeugungskraft dazu gedrängt worden, die Rolle des Erasmus von Rotterdam zu übernehmen, hauptsächlich deshalb, weil sich sein Büro just in jenem Erkerzimmer befand, in dem der Gelehrte einst während seines Exils residiert hatte. Schaden konnte es jedenfalls nichts, wenn der Geist desselben über ihm schwebte, denn Schneider war nicht gerade für seine feurigen Ansprachen bekannt.

»Wen würdest du eigentlich gern spielen?«, fragte Katharina leise ihren Kollegen, während Winkler noch einmal eindringlich die Großartigkeit des Projekts betonte.

»Ich?« Dominik legte die Stirn in Dackelfalten. »Wenn ich überhaupt nur eine Sekunde ernsthaft einen Gedanken daran verschwenden würde, bei dem Spektakel mitzumachen, dann Walter Stegmaier. Dann säße ich jetzt vor einem Bier in einer Kneipe, anstatt Winklers Volksreden ertragen zu müssen.«

Katharina konnte sich nur mit Mühe ein Lachen verbeißen. Besagter Walter Stegmaier hatte in Freiburg studiert und die zweifelhafte Ehre gehabt, 1912 als erster Insasse in den Winterkarzer der Universität einzuziehen, weil er in trunkenem Zustand einen Polizisten vermöbelt hatte. Angesichts der Tatsache, dass er nur wenige Monate zuvor als der dreitausendste Student in einem Festzug durch die Stadt geleitet und zudem von der Universitätsleitung mit einer goldenen Uhr bedacht worden war, fast schon Ironie des Schicksals. Und wie man so hörte, hatte er es auch während seines Arrests ordentlich krachen lassen.

»Gute Wahl«, pflichtete Katharina Dominik deshalb bei. »Die Rolle ist dir wie auf den Leib geschnitten.«

»Das musst gerade du sagen. Mit deinem unsteten Lebenswandel würdest du auch nicht gerade als Nonne durchgehen. Auch wenn du auf einer höheren Töchterschule warst.«

»Erinnere mich bloß nicht daran«, stöhnte Katharina auf. Ihre Zeit auf dem Freiburger Mädchengymnasium und die damit verbundenen Erfahrungen gehörten zu den Gründen, warum sie der Idee eines Matriarchats, wie es ihre Nachbarinnen in der Oberen Wiehre oft und gern propagierten, eher skeptisch gegenüberstand.

Winklers lauter werdende Stimme unterbrach ihr Gespräch. »Bei so einem Mammutprojekt, das wir als Stadtverwaltung neben unserer eigentlichen Arbeit stemmen, ist natürlich jede Hilfe willkommen.« Er holte tief Luft. »Deshalb freue ich mich besonders, dass sich der allseits bekannte Schauspieler Markus Österreicher in letzter Minute bereit erklärt hat, mit den Laiendarstellern zu arbeiten. Leider kann er heute nicht persönlich anwesend sein, da er sich derzeit noch auf einer Tournee in Italien befindet. Aber er hat mir fest versprochen, rechtzeitig zurück zu sein.«

»Herrje«, entfuhr es dem Pressevertreter der »Freiburger Zeitung«. »Ausgerechnet dieses Großmaul. Das kann ja nix werden, wenn der das Sagen hat.«

Winkler warf dem Mann einen strafenden Blick zu.

»Tournee? Dass ich nicht lache.« Katharina verdrehte die Augen, als sie sich erneut Dominik zuwandte. »Freiburgs berühmtester Mime macht schlicht Urlaub in der Toskana, das hat mir Matthäus höchstpersönlich berichtet. Dessen überspannte Mutter kümmert sich nämlich solange um das Grünzeug, das des Künstlers Garten verschönert.«

»Was willst du denn?«, feixte Dominik. »Österreichers Bühnenkarriere besteht doch schon seit Jahren hauptsächlich darin, dass er sich selbst in Szene setzt. So gesehen ist das mit der Tournee nicht völlig aus der Luft gegriffen.«

»*By the way:* Das Freiburger Theater wird sich ebenfalls beteiligen.« Winkler hörte sich jetzt wesentlich weniger enthusiastisch an. »Und zwar mit einer imposanten Open-Air-Opernaufführung. Auf dem Spielplan steht …«, er kam kurz ins Stocken, bis ihm seine Pressereferentin Sevda Çelik, die rechts von ihm saß, unauffällig einen kleinen Zettel herüberschob, »›Die Zauberflöte‹ von Mozart. Aber davon soll Ihnen unser Intendant Mike Schönberg am besten selbst berichten.« Er deutete auf einen hochmütig blickenden glatzköpfigen Mann, der zu seinem dunkelgrauen Anzug und dem weißen Hemd wie gewohnt eine knallrote Fliege als Accessoire trug.

»Nun, ursprünglich war geplant, zum Jubiläum Wagners ›Meistersinger von Nürnberg‹ auf dem Messegelände aufzuführen. Wie Sie sicherlich wissen, wurde das Große Haus mit dieser Oper 1949 nach dem Krieg wiedereröffnet«, klärte Schönberg die Anwesenden auf. »Doch angesichts der rund fünfeinhalbstündigen Länge des Werks haben wir uns entgegen der geschichtlichen Bedeutung für Mozarts Singspiel entschieden. Wir wollen unser Publikum schließlich nicht überfordern.« Er gestattete sich ein gönnerhaftes Lächeln, das seine Augen nicht erreichte. »Zumal das auf Bierbänken sitzen wird, damit auch möglichst viele die Vorstellung genießen können. Immer vorausgesetzt, das Wetter spielt mit.«

»›Die Zauberflöte‹ – das ist doch mal was. Die kann man wenigstens nicht verhunzen«, meinte Dominik hoffnungsvoll.

»Täusch dich da mal nicht. Manchmal geht auch der größte Zauber flöten. Vor allem, wenn Schönberg inszeniert. Da musst du mit allem rechnen«, widersprach ihm Katharina. »Weißt du nicht mehr, wie er Cherubino in ›Figaros Hochzeit‹ in ein Sadomaso-Outfit gesteckt hat?«

Man konnte nicht behaupten, dass sie eine hohe Meinung vom Wirken des Intendanten hatte, der sich vor drei Jahren berufen gefühlt hatte, die Leitung des Freiburger Theaters zu übernehmen – oder, wie es Katharina ausgedrückt hätte, seit dieser Zeit mit seinen kruden Einfällen so ziemlich jede Aufführung ruinierte, dass man die am schmerzlosesten mit geschlossenen Augen überstand.

»Warum nicht etwas Moderneres? Mozart ist doch schon ein bisschen arg abgedroschen«, meldete sich die Stupsnasige mit skeptischer Miene wieder zu Wort.

»Herr Schönberg ist erfahren genug, um zu wissen, was er macht«, kam Winkler dem Intendanten zu Hilfe, der zunehmend genervt an seiner Fliege herumzupfte.

Was übersetzt bedeutete, dass es dem Oberbürgermeister vollkommen egal war, was am Theater gezeigt wurde. Es war allgemein bekannt, dass Winklers Herz weniger für Kultur denn vielmehr für den SC Freiburg schlug, dessen Spiele er regelmäßig besuchte.

»*Anyway* – unser geschätzter Intendant hat mir versprochen, dass diese Vorstellung etwas ganz Besonderes werden wird. Und von Ihnen, meine sehr verehrten Damen und Herren, erwarte ich, dass Sie unsere Bemühungen, dem Stadtjubiläum einen solch großartigen Rahmen zu geben, entsprechend würdigen. Wenn möglich, ohne Ihre üblichen Kritteleien.«

»Womit das auch mal wieder gesagt wäre«, zischte Katharina. Von der Freiheit der Presse hatte Freiburgs Rathauschef noch nie allzu viel gehalten.

»Wenn wir gerade bei dem Thema sind – was kostet der ganze Spaß eigentlich?«, rief Katharina nach vorn.

Der Blick, den ihr Winkler zuwarf, hätte selbst den Münsterturm zum Einstürzen gebracht.

Katharina schaute ungerührt zurück.

»Wir werden Ihre Fragen zum gegebenen Zeitpunkt beantworten«, beschied er kurzerhand. Winklers üblicher Kommentar, wenn er nicht mit der Sprache herausrücken wollte. Mit einer Handbewegung und einem halbherzigen »Auf Wiedersehen« entließ er die Medienvertreter. Die Pressekonferenz war früher zu Ende, als Katharina gedacht hatte.

4

»Das ist doch unglaublich. Einfach unglaublich!« Kulturredakteurin Isolde Klagemann war restlos empört. »Kasperletheater mit Laienschauspielern.« Auf ihrem Hals machten sich rote Flecken breit. »Anstatt die einmalige Chance zu nutzen, anlässlich dieses Jubiläums etwas Revolutionäres, Zukunftsweisendes auf die Beine zu stellen, sollen Possen aus Freiburgs Historie aufgeführt werden. Da könnte man ja gleich neunhundert Luftballons in die Luft steigen lassen. Oder weiße Tauben, das wäre genauso banal.« Aufgeregt fächelte sie sich mit der rechten Hand Luft zu.

»Was haben Sie gegen Tauben? Die kamen beim letzten Stadtjubiläum sehr gut an«, mischte sich Erwin, wie immer in einem karierten Hemd, ein.

»Bitte?« Isolde Klagemanns Kopf schoss zu ihm herum, dass ihre graue Lockenmähne nur so flog. »Sie belieben wohl zu scherzen.«

»Nichts liegt mir ferner. Damals stiegen achthundertfünfundsiebzig Tauben gen Himmel. Meine Kinder waren vor Begeisterung komplett aus dem Häuschen.«

»Als gäbe es hier nicht schon genug von den Mistviechern«, meinte einer der Sportredakteure bissig. »Überhaupt ist es mir ein Rätsel, wieso ausgerechnet die als Friedenssymbol auserkoren wurden. Wegen mir könnte man die allesamt vergiften.« Seit ihm letzthin eine Taube einen hässlichen Fleck auf seiner nagelneuen Wildlederjacke eingebracht hatte, als er sich in der Mittagspause eine lange Rote mit extra viel Zwiebeln auf dem Münsterplatz gegönnt hatte, war er sowieso nicht mehr gut auf die Vögel zu sprechen.

»Und die Metzgerinnung präsentierte an der Kaiser-Joseph-Straße badische Wurstspezialitäten«, schwärmte Erwin weiter, ohne den Einwand seines Kollegen zu beachten. »Hat prima geschmeckt.« Mit einer Hand rieb er sich seinen Bauch. »Wenn man dann noch ›Olaf den Flipper‹ für ein Open-Air-Konzert engagieren würde, wäre das doch eine runde Sache, findet ihr nicht?«

Erwin, normalerweise bekennender Fan von Volksmusik, hatte sein bevorzugtes musikalisches Spektrum offensichtlich um den deutschen Schlager erweitert, stellte Katharina amüsiert fest.

»Wie bitte? Ein singender Delfin soll auftreten?«, hakte Dominik irritiert nach. Dank der Gnade seiner späten Geburt hatte er noch nie etwas von der deutschen Combo »Flippers« gehört, die Schlagern wie »Weine nicht, kleine Eva« oder »Die rote Sonne von Barbados« zu Ruhm und Ehre verholfen hatte und deren Sänger auch noch Jahrzehnte später unverdrossen durch die Lande tourte.

Isolde Klagemann rang entsetzt nach Luft.

»Also ich persönlich finde die Idee mit den Laienschauspielern gar nicht so schlecht, auch wenn der Titel ›Freiburg-Protokoll‹ saudoof ist«, wandte sich Katharina rasch an ihre Kollegin, ehe Erwin ausholen konnte, was es mit ›Olaf dem Flipper‹ auf sich hatte. »Oder fällt Ihnen was Besseres ein? Etwas, was ganz normale Bürger und nicht nur eine Handvoll selbst ernannter Intellektueller anspricht?«

Als Frau Dr. Klagemann den Mund zu einer Erwiderung öffnen wollte, schlug Redaktionsleiter Anton Gutmann so fest mit der flachen Hand auf den Tisch, dass der Unterteller seiner Kaffeetasse schepperte. »Schluss jetzt. Zum Glück ist es nicht unser Problem, das Jubiläum zu organisieren. Wir haben Wichtigeres zu tun, als uns unsere Köpfe darüber zu zerbrechen. Also, wer hat eine Idee, mit welchen Geschichten wir morgen unsere Leser beglücken sollen? Freiwillige vor.« Er sah erwartungsvoll in die Runde. Plötzlich stutzte er. »Wo steckt eigentlich Bambi?«

Die Frage war nicht unberechtigt. Zwar war es nichts Neues, dass der Kollege mit den rehbraunen Augen, die ihm seinen Spitznamen eingebracht hatten, ein kleines Problem mit Pünktlichkeit hatte, doch normalerweise schaffte er es, in letzter Minute zur täglichen Redaktionskonferenz zu erscheinen. Heute jedoch war sein Platz verwaist.

»Verpennt?«, schlug der Sportredakteur vor.

»Oder seine Espressomaschine ist ihm wieder um die Ohren geflogen«, merkte Dominik an. Es war allgemein bekannt, dass Bambi Pleiten, Pech und Pannen jeglicher Art wie ein Magnet anzog. Letzthin hatte er versehentlich die Fernbedienung seines Fernsehers in den Mülleimer geworfen und erst nach stundenlangem Suchen wiedergefunden.

»Sekunde, vielleicht hat er sich ja bei mir gemeldet.« Katharina zückte ihr Handy und checkte die Nachrichten. »›Bin verletzt‹«, las sie laut vor. »›Hatte Unfall mit Laster.‹«

»Um Himmels willen, was hat er denn jetzt schon wieder angestellt?« Gutmann hörte sich besorgt an.

»Jesses, das klingt aber gar nicht gut«, meinte Erwin beunruhigt.

Selbst Frau Dr. Klagemann war vorübergehend von ihrem Frust über die geplanten Jubiläumsfeierlichkeiten abgelenkt. »Das bedeutet aber hoffentlich nicht, dass ich heute Überstunden machen muss, wenn der Kollege ausfällt. Ich habe einen Termin bei meiner Kosmetikerin, den kann ich nicht mehr absagen.«

»Verschwendete Zeit«, murmelte Katharina und fing sich mit ihrer Bemerkung einen giftigen Blick von Frau Dr. Klagemann ein.

»Zur Not müssen wir eben irgendwie ohne ihn zurechtkommen«, beschloss Gutmann. »Katharina, du versuchst gleich, ihn zu erreichen. Ich will wissen, was los ist. Zumindest weilt er noch unter den Lebenden, sonst hätte er dir keine Nachricht schicken können.«

Er hatte kaum den Satz zu Ende gesprochen, als sich die Tür öffnete und Bambi hereinkam. Es war nicht zu übersehen, dass er das linke Bein nachzog. Ansonsten wirkte er unversehrt.

»Was hast du denn wieder angestellt? Wir hatten schon Angst, du liegst schwer verletzt in der Uniklinik«, begrüßte ihn Katharina sichtlich erleichtert.

»Und was ist mit dem Laster, mit dem du zusammengestoßen bist? Totalschaden?« Der Sportredakteur gefiel sich mehr und mehr in der Rolle des Redaktionsclowns.

»Zusammengestoßen? Schwer verletzt?«, fragte Bambi ratlos nach. »Wie kommt ihr denn darauf?« Die Blicke der Anwesenden richteten sich auf ihn, als er sich stöhnend auf den äußersten Stuhlrand setzte.

»Vielleicht wegen der SMS, die du mir geschickt hast«, schlug Katharina vor. »Wenn du was von Unfall mit Laster schreibst, kommt man schon mal ins Grübeln.«

Bambi wurde verlegen. »Da habe ich mich im Eifer des Gefechts wohl etwas missverständlich ausgedrückt. Nein, es war kein Verkehrsunfall. Vielmehr hat meine Vermieterin gerade Besuch von ihrem Enkel. Und der hat im Garten mit seinem Kipplaster gespielt. Natürlich darf der Kleine den nicht mit in die Wohnung nehmen. Wegen Verschmutzungsgefahr, ihr wisst ja, wie eigen die Ahlers diesbezüglich ist. Ergo muss er sein Spielzeug im Hausflur abstellen.«

Mit schmerzverzerrtem Gesicht rieb sich Bambi sein Steißbein, während alle gespannt an seinen Lippen hingen. »Blöderweise hab ich das Teil nicht gesehen, als ich gestern Nacht heimgekommen bin.«

»Und dann bist du im Dunkeln darüber gestolpert?« Dominik wollte es ganz genau wissen.

Bambi wurde verlegen. »Schlimmer. Ich bin versehentlich mit einem Fuß raufgestiegen. Mit der Folge, dass die Kippmulde hochgegangen ist, ich das Gleichgewicht verloren habe und voll auf den Rücken geknallt bin. Im ersten Moment blieb mir regelrecht die Luft weg. Zum Glück habe ich mir nichts gebrochen.«

Alle starrten ihn an.

Katharina versuchte verzweifelt, nicht in haltloses Gekicher auszubrechen. »Das hätte ich zu gern gesehen.« Die Vorstellung, wie Bambi von einem Spielzeug-Kipplaster zu Fall gebracht wurde, war einfach zu komisch.

»Jetzt lasst den armen Kerl in Ruhe. So etwas kann schließlich jedem passieren«, versicherte Gutmann, krampfhaft bemüht, ein ernsthaftes Gesicht zu machen.

»Finden Sie?«, bemerkte Frau Dr. Klagemann spitz. »Mir ist bislang niemand bekannt, der sich je auf so eine lächerliche Art und Weise verletzt hätte.«

Jetzt prusteten auch Erwin und der Sportredakteur los, und selbst die ewig schlecht gelaunte Layouterin erlaubte sich ein verkniffenes Lächeln.

Allmählich dämmerte es Bambi, dass es seinen Kollegen eindeutig am nötigen Mitgefühl mangelte. »Herzlichen Dank für eure Anteilnahme«, brummte er. »Aber das kennt man ja. Wer den Schaden hat –«

»Wenn wir dann unsere morgige Ausgabe besprechen könnten …«, mahnte Gutmann, dem deutlich anzusehen war, dass er innerlich mal wieder die Tage bis zu seiner Verrentung zählte.

Die Belegschaft riss sich am Riemen, und nach einer halben Stunde war die Besprechung beendet.

Katharina marschierte schnurstracks in die Kaffeeküche, zündete sich eine Zigarette an und stellte sich ans offene Fenster. Ihr Blick wanderte nach unten, wo sich im Innenhof ein schwarzer Kater neben den Mülltonnen sonnte. Er lag regungslos da, nur seine Schwanzspitze zuckte leicht. Ein Bild des Friedens.

Spontan kamen Katharina die kleinen streunenden Katzen in den Sinn, die sie während ihres Urlaubs in Taormina am Busbahnhof regelmäßig mit Dosenfutter versorgt hatte. Bestimmt hatte der Kerl da unten ebenfalls Hunger. Sie ging zum Kühlschrank, griff nach den zwei Frikadellen, die Bambi dort gelagert hatte, und warf sie dem Tier zu.

»Lass es dir schmecken!«, rief sie hinunter. Der Kater zierte sich nicht lange und machte sich über die unerwarteten Leckerbissen her.

Katharina beobachtete geistesabwesend, wie er gierig Bambis Mittagessen verschlang. Lag ihre Auszeit auf Sizilien tatsächlich schon fast zwei Jahre zurück? Die Zeit verging wirklich wie im Flug. Ein fast schon beängstigendes Gefühl. Katharina versuchte, sich die ihrer Meinung nach schönste Stadt auf der

Insel in Erinnerung zu rufen. Der Corso Umberto mit seinen Boutiquen und Restaurants, wo sich die Touristen durchschlängelten. Die prächtigen Paläste. Und natürlich das antike Theater, dessen durchbrochene Mauern den Blick auf den Ätna und die Bucht von Giardini-Naxos freigaben. Höchste Zeit, dass sie sich mal wieder einen längeren Urlaub gönnte, egal, wo und mit wem. Sie hätte viel dafür gegeben, jetzt einfach in einen Flieger zu steigen und die Redaktion nebst den dazugehörigen Kollegen hinter sich zu lassen.

»Träumst du mit offenen Augen?« Dominik stand neben ihr.

»Irgendwie schon«, gab Katharina zu. »Ich versuche gerade, mir in dem ganzen alltäglichen Wahnsinn einen Hauch von italienischer Lebensfreude zurückzuerobern.« Sie zog kräftig an ihrer Zigarette. »Ich schwör dir, irgendwann versetze ich den Tee unserer Frau Doktor mit Strychnin. Die wird mit jedem Tag unerträglicher, findest du nicht?«

»Dann ist es ja gut, dass du heute Abend mit Bambi in die Oper gehst. Das bringt dich hoffentlich auf andere Gedanken«, versuchte Dominik, sie aufzumuntern. »Oder willst du, dass dir dein Freund Weber wegen heimtückischen Mordes Handschellen anlegt?«

»Tür zu. Der Rauch zieht bis in mein Büro«, giftete eine weibliche Stimme vom Flur.

»Möglicherweise werfe ich sie auch die Treppe runter«, überlegte Katharina weiter und stieß eine besonders große Rauchwolke aus.

»Tu, was du nicht lassen kannst«, erwiderte Dominik. »Aber erst, wenn sie mit ihrem Essay über avantgardistische Kunst fertig ist. Oder hast du etwa Lust, dich auch noch damit herumzuschlagen?«

»Gott bewahre. Vorher mache ich freiwillig ein Interview mit ›Olaf dem Flipper‹.« Katharina drückte ihre Zigarette aus und folgte ihrem Kollegen ins gemeinsame Büro.

5

Mannomann. So blöd musste man erst mal sein, sich mir nichts, dir nichts vor der eigenen Haustür in einen Korb stecken zu lassen. Beschämt legte ich meinen Kopf auf die Vorderpfoten. Ob es mir gefiel oder nicht – ich hatte mich naiver als ein Katzenbaby verhalten. Oder wie sonst ließ es sich erklären, dass ich mich derart hatte überrumpeln lassen? Ich hätte nicht einmal sagen können, wie mein Kidnapper ausgesehen hatte. Das Einzige, was ich sicher wusste, war, dass er eine Vorliebe für Sandelholz haben musste, zumindest hatte er den markanten Duft aus jeder Pore verströmt.

Und jetzt lag ich hier in einem schmucklosen Innenhof neben einer Mülltonne, aus der es gewaltig nach verrotteten Bananenschalen stank, und haderte mit mir und der Welt.

Die Nacht zuvor hatte ich im Colombipark verbracht, nachdem man mich nach meinem unfreiwilligen Theaterauftritt gnadenlos vor die Tür gesetzt hatte. Nach der ganzen Aufregung hatte ich mir den weiten Heimweg ersparen wollen. Und eigentlich war ich der Meinung gewesen, dass der Park mit seinem hübschen Schlösschen inmitten der Stadt ein reiner Hort der Idylle und des Friedens war, wo ich zum melodischen Gesang einer Nachtigall in aller Ruhe über das Geschehene nachdenken könnte.

Ein gewaltiger Irrtum, wie sich herausgestellt hatte. Ich war bei Weitem nicht der Einzige gewesen, der sich dort im Schutz der Dunkelheit herumtrieb. Gemessen an der Menge von Drogen, die zwischen Büschen und Bäumen blitzschnell den Besitzer gewechselt hatte, musste sich heute halb Freiburg in einer Art Delirium befinden.

Einer der Jungs in den schwarzen Hoodies, die das Zeug wie Bonbons unters Volk streuten, hatte mir sogar großzügig einen Keks angeboten, den ich allerdings verschmähte, da ich mir nicht sicher war, wie viele bewusstseinserweiternde Substanzen das Gebäck enthielt. Im Gegensatz zu anderen brauchte ich einen klaren Kopf.

Wenigstens hatte ich jetzt dank der Frau mit den zerzausten braunen Haaren endlich etwas in den Magen bekommen, was keine Rauschzustände verursachte. Auf Frikadellen fuhr ich echt ab, dafür ließ ich jedes noch so raffiniert beworbene Dosenfutter stehen. Doch um der Wahrheit die Ehre zu geben, hätte ich zur Not auch einen angeschimmelten Käse verdrückt, so sehr hatte mich der Hunger geplagt. Ich war auf dem besten Weg, vom Luxus- zum Straßenkater zu mutieren, wenn ich nicht aufpasste. Vor allem ernährungstechnisch musste ich mir dringend etwas einfallen lassen, wenn ich mich nicht wieder in die Obhut meiner Katzensitterinnen begeben wollte. Was so viel hieß, dass ich entweder Mäuse zum Selbstverzehr jagen oder auf die Kekse der Hoodiejacke zurückgreifen musste. Ohne es zu wollen, entfuhr mir ein klägliches Maunzen. Nicht auszudenken, hätte meine Mitbewohnerin gewusst, dass sich ihr vergötterter Kater seit Neuestem im Drogenmilieu herumtrieb. Aber die vergnügte sich ja gerade in einem Hotel auf Kreta und tanzte vermutlich von morgens bis abends Sirtaki mit knackigen Griechen, zumindest hatte sie das vollmundig ihren Lachyoga-Freundinnen verkündet, die seit ihrer Abreise auf mich aufpassten. Meinen Segen hatte sie, als Deutschlehrerin an einer Hauptschule verdiente meine Mitbewohnerin wenigstens im Urlaub ein bisschen Spaß.

Plötzlich kam mir ein beunruhigender Gedanke. Hoffentlich hatten ihre Freundinnen noch keinen Alarm geschlagen, weil ich verschwunden war. In dem Fall würde meine Mitbewohnerin sofort in den nächsten Flieger steigen, um mich zu suchen. Die wurde ja schon nervös, wenn ich nach meinen immer seltener werdenden nächtlichen Streifzügen nicht pünktlich zum Frühstück daheim war.

Allerdings war es diesmal nicht meine Schuld, dass ich auf Abwege geraten war. Wenn meine Mitbewohnerin also Grund hatte, auf jemand sauer zu sein, dann auf meinen Entführer.

Meine Laune hob sich schlagartig, als ich an meinen großen

Auftritt zurückdachte. Dafür, dass ich ordentlich improvisieren musste, nachdem ich mich unverhofft auf einer Theaterbühne wiedergefunden hatte, hatte ich mich wacker geschlagen.

Zugegeben, zunächst war mir nicht ganz klar gewesen, was das Publikum von mir erwartete. Aber dem Applaus nach zu urteilen, musste ich meine Sache mehr als gut gemacht haben. Zu schade, dass mir gewaltsam verwehrt worden war, auch den zweiten Teil der Vorstellung zu bereichern, weil mich ein ignoranter Bühnentechniker unsanft an die frische Luft befördert hatte. Aber wer Erfolg hat, ruft Neider auf den Plan, das war nichts Neues. Immerhin konnte ich mit Fug und Recht behaupten, dass sich der Kreis meiner Fans seit gestern Abend beträchtlich erweitert hatte.

Ich blickte nach oben, wo das Fenster zwischenzeitlich geschlossen worden war. Auf eine dritte Frikadelle durfte ich also nicht mehr hoffen.

Am besten, ich machte mich jetzt auf der Stelle auf die Pfoten und schlug den Heimweg ein. Nicht, dass meine Katzensitter wirklich noch eine Vermisstenmeldung aufgaben. Ich stand auf, nur um mich sofort wieder auf meinen Allerwertesten fallen zu lassen. Wenn ich es mir recht überlegte, hatte das auch noch ein wenig Zeit. Auf meinem Lieblingsplatz unterm Sonnenschirm konnte ich noch den ganzen Sommer herumlungern. Abgesehen davon begann ich, mich an mein derzeitiges Vagabundenleben ohne ständige weibliche Fürsorge immer mehr zu gewöhnen.

Doch das waren nicht die einzigen Gründe, warum ich mein Abenteuer noch ein wenig verlängern wollte. Offen gestanden war meine Katerehre ziemlich angekratzt. Jemand wie ich ließ sich nicht ungestraft von einem Unbekannten in einen Korb stecken, ohne der Sache auf den Grund zu gehen. Vor allem hätte ich zu gern gewusst, warum ich ausgerechnet in einem Theater wieder freigelassen worden war. Sicher nicht, weil mir mein Kidnapper auf diese unkonventionelle Art zu einer neuen Karriere als Bühnenstar hatte verhelfen wollen. Nur – warum dann? Genau auf diese Frage gedachte ich, eine Antwort zu

finden, solange meine liebestolle Mitbewohnerin mit den Nach-
folgern von Sokrates und Aristoteles herumturtelte.

Entschlossen streckte ich den Rücken durch, sprang auf einen
Mülleimer, von dort über die kleine Mauer, über die ich in den
Hinterhof gelangt war, und machte mich erneut auf den Weg
zum Colombipark. Dort würde ich die Zeit bis zum Abend
totschlagen, um dann mit meiner Detektivarbeit zu beginnen.

6

»Sehr schön, Sie haben noch nicht bestellt. Da komme ich ja
gerade noch rechtzeitig.«

Als er die Stimme vernahm, wäre ihm vor Schreck beinahe die
Speisekarte aus der Hand gefallen. Erschüttert hob der Oberbürgermeister den Kopf. Wenn es jemand gab, den er noch
mehr fürchtete als die resolute Grünen-Stadträtin Anneliese
Jäger, dann Miriam Kleve, Witwe eines bekannten Mäzens und
Ehrenbürgers der Stadt, der vor zwei Jahren hochbetagt ver-
storben war. Und genau die steuerte jetzt direkt auf den Tisch
im Restaurant »Fuchsbau« zu, an dem er mit Mike Schönberg,
dessen Frau Waltraud und drei Vertretern des Vereins der Theaterfreunde saß. Letztere hatten angedeutet, den kulturellen Teil
des Stadtjubiläums, sprich die Operninszenierung, finanziell
zu unterstützen, weshalb Winkler sie mit einer großzügigen
Essenseinladung bei Laune halten wollte. Nicht, dass sie es sich
womöglich noch anders überlegten. Die Witwe hingegen stand
nicht auf seiner Gästeliste. Was sie allerdings nicht weiter zu
stören schien.

Miriam Kleve ließ sich auf den freien Stuhl neben Waltraud
Schönberg fallen und hängte ihre weiße Handtasche über die
Lehne. Es sah nicht danach aus, als würde sie so schnell freiwillig
das Feld räumen. »Ich bin Frau Kleve«, stellte sie sich vor – ganz
so, als würde das den Grund ihrer Anwesenheit hinlänglich
erklären. Genau genommen hatte sie es gar nicht nötig, ihren
Namen zu nennen. In Freiburg war sie bekannt wie ein bunter
Hund, was nicht nur an ihren stetig wechselnden Haarfarben
lag. Wobei die meisten, die schon einmal mit ihr zu tun gehabt
hatten, die Bekanntschaft eines bunten Hundes definitiv vorgezogen hätten, da der mit Sicherheit nur halb so bissig wie sie
war.

Winkler schaffte es gerade noch, nicht laut aufzustöhnen.
»Welche Freude, Sie zu sehen. Noch dazu so unerwartet«, log

er. Die anderen murmelten etwas, was mit viel gutem Willen als Begrüßung ausgelegt werden konnte.

Wie um alles in der Welt hatte die Witwe von diesem Mittagessen erfahren?, grübelte der Oberbürgermeister noch, als Miriam Kleve bereits ungeniert mit den Fingern Richtung Oberkellner schnipste, der sich dezent im Hintergrund hielt.

»Champagner für alle!«, bestellte sie kurz entschlossen. »Und zwar den besten, den Sie haben.«

Mike Schönberg hüstelte, während seine Frau, die Lippen zu einem schmalen Strich verzogen, demonstrativ von der Kleve-Witwe abrückte.

Der schnurrbärtige Mann im schwarzen Frack sah Winkler fragend an, der zähneknirschend nickte. Es gab Dinge im Leben, die man einfach hinnehmen musste. Naturkatastrophen und Meteoriteneinschläge beispielsweise. Oder eben Miriam Kleve. Außerdem würde er die Rechnung sowieso als Spesen einreichen, da kam es auf ein paar Gläser Champagner mehr oder weniger auch nicht mehr an.

»Nun, Frau Kleve? Was verschafft uns die Ehre?«, fragte Winkler gedehnt und musterte die Witwe von oben bis unten. In ihrem giftgrünen Kostüm sah sie aus wie eine Mamba auf zwei Beinen.

Miriam Kleve schaute Winkler herablassend an wie einen Schuljungen, der vergessen hat, seine Hausaufgaben zu machen. »Mein Mann zählte bekanntermaßen zu den größten Sponsoren des Theaters. Da steht es mir ja wohl noch zu, zu erfahren, was Sie zu besprechen haben.« Sie blies sich eine magentarot gefärbte Haarsträhne aus dem sorgfältig geschminkten Gesicht. Man konnte Miriam Kleve bestimmt viel vorwerfen, ein unterentwickeltes Selbstbewusstsein zählte aber sicher nicht dazu.

»Freundlicherweise hat man mir im Rathaus mitgeteilt, wo ich Sie finde. Ihre Sekretärin ist wirklich sehr zuvorkommend. Obwohl ich die Einladung lieber von Ihnen persönlich erhalten hätte, wenn ich das so sagen darf.«

In Winkler begann es zu brodeln. Da hätte er auch von allein drauf kommen können, dass seine Vorzimmerdame mal wieder den Mund nicht hatte halten können. Na, die konnte sich auf etwas gefasst machen, wenn er wieder im Büro war.

»Ich bin untröstlich über dieses Versäumnis. Hoffentlich können Sie mir noch einmal verzeihen«, antwortete er mit unbewegter Miene. Erfahrungsgemäß war es besser, sich nicht mit Miriam Kleve anzulegen, wenn man unliebsames Aufsehen vermeiden wollte.

»Ich darf doch?« Die Witwe riss Winkler förmlich die Speisekarte aus der Hand und begann zu blättern. »Mich verwundert es ja, dass Sie ausgerechnet hier essen. Die Küche lässt nun wirklich sehr zu wünschen übrig.« Ihre laute Stimme drang durch das Restaurant, das zum Glück nur spärlich besucht war. »Meiner Meinung nach wäre der Koch wesentlich besser in einer Jugendherberge aufgehoben.«

Der Oberkellner, der auf die Bestellungen wartete, zuckte zusammen, als hätte er versehentlich seine Hand in das Maul eines Krokodils gesteckt. Angesichts dessen, dass der »Fuchsbau« erst kürzlich wieder von einem der renommiertesten Restaurantführer ausgezeichnet worden war, war die Bemerkung von Miriam Kleve eine glatte Unverschämtheit.

»Ich nehme als Vorspeise die Austern. Und dann hätte ich gern das Überraschungsmenü. Ich hoffe, es ist genießbar.« Sie würdigte den Mann im Frack keines Blickes, als sie ihre Bestellung herunterratterte.

»Ich nehme das Tagesgericht«, teilte Winkler dem Oberkellner kurzerhand mit.

Verdammt, er hatte sich aufrichtig auf ein ausgedehntes Mittagessen gefreut. Das hatte er sich redlich verdient, nachdem er sich den halben Morgen mit den Presseleuten herumgeschlagen hatte. Doch jetzt wollte er das Ganze nur noch möglichst schnell hinter sich bringen, um Miriam Kleves Gesellschaft zu entrinnen.

Die anderen am Tisch schlossen sich spontan seiner Bestellung an, vermutlich aus denselben Beweggründen.

Wenig später erschien eine sommersprossige Kellnerin in schwarzem Rock und weißer Spitzenbluse mit einem Tablett,

33

um den Champagner zu servieren. Als sie sich der Gesellschaft näherte, begannen ihre Hände zu zittern. Eines der Gläser fiel klirrend um, und die perlende Flüssigkeit ergoss sich auf dem Boden des silbernen Tabletts. Sie schaffte es gerade noch, es nicht fallen zu lassen.

»Können Sie nicht aufpassen, Sie dumme Gans?«, kreischte Miriam Kleve empört los. Wie üblich nahm sie kein Blatt vor den Mund. »Ich muss schon sagen. Das Personal heutzutage. Das Allerletzte. Früher hätte es so etwas nicht gegeben.« Beifallheischend schaute sie sich in der Runde um.

»Ich bitte Sie, so etwas kann doch mal passieren«, verteidigte Mike Schönberg die junge Frau. Die wurde knallrot und blieb wie versteinert stehen.

Waltraud Schönberg musterte intensiv die weiße Tischdecke, als gäbe es dort etwas ganz Besonderes zu ergründen.

»Wird das heute noch was? Oder sollen wir hier verdursten?« Miriam Kleve war heute wirklich in Topform.

Die Herrschaften des Freundeskreises hüstelten verlegen. Es war ihnen deutlich anzusehen, dass ihnen das rüde Benehmen der Witwe mehr als peinlich war.

Nach ein paar Sekunden erwachte die Bedienung aus ihrer Schockstarre und verschwand wie ein geölter Blitz, das Tablett fest an ihre Brust gedrückt.

Keine Minute später erschien der Oberkellner und stellte jedem ein Champagnerglas hin. »Ich bitte, das Missgeschick meiner Kollegin zu entschuldigen«, sagte er mit unbewegtem Gesicht. »Ihr war plötzlich unwohl.«

Winkler, der sonst nicht so nachsichtig war, wenn es um Schwächen anderer ging, schaute ihn fast schon entschuldigend an. »Schon gut. Ich hab weiß Gott schon Schlimmeres als ein umgefallenes Champagnerglas erlebt.« Er hatte volles Verständnis dafür, dass der jungen Frau beim Anblick von Miriam Kleve die Nerven durchgegangen waren. Schließlich hätte er selbst am liebsten die Flucht ergriffen.

Als er sah, dass die Witwe schon wieder den passend zu ihren Strähnchen geschminkten Mund öffnete, hob er eilig sein Glas.

»Auf dass unser Stadtjubiläum dank Ihrer freundlichen Unterstützung zu einem vollen Erfolg wird.« Die anderen prosteten ihm zu. Alle bis auf Miriam Kleve.

»Wohl kaum, wenn eine Theateraufführung auf dem Programm steht.« Vorwurfsvoll wandte sie sich an Mike Schönberg. »Ihnen laufen die Besucher sowieso schon reihenweise davon. Ist ja auch kein Wunder bei dem, was Sie uns als Kultur und Kunst verkaufen. Eine Zumutung.«

Der Intendant schnappte hörbar nach Luft, doch seine Frau kam ihm zuvor.

»Nun, meine Liebe, das kommt ganz auf die Sichtweise an. Zugegebenermaßen bedarf es eines gewissen Maßes an Intellekt, um die künstlerischen Intentionen meines Mannes zu begreifen. Doch diese Eigenschaften sind bedauerlicherweise nicht jedem gegeben, schon gar nicht in einer Provinzstadt wie Freiburg«, flötete sie mit falscher Freundlichkeit zurück. »Theater ist eben weit mehr als nur bürgerliche Ablenkung, dazu gehört auch eine spezifische Vision. Aber anscheinend ist man hier einfach noch nicht so weit.«

Miriam Kleve, der auf die Schnelle keine passende Erwiderung einfiel, starrte mit zusammengekniffenen Augen von einem zum anderen. Alle setzten eine möglichst unbeteiligte Miene auf.

Provinzstadt.

Winkler runzelte die Stirn. Die hatte vielleicht Humor, so geschwollen daherzureden. Als würde Schönberg mit seinen Inszenierungen am Freiburger Theater Perlen vor die Säue werfen. Dafür, dass Waltraud Schönberg aus einem kleinen schwäbischen Kaff stammte, nahm sie den Mund ganz schön voll. Soweit ihm bekannt war, hatte sie dort in einem Fitnessstudio Hanteln abgestaubt, bis sie ihren Mann kennenlernte. Aber manche fühlten sich eben zu Höherem berufen. Vor allem, wenn sie selbst nichts auf dem Kasten hatten.

Nun, ihm konnte das letztendlich egal sein. Hauptsache, es kam niemand auf die Idee, noch mehr städtische Zuschüsse fürs Theater zu verlangen.

Auch Miriam Kleve hatte sich wieder gefangen. »Künstlerische Intention? Papperlapapp. Ein paar Nackte durchs Publikum springen lassen kann schließlich jeder.«

»Mein Mann ist nicht jeder.« Waltraud Schönberg musterte die Witwe kampfeslustig wie ein Mitglied der Hells Angels, dem man das Motorrad wegnehmen will.

Winkler, der befürchtete, der verbale Schlagabtausch zwischen den Damen würde in körperliche Gewalt ausarten, wurde zunehmend unruhiger.

»Wie sagte schon Oscar Wilde so schön? ›Das Stück war ein großer Erfolg. Nur das Publikum ist durchgefallen‹«, versuchte einer der Theaterfreunde der Unterhaltung eine andere Wendung zu geben. »Ist halt alles eine Frage des Geschmacks. Und über den lässt sich bekanntlich nicht streiten.«

Zur allgemeinen Erleichterung näherte sich der Oberkellner mit den Austern, bevor die Situation endgültig eskalieren konnte. »Darf ich?« Er stellte die Schale vor der Witwe ab.

»Wird aber auch Zeit.« Miriam Kleve schnappte sich die Austerngabel und machte sich über die Meeresfrüchte her.

Möge eine davon schlecht sein, betete Winkler innerlich. »Dann wünsche ich Ihnen einen guten Appetit, Frau Kleve«, sagte er mit falschem Lächeln.

Dieses Gesicht. Und diese Stimme. Widerlich. Anne wurde von einem Würgereiz geschüttelt. Wenigstens hatte sie es nach dem Malheur mit dem Champagner gerade noch rechtzeitig auf die Damentoilette geschafft.

Eigentlich hätte sie damit rechnen müssen, dass es im »Fuchsbau« irgendwann zu einer Begegnung wie eben kommen würde. Trotzdem hatte ihr das unverhoffte Treffen komplett den Boden unter den Füßen weggezogen.

Ohne es verhindern zu können, tauchte die widerliche Szene, von der sie unfreiwillig Zeugin geworden war und die sie am liebsten vergessen würde, vor ihrem inneren Auge auf. Verflixt, was hätte sie denn machen sollen? Sich dazwischenwerfen? Oder laut um Hilfe rufen? Alles wäre besser gewesen, als feige davonzulaufen, flüsterte ihr schon wieder ihr schlechtes Gewissen zu.

Sie versuchte, es zu ignorieren. Wer würde ihr schon Glauben schenken, wenn sie auspackte? Ihr, einer Siebzehnjährigen, die gerade mal mit Ach und Krach trotz ihrer Schreibschwäche den Hauptschulabschluss geschafft hatte? Auslachen würde man sie, bräche sie ihr Schweigen. Im günstigsten Fall. Und ihre Ausbildung in der Schneiderei könnte sie auch vergessen. So wie die schönen Stoffe, mit denen sie so gern arbeitete.

Erneut überkam sie eine Welle der Übelkeit. Flach atmen, befahl sie sich. Ein. Aus. Ein. Aus.

Überhaupt war das alles nicht ihre Angelegenheit. Es gab mit Sicherheit andere, die ebenfalls Bescheid wussten. Sollten die doch etwas unternehmen, sie hatte genügend eigene Probleme. Wenn sie nur daran dachte, dass die Berufsschule bald wieder begann. Hoffentlich drückte ihr Lehrer, der wusste, dass Rechtschreibung absolut nicht zu ihren Kernkompetenzen gehörte, weiterhin beide Augen zu. Sie musste ihre Abschlussprüfung einfach irgendwie bestehen, daran führte kein Weg vorbei. Gott sei Dank war bis dahin noch etwas Zeit.

Allmählich beruhigte sich ihr Magen wieder. Anne schloss die Kabinentür auf, trat ans Waschbecken, benetzte sich das blasse Gesicht mit kaltem Wasser und tupfte es vorsichtig mit Papier aus dem Spender ab. Auweia. Ihr Spiegelbild sah genauso schrecklich aus, wie sie sich fühlte. Aber ewig konnte sie sich hier nicht verstecken, sie musste wieder raus, um ihre Arbeit zu machen, sie brauchte den Job. Dennoch bewegte sie sich keinen Millimeter.

»Anne, alles in Ordnung?« Jacques, der elsässische Oberkellner, klopfte dezent an die Tür.

»Gib mir noch fünf Minuten«, bat sie mit zitternder Stimme.

»Lass dir ruhig Zeit, *chérie*. Ich übernehme den Tisch.«

Sie hörte, wie sich Jacques' Schritte entfernten.

Wenig später klopfte er wieder, dieses Mal etwas energischer.

»Ich habe gerade mit dem Chef gesprochen. Du kannst früher gehen«, informierte er sie durch die geschlossene Tür. »Wir machen sowieso gleich zu, und du musst doch heute Abend wieder zu deiner richtigen Arbeit, oder täusche ich mich?«

Uff! Anne fiel ein Stein vom Herzen. Ein weiteres Mal hätte sie es nicht geschafft, der Gesellschaft unter die Augen zu treten. Sie ordnete ihre schulterlangen rotblonden Haare und trat auf den Gang. »Ehrlich gesagt habe ich den Rest des Tages frei. Überstunden.« Trotzdem sah sie alles andere als glücklich aus.

Der Oberkellner blickte sie mitfühlend an. »Mach dir nichts draus, dass die Kleve so unverschämt zu dir war. Gäste kann man sich leider nicht aussuchen. Übrigens bist du nicht die Erste, die sich von ihr beleidigen lassen musste. Mich hat sie mal einen lahmen Esel genannt, weil ich ihr angeblich die Gänseleber nicht schnell genug serviert habe, diese, diese ... *vache stupide*.« Vor lauter Empörung verfiel er in seine Muttersprache.

»Charmant.« Anne quälte sich ein Lächeln ab, als ihr der Oberkellner den Arm tätschelte.

Seine Fürsorge tat ihr gut, und sie war nicht zum ersten Mal mehr als froh, den gutmütigen Jacques, der selbst im größten Stress die Nerven behielt, an ihrer Seite zu wissen. Seit sie im »Fuchsbau« als Aushilfsbedienung angefangen hatte, weil das Geld, das sie im ersten Lehrjahr verdiente, hinten und vorn nicht reichte, kümmerte er sich rührend um sie, nicht zuletzt deshalb, weil seine Tochter im selben Alter war.

»Ach, Jacques, wenn ich dich nicht hätte.« Spontan umarmte sie ihn, bevor sie das Restaurant verließ.

Wenn nur alle Menschen, mit denen sie zu tun hatte, so nett wären wie Jacques. Ohne einen Blick auf die malerische, von verblühten Glyzinien überwucherte Konviktstraße zu werfen, ging Anne mit gesenktem Kopf zur nächsten Straßenbahnhaltestelle.

7

Aufreizend langsam stolzierte Carmen in ihrem schwingenden Rock, der den Blick auf braun gebrannte Beine frei ließ, und dem tief ausgeschnittenen weißen Mieder barfuß die Stufen der Zigarrenfabrik hinunter. Wie magisch angezogen drehten sich die Köpfe der Soldaten zu ihr herum, als sie die ersten Töne der Arie »La Habanera« schmetterte. Wenig später fiel der Chor ein.

Leider nicht nur der. Auch Katharinas Sitznachbarin, eine ältere Dame, die sich mit einem schwarzen, leicht nach Mottenkugeln riechenden Abendkleid in Schale geworfen hatte, fühlte sich berufen, die Sängerinnen stimmlich zu unterstützen, und summte zunehmend lauter mit.

Hatte die noch alle Tassen im Schrank? Katharina räusperte sich. Einmal. Zweimal. Beim dritten Mal laut und vernehmlich, verbunden mit einem missbilligenden Seitenblick. Bis die Dame endlich kapierte, dass es sich bei der Aufführung nicht um einen Karaoke-Abend handelte, und endlich verstummte.

Derweil zog Carmen eine rote Blume aus ihrem Dekolleté und warf sie schwungvoll zu Füßen von Don José. Was völlig ausreichte, dass ihr der Mann von einer Sekunde auf die andere restlos verfiel. Daran konnte nicht einmal seine Jugendliebe Micaëla mit ihren Mandelaugen etwas ändern, die sich redlich bemühte, ihn auf den Pfad der Tugend zurückzuführen.

Katharina musterte Carsten Moll, der den eifersüchtigen Sergeanten Don José spielte. Eine tolle Stimme hatte er ja. Warm und voll. Aber die Rolle wollte einfach nicht so recht zu ihm passen, da halfen auch das angemalte Bärtchen und die stramme Uniform nichts. Mit seinen gutmütigen Augen und weichen Gesichtszügen hätte er als Märchenprinz eine weitaus bessere Figur abgegeben. Aber nun gut, es war eben nicht jedem bestimmt, zum sexiest Tenor aller Zeiten gekürt zu werden.

Im Vergleich zu ihm war Manuel Angelico, der als Stierkämpfer Camillo um die Gunst der schönen Zigeunerin buhlte, ein völlig anderes Kaliber. Gewandet in bestickten Beinkleidern, Seidenhemd, Bolerojäckchen und Seidenschuhen schmetterte der Bariton seine Arien selbstbewusst wie ein Donnergott. Keine Frage: Hätte Katharina die Wahl zwischen den beiden Männern gehabt, sie hätte nicht lange überlegen müssen, welchen sie erhört hätte.

Die Dame neben ihr schien das ähnlich zu sehen, zumindest wandte sie ihren entzückten Blick kein einziges Mal von dem charismatischen Torero ab.

»Ich hätte es ja nicht für möglich gehalten, aber die Aufführung ist super«, stellte Katharina in der Pause fest. »Endlich mal wieder was fürs Auge und fürs Ohr. Beides kriegt man ja von Schönberg eher selten gleichzeitig geboten.«

Gemeinsam mit Bambi stand sie draußen vor dem Eingang, in der einen Hand ein Glas Rotwein, in der anderen eine brennende Zigarette. »Vor allem die Carmen macht echt was her, die sprüht regelrecht vor Temperament.« Sie schmunzelte. »Nur Carsten Moll halte ich für eine völlige Fehlbesetzung. Dem Softie kauft man doch nicht ab, dass er zum Mörder aus Leidenschaft wird. Dafür ist der viel zu knuffig.«

Bambi schnalzte missbilligend mit der Zunge. »Das ist doch wieder mal typisch. Sobald einer nicht kübelweise Testosteron versprüht, bist du schon am Rummeckern. Wenn du perfekt trainierte Männerkörper sehen willst, musst du ›Baywatch‹ gucken und nicht in die Oper gehen. Carsten Moll ist ein großartiger Tenor, das solltest selbst du mit deinem fragwürdigen Musikgeschmack anerkennen.«

Es war kein Geheimnis, dass Katharina bekennender Fan von AC/DC war.

»Außerdem kannst du immer noch Manuel Angelico anhimmeln, also beschwer dich nicht. Mit seinem Latin-Lover-Gehabe müsste er doch voll in dein Beuteschema fallen«, fuhr Bambi fort. »Ist dir eigentlich aufgefallen, was für eine tolle Stimme Sumi Kim hat? Sie ist die beste Micaëla, die ich seit Langem gesehen habe.«

»Wenn du meinst.« Katharina hatte keine Lust mehr, sich länger an einem Gespräch über das Ensemble zu beteiligen. Sie blickte hinüber zur Universitätsbibliothek, die es dank ihrer im wahrsten Sinne des Wortes blendenden Fassade nahezu zu Weltberühmtheit gebracht hatte, und paffte entspannt vor sich hin.

»Unverschämtheit, was die hier für ein Gläschen Sekt verlangen. Der reinste Wucher.«

Katharina musste sich nicht umdrehen, um zu wissen, wem die zänkische Stimme gehörte. »Sieh an, Miriam Kleve ist auch unter den Theaterbesuchern.« Sie verdrehte die Augen. »Wir können froh und dankbar sein, dass sie nicht neben uns sitzt.«

»Ich weiß gar nicht, warum die sich so aufregt. Es wäre das erste Mal, dass sie ihre Getränke aus eigener Tasche bezahlt. Aber wenn wir schon beim Thema Schmarotzen sind: Hast du zufällig heute Mittag meine Frikadellen verputzt, die ich am Morgen eigenhändig in den Kühlschrank gelegt hatte?« Bambi sah Katharina streng an.

»Nö, wie käme ich dazu?«, antwortete sie wahrheitsgemäß. »Ich habe mir mit Dominik eine Pizza geteilt. Quattro Stagioni, wenn du es genau wissen willst.«

Dankenswerterweise kündigte der Gong das Ende der Pause an, ehe Bambi das Thema weiter vertiefen konnte.

Katharina drückte ihre Zigarette aus und trank ihr Glas leer. »Auf in den Kampf, Torero«, sagte sie und stupste Bambi aufmunternd in die Seite.

»Nur keine Panik. Wir wissen ja beide, wie die Geschichte ausgeht.« Er trottete ihr, nach seiner Begegnung mit dem Kipplaster immer noch leicht humpelnd, hinterher.

Wie von Bizet vorgesehen, bandelte Carmen im dritten Akt endgültig mit dem strammen Stierkämpfer an und gab ihrem eifersüchtigen Sergeanten den Laufpass.

Das Torerolied, das aus der Kulisse einer Stierkampfarena schallte, kündigte schließlich das tödliche Finale an. Gebannt sah Katharina zu, wie Carmen trotzig ihr Haar zurückwarf und ihrem Ex-Liebhaber schwungvoll seinen Ring entgegenschleuderte. Don José griff in seine Hosentasche, zog einen Dolch hervor, holte mit der Hand weit aus und rammte ihn mit voller Wucht in ihre Brust.

Ein blutroter Fleck breitete sich in Sekundenschnelle auf dem blütenweißen, mit goldenen Bordüren besetzten Flamencokleid aus. Carmens Augen weiteten sich, sie machte ein paar unsichere Schritte rückwärts, dann geriet sie ins Schwanken, bevor sie im Zeitlupentempo weitertorkelte. Dabei kam sie dem Orchestergraben gefährlich nahe. Der Blutfleck wurde zusehends größer.

Den Dolch noch in der Hand, starrte Don José Carmen an, als könnte er selbst nicht fassen, was er soeben getan hatte. Der Theatervorhang schloss sich. Tosender Applaus brandete auf, einige Zuschauer johlten hemmungslos wie in einem Rockkonzert.

»Wow«, machte Katharina und trampelte mit den Füßen auf den Boden. »Das nenne ich mal einen Abgang.«

Sie war nicht die Einzige, die von der Schlussszene fasziniert war. Das Publikum im Freiburger Theater war außer Rand und Band. Immer mehr Bravo-Rufe ertönten.

»Für meinen Geschmack war das etwas zu plakativ. Ein bisschen sparsamer hätte man die rote Farbe schon einsetzen können«, mäkelte Bambi, obwohl auch er heftig klatschte. »Aber wer's mag …«

Der Dirigent und seine Musiker verbeugten sich im Orchestergraben, doch der samtrote Bühnenvorhang blieb eisern verschlossen. Nicht einer der Darsteller ließ sich sehen.

»Gehört das zur Inszenierung, dass die sich nicht mehr verbeugen?« Der Herr mit Brille, der neben Bambi saß, wirkte etwas ratlos. »Heutzutage weiß man das ja nicht mehr so genau.«

»Dann halt nicht«, befand Katharinas Sitznachbarin enttäuscht und stand auf. »Wenigstens kriege ich so noch die frühere Straßenbahn.« Auch die anderen Besucher verließen nach und nach den Zuschauerraum.

Bis auf ein paar Unentwegte, die immer noch wild klatschten, und Bambi und Katharina, die sich fragend anschauten, als erregte Stimmen von der Bühne an ihre Ohren drangen.

»Da stimmt doch was nicht«, murmelte Katharina beunruhigt, als sie einen erstickten Schrei vernahm. Bevor Bambi sie zurückhalten konnte, flitzte sie die Treppe zur Bühne hinauf und verschwand hinter dem Vorhang.

Als sie kaum zwei Minuten später keuchend zu ihm zurückspurtete, war ihr Gesicht so weiß wie noch kurz zuvor das Flamencokleid von Carmen.

8

Was für ein Tag. Hauptkommissar Weber streckte sich in seinem verwaschenen Lieblings-T-Shirt und seinen Bermudas auf dem Sofa aus. Er hatte gerade mit seiner Frau telefoniert, die mal wieder in Taormina einer künstlerisch ambitionierten Reisegruppe das Malen beibrachte. Zwar hatte sich Simone bitterlich über die Talentlosigkeit diverser Teilnehmer beschwert, die nicht einmal in der Lage waren, einen Pinsel von einem Kehrbesen zu unterscheiden, aber ansonsten war bei ihr so weit alles im grünen Bereich. Zumindest wenn man davon absah, dass der Abfluss in der Dusche ihrer Ferienwohnung seit Wochen verstopft war und sich kein einziger Klempner auf Sizilien dafür zuständig fühlte, diesem Umstand abzuhelfen. Aber damit konnte man leben, wenn man sich auf der schönsten Insel Italiens aufhielt, befand Weber. Es war wieder einer jener Momente, in denen er seine Ehefrau glühend beneidete. Zu schade, dass er sich als Schüler im Kunstunterricht nicht als junger van Gogh erwiesen hatte, dann müsste er sich jetzt nicht schon seit Jahrzehnten mit Gesetzesbrechern herumärgern.

Er legte sein Handy zur Seite und stellte den Fernseher an. Doch selbst Münsters bekanntester Privatdetektiv Wilsberg, den er wegen seines trockenen Humors sehr schätzte, schaffte es nicht, den Hauptkommissar von seinen trüben Gedanken abzulenken.

Manchmal konnte man an der Menschheit regelrecht verzweifeln. Schon am frühen Morgen die vermeintliche Leiche im Kofferraum, die sich bei näherem Hinsehen als Betrunkener entpuppt hatte, der seinen Rausch in seinem Fahrzeug ausschlief. Dann die Schlägerei in der Innenstadt, bei der einem jungen Mann die Hand gebrochen wurde. Ganz zu schweigen vom Raubüberfall auf einen sechzehnjährigen Syrer, dem auf dem Stühlinger Kirchplatz nicht nur sein Smartphone entwendet wurde, sondern den die bislang noch unbekannten Täter derart verprügelten, dass er in die Notaufnahme der Uniklinik eingeliefert worden war. Der arme Kerl. Kaum hatte er es geschafft, dem grausamen Krieg in seiner Heimat zu entrinnen, geriet er zwei brutalen Kerlen, kaum älter als er, in die Finger.

Vielleicht hätte er sich doch von Katharina und Bambi ins Theater mitschleppen lassen sollen, um auf andere Gedanken zu kommen, sinnierte Weber weiter. Obwohl, wenn er ehrlich war, waren Opern nicht wirklich sein Ding. Zu langatmig und zu schwülstig. Außerdem musste er sich im Freiburger Theater regelrecht zusammenfalten, um seine stattlichen ein Meter fünfundneunzig in den viel zu engen Stuhlreihen unterzubringen. Nein, ein gemütlicher Abend zu Hause war bestimmt die bessere Wahl gewesen, hier konnte er wenigstens seine Beine ausstrecken.

Er wollte gerade zur Chipstüte greifen, als sein Handy klingelte. Es war Katharina.

»Jürgen, die Carmen ist tot! Mein Gott, das viele Blut. Es ist furchtbar.«

»Das mag ja sein, aber so geht die Geschichte bekanntermaßen aus. Oder hast du was anderes erwartet?« Weber schüttelte ungläubig den Kopf. Seit wann brachte ein Opernbesuch seine beste Freundin derart aus der Fassung, dass sie Trost bei ihm suchte? Gab es da eine empfindsame Seite an ihr, die ihm bis jetzt verborgen geblieben war? Eher unwahrscheinlich. Wenn jemand hart im Nehmen war, dann Katharina.

»Verdammt, ich kann es immer noch nicht fassen. Er hat ihr auf offener Bühne brutal einen Dolch in die Brust gerammt.«

Weber wunderte sich mehr und mehr. »Sag mal, hast du zu viel Rotwein in der Pause getrunken? Wenn dir der Schluss von ›Carmen‹ so nahegeht, dann beschwer dich gefälligst beim Komponisten und nicht bei mir.«

»Mann, darum geht es doch überhaupt nicht.« Katharina schnappte hörbar nach Luft. »Die Sängerin. Ich habe vor fünf Minuten mit eigenen Augen ihre Leiche gesehen. Und jetzt schwing endlich die Hufe.«

Der hysterische Ton in Katharinas Stimme ließ den Hauptkommissar nun doch aufhorchen. Sollte an ihrem wirren Gerede am Ende etwas dran sein? »Jetzt noch mal von vorn. Du willst mir allen Ernstes erzählen, dass es bei der Vorstellung eine Tote gegeben hat?«, fragte er sicherheitshalber nach.

»Endlich hast du es kapiert. Bambi kann es dir bestätigen, falls du mir nicht glaubst, der steht direkt neben mir. Dem Himmel sei Dank haben die anderen Besucher nichts davon mitgekriegt. Nicht auszudenken, wenn es zu einer Massenpanik gekommen wäre. Und jetzt beeil dich gefälligst.«

Weber kannte seine Freundin gut genug, um zu wissen, dass sie nicht scherzte, sosehr er sich das in diesem Moment auch wünschte. Seinen Feierabend konnte er vergessen, so viel stand fest. Er kämpfte sich vom Sofa hoch. »Ganz ruhig, ich bin schon unterwegs. Und du machst, dass du nach Hause kommst. Wir reden morgen weiter.«

Verdammt, er musste sich endlich angewöhnen, in der Wohnung mehr Ordnung zu halten, wenn Simone nicht da war. Nachdem er seine Kollegin Tina Reich verständigt hatte, war Weber fast zwanzig Minuten damit beschäftigt, seinen Schlüsselbund zu suchen, bis er ihn in einer Einkaufstasche in der Küche entdeckte, die er vergessen hatte auszupacken. Ein Versäumnis, das ihm angesichts der fast schon tropischen Hitze insbesondere die Butter übel genommen hatte, die kurz davor stand, sich in ihre Bestandteile aufzulösen. Weber legte sie samt Käse und Wurst ins Eisfach, eilte ins Schlafzimmer, schlüpfte in ein frisches weißes Hemd und eine saubere Jeans, schnappte sich den Schlüssel und schlug die Tür hinter sich zu. Dann fuhr er schnurstracks Richtung Theater, vor dem bereits mehrere Polizeiautos parkten. Am Haupteingang hielt ein milchgesichtiger Uniformierter Wache. Nach einem kurzen Gruß eilte Weber an ihm vorbei, stieg die Treppe hoch und betrat durch die erstbeste Tür den Zuschauerraum.

Beim Anblick der hell beleuchteten Bühnenkulisse fühlte er sich mit einem Schlag ins tiefste Andalusien versetzt. Die Nachbildung einer imposanten weiß getünchten Stierkampfarena nahm fast die halbe Fläche ein, davor standen riesige Stiere aus Pappmaché, die Köpfe nach vorn gebeugt, als wollten sie jeden Moment Kurs auf ein rotes Tuch nehmen. Etwa dreißig Flamencotänzerinnen wurden von Soldaten in schicken Uniformen und blank geputzten Stiefeln umringt. Zusätzlich bereichert wurde die Szenerie von fünf Toreros in hautengen, glitzernden Kostümen. Wären jetzt noch lautstarke Olé-Rufe einer jubelnden Masse ertönt, die Illusion wäre nahezu perfekt gewesen. Dazwischen tummelten sich etliche Gestalten, ihre Gesichter mit Tarnfarben bemalt, die allesamt schwarze Umhänge mit Kapuzen trugen. Wenn Weber nicht alles täuschte, stellten sie Carmens Schmugglerbande dar.

Die Kollegen der KTU in ihren Plastikanzügen waren bereits vor Ort. Genauso wie Webers Kollege Jens Bösch, ausnahmsweise sorgfältig rasiert, der sich mit drei Frauen in feuerroten Rüschenkleidern zu unterhalten versuchte, die alle gleichzeitig auf ihn einredeten. Eine von ihnen fächelte sich dabei ständig mit einem Programmheft Luft zu, eine andere begleitete ihre Ausführungen mit so lebhaften Gesten, dass ihre goldenen Armreifen klirrend aneinanderstießen.

Kommissarin Tina Reich war derweil in ein Gespräch mit einem Mann in schwarzem Kapuzenumhang vertieft und gleichzeitig damit beschäftigt, sich Notizen zu machen. Wie immer so konzentriert, dass sie Webers Eintreffen gar nicht bemerkte.

Du liebe Zeit, was für ein Gewimmel. Weber beschloss, sich erst einmal einen groben Überblick über die Gemengelage zu verschaffen, ehe er selbst tätig werden würde.

Sein Blick richtete sich auf die regungslos am Boden liegende Frau, deren schwarze Locken ihr Gesicht wie ein Fächer umgaben. Zu Webers Erleichterung beugte sich Gundi Rhenisch, die demnach Bereitschaftsdienst hatte, bereits über die Tote. Das ließ darauf hoffen, dass er bald mit Ergebnissen rechnen konnte, die auch er als Nichtmediziner verstand. Er schätzte die Gründlichkeit und Zuverlässigkeit der Rechtsmedizinerin – und nicht zuletzt ihre schönen Beine, von denen momentan allerdings nicht allzu viel zu sehen war, weil sie ebenfalls in einem Plastikanzug steckten.

Gundi Rhenisch hob kurz den Kopf, nickte ihm zu, dann widmete sie sich wieder ihrer Arbeit. Ihre Wangen waren leicht gerötet, und sie wirkte so frisch, als käme sie gerade von einem erholsamen Abendspaziergang, stellte Weber fest. Er hatte keine Ahnung, wie die Frau das bei ihrem anstrengenden Job machte.

Obwohl er schon mehr Todesopfer gesehen hatte, als ihm lieb war, tat es ihm in der Seele weh, als er beobachtete, wie sie mit einer Spritze dem leblosen Körper Blut und andere Gewebeflüssigkeiten entnahm und in die Spurenröhrchen füllte.

Er schluckte trocken. Wie alt mochte die Tote wohl sein? Weber tippte auf Mitte, Ende zwanzig. Noch interessanter war indes die Frage, wieso sie mit einer tödlichen Stichverletzung mitten auf einer Bühne lag.

Als die Rechtsmedizinerin das blutverschmierte Kleid der Toten vorsichtig mit einem Skalpell aufschnitt, um die Wunde freizulegen, wandte sich der Hauptkommissar schleunigst ab.

»Hallo, Chef.« Bösch hatte sich zu ihm gesellt. »Nett, dass du uns auch noch mit deiner Anwesenheit beehrst. Ich habe schon gar nicht mehr mit dir gerechnet.«

»Jetzt bin ich ja da«, erwiderte Weber, die Spitze überhörend. »Aber es wäre äußerst hilfreich, wenn du mich ins Bild setzen könntest, was genau hier eigentlich los ist.«

»Um es kurz zu machen: Dass das Ende der Oper weitaus realistischer als geplant ausfiel, ist dem bedauerlichen Umstand zu verdanken, dass Don José, mit bürgerlichem Namen Carsten Moll, anstatt eines Theaterrequisits einen echten Dolch benutzt hat, um Carmen ins Jenseits zu befördern«, klärte Bösch ihn auf. »Ich sag's ja: In Opern wird viel zu viel gestorben. Deshalb schaue ich mir so etwas gar nicht erst an.«

Womit Bösch zumindest im Fall der jungen Frau völlig recht hatte, stellte Weber mit einem Anflug von Bitterkeit fest. Tod auf einer Theaterbühne. Er hatte als Polizist wahrlich schon einiges erlebt, aber ein Fall wie dieser war ihm bisher noch nie untergekommen.

»Wer ist unser Opfer?«, erkundigte sich Weber weiter.

»Charlotte Caspari, sechsundzwanzig Jahre alt, ledig, seit dieser Saison als Mezzosopran an der Städtischen Bühne Freiburg tätig. Übrigens ziemlich erfolgreich, wie man so hört.«

Eine Frau asiatischen Aussehens, eine Perücke mit zwei geflochtenen schwarzen Zöpfen in der Hand, stürzte an den beiden vorbei. Sie hielt sich eine Hand vor ihren Mund und gab unschöne Würgegeräusche von sich. Ihr Gesicht schimmerte grünlich. Viel Phantasie bedurfte es nicht, um zu erraten, wohin sie unterwegs war. Der Tod der Kollegin musste ihr gewaltig auf den Magen geschlagen sein.

»Genau genommen haben wir alles, was wir brauchen: Täter, Tatwaffe und jede Menge Zeugen«, redete Bösch weiter, während er der Frau mit hochgezogenen Augenbrauen hinterhersah. »Von denen habe ich allerdings schon einige nach Hause geschickt, weil die völlig am Ende waren. Aber um auf deine erste Frage zurückzukommen: Ich war sogar noch vor der KTU hier, weil ich eigentlich vorgehabt hatte, einen gemütlichen Abend im Theatercafé zu verbringen, bis mich Tina angerufen hat. Von dort ist es nur ein Katzensprung bis hierher. Nebenbei gesagt fand es meine Verabredung überhaupt nicht lustig, dass ich sie mit einem halb vollen Campari Orange habe sitzen lassen. Keine Ahnung, ob sie noch mal mit mir ausgeht.« Jens Bösch klang aufrichtig besorgt.

»Die wird sich schon wieder einkriegen«, versicherte ihm Weber halbherzig. Polizisten und Beziehungen waren eine Sache für sich. Wenigstens ging sein Kollege wieder unter Menschen und verplemperte nicht mehr jede freie Minute vor dem PC mit irgendwelchen dämlichen Computerspielen, stellte er fast schon erfreut fest. Er beschloss, Böschs alkoholgeschwängerten Atem zu ignorieren, und reichte ihm lediglich ein Pfefferminzbonbon, das er aus seiner Hosentasche gezogen hatte.

»Danke.« Bösch wickelte es aus und schob es sich in den Mund. »Sei's drum. Immerhin ist es das erste Mal, dass ich vor Tina an einem Tatort war. Das war die Sache fast schon wieder wert. Ihr Gesicht hättest du mal sehen sollen. Ich schätze, dass sie eine Weile brauchen wird, um das zu verdauen.«

Trotz des Ernstes der Lage musste sich Weber ein Lachen verbeißen. Der Ehrgeiz von Tina Reich, im Job stets die Nase vorn zu haben, war fast schon legendär. Deshalb hatte sie auch den Erziehungsurlaub ihrem Ehemann überlassen, der froh und dankbar war, eine Pause im Kampf gegen die Drogendealer-szene von Freiburg einlegen zu können, um sich stattdessen mit vollem Einsatz um den gemeinsamen Sohn Jakob zu kümmern. Natürlich nach einem streng einzuhaltenden Zeitplan, den Tina Reich ausgearbeitet hatte. Dankenswerterweise verfügte das Baby über ein sonniges Gemüt und ließ sich davon genauso wenig wie sein Vater aus der Ruhe bringen.

»Ein einziger Alptraum.« Ein glatzköpfiger Mann hatte sich den beiden Kriminalbeamten genähert. »An die Schlagzeilen darf ich gar nicht denken.« Er rang theatralisch die Hände.

»Und wer sind Sie?« Weber versuchte, der albernen roten Fliege, die der Mann um den Hals gebunden trug, keine Beach-tung zu schenken, und zückte Notizbuch und Kugelschreiber.

»Mike Schönberg. Ich bin der Intendant.« Er klang ein wenig indigniert.

Natürlich. Weber erinnerte sich, sein Foto erst kürzlich im Kulturteil des »Regio-Kuriers« gesehen zu haben, den er sonst in schöner Regelmäßigkeit überblätterte.

»Haben Sie eine Erklärung dafür, was hier passiert ist?«, fragte der Hauptkommissar.

Ratlos zuckte Schönberg mit den Achseln. »Wie denn? Ich bin doch selbst gerade erst gekommen. Mich hat fast der Schlag getroffen, als ich von dem …«, er geriet ins Stocken, »dem Un-glück erfahren habe. Mein Gott, Charlotte war so eine begna-dete Sängerin. Was für ein Verlust für das Theater.«

»Sie glauben also, dass es ein Unglück war«, konstatierte Weber.

»Was denn sonst?« Schönbergs Blick wanderte verstohlen zu der toten Frau auf dem Boden. Auf seiner Stirn bildeten sich Schweißtropfen.

»Und wie genau soll sich dieses, ähm, Unglück Ihrer Mei-nung nach ereignet haben?«, fragte der Hauptkommissar weiter.

Bevor Schönberg antworten konnte, kam eine groß gewachsene Frau auf ihn zu und baute sich schützend vor ihm auf. Zum Ensemble gehörte sie nicht, schloss Weber messerscharf, denn sie trug eine schwarze Bluse und schwarze Jeans. Ihre weizenblonden Haare waren zu einem strengen Knoten zusammengebunden. Als Walküre hätte sie eine großartige Figur abgegeben. Oder als Model für Ganzkörpertrainer – oder wie auch immer die Foltergeräte hießen.

»Waltraud Schönberg«, stellte sie sich vor. »Ich war heute Abend als Zuschauerin dabei. Zum Glück ist wenigstens meinem Mann der Anblick erspart geblieben, wie Charlotte gestorben ist. Bis vor einer halben Stunde saß er noch mit Freunden in einem Weinlokal und hatte keine Ahnung von der Tragödie. Er ist erst eingetroffen, nachdem ich ihn informiert habe.«

Merkwürdig. Wieso benahm sich die Walküre, als bräuchte ihr Mann ein Alibi? Weber hüstelte, dann wandte er sich wieder an Schönberg. »Um auf meine Frage zurückzukommen …«

Der Intendant überlegte kurz. »Das Einzige, was ich mir vorstellen kann, ist, dass Julia Körner versehentlich einen echten Dolch für die heutige Aufführung bereitgelegt hatte. Sie ist für die Requisiten zuständig, müssen Sie wissen.«

»Ich dachte immer, beim Theater kämen nur Gummimesser zum Einsatz?«, mischte sich Bösch ein.

Schönberg schenkte ihm einen herablassenden Blick. »Wo ich das künstlerische Sagen habe, werden keine Scherzartikel verwendet. Unsere Theaterdolche sind handgefertigt und verfügen über eine versenkbare Klinge. Die sehen aus wie echt.«

»Mein Mann legt bei seinen Inszenierungen allergrößten Wert auf Authentizität«, fügte die Walküre ungefragt hinzu. »Wenn jemand erstochen wird, dann wird das so realistisch wie möglich dargestellt.«

Was im Fall von Charlotte Caspari den Nagel auf den Kopf traf.

»Wo finde ich Frau Körner?«, erkundigte sich Weber, dem das Paar zunehmend auf die Nerven ging.

Mike Schönberg deutete auf eine Frau mit sandfarbenen

Stoppelhaaren, die heulend an einer Wand lehnte und zu ihren Leggins einen dunklen Pullover trug, der ihr mindestens drei Nummern zu groß war.

Weber ließ die Schönbergs stehen und ging auf sie zu. »Julia Körner?«, fragte er. Ein Schluchzer war die Antwort. Er zückte seinen Polizeiausweis. »Können wir uns kurz unterhalten?«

Durch ihre Hornbrille, die Weber an das Modell von Tina Reich erinnerte, schaute sie ihn mit rot geränderten Augen an. »Ich habe nichts falsch gemacht«, brach es aus ihr heraus. »Als ich den Dolch das letzte Mal in der Hand hatte, war alles in bester Ordnung.«

»Wann war das?«, wollte Weber wissen.

»Etwa fünfzehn Minuten vor Vorstellungsbeginn«, schniefte die Frau.

Das konnte jetzt stimmen – oder aber die Frau versuchte zu verbergen, dass ihr ein fataler Fehler unterlaufen war. Trotzdem war Weber geneigt, ihr zu glauben.

»Wer außer Ihnen hatte noch Zugang zu den Requisiten?«, fragte er weiter.

»Na, alle, die heute Abend mitgewirkt haben.«

Die Antwort befriedigte den Hauptkommissar nicht wirklich. Alle, das waren verdammt viele, wenn er sich hier so umsah. Er versuchte, sich vorzustellen, wie die Sänger und Sängerinnen hinter der Bühne aufgeregt auf ihren Auftritt warteten und sich vermutlich ausschließlich auf sich selbst konzentrierten. Entsprechend gering war die Wahrscheinlichkeit, dass es aufgefallen wäre, wenn sich jemand an den Requisiten zu schaffen gemacht hätte.

Herrschaftszeiten. Hätte heute Abend nicht ein Zwei-Mann-Stück auf dem Spielplan stehen können?, ging es Weber durch den Kopf. Das hätte seine Arbeit erheblich erleichtert.

Ein weiteres Schluchzen von Julia Körner riss ihn aus seinen Gedanken. Die junge Frau war fix und fertig. Er überlegte kurz, wie er die nächste Frage formulieren sollte, ohne dass sie komplett die Fassung verlor. »Wäre es möglich, dass jemand die Waffe ausgetauscht hat?«

Julia Körner sah ihn verdattert an. »Warum sollte das jemand tun?«

Ja, warum sollte das jemand tun? Weber hatte das unangenehme Gefühl, dass ihn genau diese Frage in nächster Zeit beschäftigen würde.

»Hatte jemand Grund, ähm …« Er stockte kurz, weil ihm der Name der Toten entfallen war. »Also, die Carmen zu töten? Hatte sie mit jemand im Ensemble Ärger?«

In Julia Körners Gesicht spiegelten sich plötzlich die widersprüchlichsten Emotionen. Sie sah ihn nicht an, als sie antwortete. »Charlotte war bei allen beliebt. Und sie war eine großartige Künstlerin.« Ein erneuter Weinkrampf schüttelte sie.

Weber gab auf. Es machte herzlich wenig Sinn, weiter mit der völlig aufgelösten Frau zu sprechen. Nichtsdestotrotz konnte er sich des Verdachts nicht erwehren, dass sie etwas vor ihm verbarg.

»Gut, Sie können gehen. Wir unterhalten uns morgen weiter. Aber vielleicht verraten Sie mir vorher noch, wo Carsten Moll steckt«, sagte er.

»Der ist weg.« Gundi Rhenisch war unbemerkt zu ihnen getreten. Sie streifte sich ihre Gummihandschuhe ab und steckte sie in ihren Koffer. Dann schälte sie sich aus ihrem Plastikanzug, den sie ebenfalls einpackte.

»Wie, weg?« Weber glaubte sich verhört zu haben.

»Den habe ich ins Krankenhaus bringen lassen«, informierte ihn die Rechtsmedizinerin seelenruhig. »Der Mann hat einen schweren Schock erlitten. Kein Wunder bei der ganzen Aufregung.«

Der Hauptkommissar konnte gerade noch einen Fluch unterdrücken. »Sie machen mir Spaß. Was, wenn der uns abhaut? Immerhin war er es, der den tödlichen Stich ausgeführt hat.«

Gundi Rhenisch schenkte ihm ein bezauberndes Lächeln. »Abgesehen davon, dass selbst Sie aus dem guten Mann kein vernünftiges Wort herausgebracht hätten, hat der jetzt eine so gewaltige Dosis Tranquilizer im Blut, dass er sich in den nächsten Stunden nicht mal mehr allein die Schuhe binden kann.

Fluchtgefahr kann ich aus medizinischer Sicht demnach zu hundert Prozent ausschließen, falls es das ist, was Sie beunruhigt.«

Unauffällig signalisierte sie einem Polizisten mit der Hand, die Leiche zuzudecken, dann zog sie Weber von Julia Körner weg, die sich geräuschvoll die Nase putzte. »So was ist mir in meiner gesamten Laufbahn noch nie untergekommen. Dass Opernhelden am Ende das Zeitliche segnen, ist ja nichts Ungewöhnliches. Allerdings hätte ich mir nicht einmal in meinen kühnsten Träumen ausgemalt, dass mal einer bei mir auf dem Seziertisch landet«, meinte sie. »So wirklichkeitsnah hatte sich Charlotte Caspari die heutige Schlussszene bestimmt nicht vorgestellt.« Ihre Stimme hörte sich belegt an.

»Wie wahrscheinlich ist es, dass Carsten Moll unserem Opfer mit voller Absicht einen echten Dolch in die Brust gerammt hat?«, fragte Weber nach einer kurzen Pause.

Gundi Rhenisch zog verblüfft die Augenbrauen hoch. »Ist das Ihr Ernst? Wie irrsinnig müsste man sein, einen Mord im Beisein von mindestens neunhundert Zeugen zu begehen?«

Ein Argument, das nicht von der Hand zu weisen war.

Ein lautes Krachen ließ beide hochschrecken. Einer der KTU-ler, der versehentlich einen Stier aus Pappmaché umgestoßen hatte, hob entschuldigend die Hand.

»Fakt ist, dass Moll mit dem Messer exakt den Herzbeutel der Frau getroffen hat. Sie dürfte anschließend höchstens noch ein paar Minuten gelebt haben«, fuhr die Rechtsmedizinerin fort, nachdem der Beamte den Stier mit einem Handgriff wieder auf die Beine gestellt hatte.

Webers Blick irrlichterte zu der jetzt zugedeckten Leiche. »Das viele Blut auf ihrem Kleid stammt demnach von der Stichverletzung?«

»Nicht ganz. Was Sie gesehen haben, ist hauptsächlich verdickter Hagebuttentee, wenn mich mein erster Eindruck nicht täuscht«, korrigierte ihn Gundi Rhenisch. »Unter ihrem Kleid trug unsere Carmen ein zusammengeknotetes Kondom, das bis zum Anschlag mit dem roten Zeug gefüllt war. Durch den Stich ist es wie ein Ballon geplatzt.«

»Was schon dramatisch genug gewesen wäre«, murmelte Weber. »Aber noch mal zurück – Sie schließen also aus, dass dieser Don José –«

»Carsten Moll«, warf die Rechtsmedizinerin ein.

»Von mir aus auch Carsten Moll, dass er abgebrüht genug ist, einen Mord auf offener Bühne zu verüben? Im Gegensatz zu mir haben Sie ja bereits das Vergnügen gehabt, seine Bekanntschaft zu machen.«

Sie zuckte mit den Achseln. »Das habe ich nicht gesagt. Aber wenn Sie mich schon nach meiner Einschätzung fragen: So erschüttert, wie der war, hatte er keinen blassen Schimmer, dass er eine tödliche Waffe in der Hand hielt.« Sie machte eine kurze Pause. »Andererseits: Wer kann schon in das Innerste eines Menschen hineinschauen?«

»Was Sie nicht sagen«, knurrte Weber. »Soweit mir bekannt ist, machen Sie in Ihrem Grusel-Institut den lieben langen Tag nichts anderes.«

Jens Bösch kam auf sie zu. »Wir würden die Tote dann abholen lassen, wenn nichts dagegen spricht.«

Gundi Rhenisch nickte. »Meinen Segen haben Sie.« Ihr Blick richtete sich erneut auf Weber. »Und wir zwei sehen uns dann morgen – oder besser heute – bei der Obduktion. Ich weiß doch, wie es Sie antörnt, wenn ich zum Skalpell greife.« Sie schenkte Weber ein undefinierbares Lächeln, als sie auf dem Absatz kehrtmachte.

»Ich kann es kaum erwarten«, beteuerte der Hauptkommissar, ohne eine Miene zu verziehen. Wenn es etwas gab, was bei ihm zu Würgekrämpfen führte, dann der Anblick eines geöffneten Körpers. Aber das ging außer ihm keine Menschenseele etwas an.

»Glaubst du an einen tragischen Unfall?«, fragte Jens Bösch. Hoffnung schwang in seiner Stimme mit.

»Gegenfrage: Glaubst du an das Christkind?«, antwortete Weber resigniert.

Der Kollege seufzte vernehmlich, bevor er auf die Uhr sah. »Es ist kurz vor eins. Meinst du nicht, wir sollten die Theaterleute endlich heimschicken und morgen weitermachen? Ihre Personalien haben wir.« Er gähnte laut und anhaltend. »Ich bin so fertig, dass ich bereits schwarze Katzen sehe.«

Weber musterte ihn streng. »Wie viel hast du bei deinem Date eigentlich getrunken?«

»Kaum der Rede wert«, versicherte ihm Jens Bösch eilig.

»Okay, dann machen wir für heute Schluss«, entschied der Hauptkommissar und schaute sich suchend um. »Wo steckt Tina Reich?«

Jens Bösch wandte ebenfalls den Kopf, dann deutete er zum Eingang der Stierkampfarena, wo sich die Kommissarin angeregt mit einem gut aussehenden Mann im Torerokostüm unterhielt. Sie wirkte aufgekratzt wie ein Teenager, der zum ersten Mal eine Tanzstunde besucht.

Weber wollte seinen Augen nicht trauen. Seine sonst so dienstbeflissene Kollegin hörte nicht auf, hektisch am Kragen ihrer geblümten Bluse herumzufummeln, und die Farbe ihres Gesichts wies starke Ähnlichkeit mit der einer überreifen Erdbeere auf.

»Die scheint sich ja blendend zu amüsieren. So kenne ich Tina gar nicht«, kam es erstaunt von Bösch.

»Weißt du, mit wem sie da turtelt?«, wollte der Hauptkommissar wissen.

»Das ist Manuel Angelico, der neue Star am Freiburger Theaterhimmel. Muss ein ganz toller Hecht sein«, wurde er von seinem Kollegen aufgeklärt. »Sogar Caro hat mir von ihm vorgeschwärmt, obwohl die es normalerweise nicht so mit Opern hat.«

Soso. Caro hieß die neue Flamme von Jens also, registrierte Weber beiläufig, während er sich Tina Reichs Gesprächspartner genauer anschaute. Ungefähr Anfang, Mitte dreißig, groß, durchtrainiert, dunkle Locken und kaffeebraune Augen. Kein Wunder, dass die Kommissarin aus dem Häuschen war.

Während er noch überlegte, wie er sie von dem Sänger loseisen sollte, preschte Mike Schönberg auf ihn zu. »Wie lange dauert das denn noch? Mein Ensemble ist völlig erschöpft. Abgesehen davon müssen wir hier noch sauber machen, bevor wir die Kulisse für den ›Freischütz‹ aufbauen.« Sein vielsagender Blick wanderte zu den Blutflecken auf dem Boden. »Nur zu Ihrer Information: Die Vorstellung für den morgigen Abend ist ausverkauft.«

Im ersten Moment glaubte Weber sich verhört zu haben. Da kam eine junge Frau unter mehr als fragwürdigen Umständen ums Leben, und dieser Typ hatte nichts anderes im Kopf, als sich um die nächste Aufführung zu sorgen. Er musste sich beherrschen, um nicht laut zu werden. »Die Einzigen, die hier morgen auftreten werden, sind meine Kollegen und ich, ist das klar? Das ist ein Tatort, bis ich etwas anderes sage.«

Mike Schönbergs Halsschlagader fing sichtbar an zu pochen. »Das können Sie nicht machen«, stieß er hervor.

»Aber sicher kann ich das. Ich wüsste nicht, wer mich daran hindern sollte«, teilte ihm der Hauptkommissar ungerührt mit.

Der Intendant schaute ihn so ungläubig an, als hätte er gerade verkündet, dass die Erde eine Scheibe sei, doch als er merkte, dass es Weber bitterernst war, drehte er ihm ohne ein Wort des Abschieds den Rücken zu und eilte zu seiner Frau, die den Polizisten alles andere als freundliche Blicke zusandte.

»Was für ein arrogantes Arschloch.« Jens Bösch schüttelte den Kopf.

»Schöner hätte ich es auch nicht ausdrücken können«, stimmte ihm Weber aus tiefstem Herzen zu.

9

Was war das denn? Im ersten Moment fuhr mir der Schreck ordentlich in die Glieder, als ich mich im Schutz der Nacht dem hell erleuchteten Theater näherte und davor gleich fünf Einsatzfahrzeuge entdeckte.

Verflixt, jetzt hatte ich mir den halben Tag mein schlaues Köpfchen zerbrochen, wie ich meinem Entführer auf die Spur kommen könnte – und jetzt funkte mir ausgerechnet die Polizei dazwischen.

Bis es endlich dunkel geworden war, hatte ich mich im Colombipark herumgedrückt und jede Menge reizende Bekanntschaften gemacht. Unter anderem die einer französischen Studentin mit entzückendem Akzent, die mir die Hälfte ihres Käsebaguettes spendierte. Normalerweise schätze ich blauschimmeligen Roquefort nicht besonders – zu herb und viel zu geruchsintensiv –, aber in meiner momentanen Situation durfte ich nicht allzu wählerisch sein. Anders gesagt: Ich nahm, was ich kriegen konnte. Als sich die Studentin von mir verabschiedete, weil sie zurück zur Uni musste, war ich zu zwei Frauen umgezogen, die sich auf ihrer Decke liegend unverblümt über die Qualitäten – besser gesagt die nicht vorhandenen – ihrer derzeitigen Lover unterhielten. Dankenswerterweise können Katzen nicht erröten – ansonsten hätte ich ausgesehen wie ein Feuermelder. Ich gestehe, bislang hatte ich mir noch nie darüber Gedanken gemacht, ob sich meine Gespielinnen im Beisein ihrer Freundinnen ähnlich despektierlich über ihre Affären mit mir ausließen. Ganz ehrlich. Obwohl ich exakt denselben Namen trug wie jener Knabe aus dem Hause Montague, der Shakespeares genialem Dichterhirn entsprungen war, würde ich mich bestimmt nicht unter einem veronesischen Balkon zum Affen machen, geschweige denn wäre ich so blöd, mich wegen einer Frau zu vergiften, mochte sie auch noch so ein heißer Feger wie diese Julia sein. Meine Damenbekanntschaften waren bisher wesentlich unkomplizierter gewesen. Keine emotionale Bindung, schneller Sex – und dann: adieu. Hört sich nicht gerade romantisch an, hatte mir aber seit Jahren viel Ärger erspart. Und noch etwas unterschied mich von meinem Namensvetter: Ich war definitiv in der Lage, eine Lerche von einer Nachtigall zu unterscheiden.

Sei's drum. Und eigentlich wollte ich gar nicht so genau wissen, was meine Verflossenen so alles über mich zum Besten gaben. Ich hatte wahrhaftig andere Probleme. Und die schienen momentan größer als erwartet zu werden.

Nervosität machte sich in mir breit. Dieses Polizeiaufgebot – galt das etwa mir? Sollte ich davon abgehalten werden, ein weiteres Mal die Bühne zu betreten? Im ersten Moment erschien mir das als die durchaus wahrscheinlichste Erklärung. Obwohl mir die Aktion doch etwas übertrieben vorkam.

Sicherheitshalber verzog ich mich auf leisen Pfoten hinter einen Busch neben der Treppe, um die Lage zu analysieren und mein weiteres Vorgehen zu überdenken. Ursprünglich hatte ich nämlich vorgehabt, mich diskret neben dem Bühneneingang zu platzieren, durch den die Mitwirkenden das Haus verlassen würden. Und sobald ich an einem von ihnen nur einen Hauch von Sandelholz erschnuppern würde, hätte ich meinen Kidnapper enttarnt.

So weit zu meinem genialen Plan, den ich zwischen Blauschimmelkäse und Bettgeflüster ausgetüftelt hatte. Nur leider hatte ich nicht einkalkuliert, dass mein Vorhaben unter dem wachsamen Auge des Gesetzes stattfinden sollte. Wenn es mir also nicht gelänge, einen Tarnmantel à la Siegfried von einem miesepetrigen Zwerg aufzutreiben, was zugegebenermaßen eher unwahrscheinlich war, wäre es vermutlich schlauer, meinen Plan ad acta zu legen, nach Hause zu marschieren und einfach alles zu vergessen – zumal ich wenig Lust darauf verspürte, in einem Tierheim für obdachlose Streuner eingesperrt zu werden. Denn das würde ich unweigerlich, wenn mich jemand entdeckte.

Ich wollte mich schon kleinlaut davonmachen, doch dann

siegte meine Neugierde. Tierheim hin oder her, ich wollte wissen, was im Theater los war. Und dazu musste ich hineingelangen, koste es, was es wolle.

No risk, no fun, sagte ich mir. Meinen ganzen Mut zusammennehmend bog ich ums Eck, marschierte zunächst an einer Eisdiele und dann an einer Bar vorbei, die den Namen »Othello« trug. Zu meiner großen Erleichterung wurde niemand von den überwiegend jungen Gästen, die draußen saßen und bunte Getränke schlürften, auf mich aufmerksam. Was nicht zuletzt daran lag, dass fast alle auf ihren Smartphones herumwischten. Es war schon phänomenal, wie wenig Beachtung Menschen ihrer Umwelt schenkten, wenn sie diese Dinger in den Händen hielten. Vermutlich hätte neben ihnen ein Feuerwerk abbrennen können, und sie hätten es nicht einmal bemerkt.

Nun, wenn mich niemand beachtete, sollte mir das recht sein. Nur eine kleine Maus, die sich hinter der Glasscheibe einer Bäckereifiliale über die Barthaare strich, huschte bei meinem Anblick entsetzt davon. Ich ließ sie links liegen und trabte weiter.

Ein Schild zeigte mir, dass ich am Ziel angekommen war. Der Bühneneingang. Ich drückte mich in eine Ecke, bis die Tür aufging und zwei Frauen heraustraten. Besonders fröhlich sahen sie nicht aus, bemerkte ich erstaunt. Die eine hatte total verheulte Augen, die andere wirkte so geschockt, als hätte sie einen der apokalyptischen Reiter gesehen. Die beiden waren so mit sich selbst beschäftigt, dass ihnen nicht einmal auffiel, wie ich an ihnen vorbeiwitschte, bevor die Tür ins Schloss fiel. Die erste Hürde war genommen.

Eilig sprang ich die Treppen hinauf, nur um vor der zweiten verschlossenen Tür zu stehen. Verflixt und zugenäht, kaum war ein Hindernis überwunden, versperrte mir das nächste den Weg. Doch ich machte mir umsonst Sorgen. Auch die vier schweigenden Männer, von denen einer noch einen Rest Theaterschminke im Gesicht hatte, bemerkten nicht, dass ein Kater an ihnen vorbeischlich.

Geschafft, jubilierte ich innerlich. Ich war drin, wie schon dieses Finanzgenie Boris Becker zu sagen pflegte. Bloß – was sollte ich jetzt machen? Auf gut Glück strolchte ich durch den langen, kahlen Flur.

»Der reinste Horror. Die arme Charlotte.«

Eine sonore Männerstimme drang an mein Ohr. Welche Charlotte und welcher Horror?, wunderte ich mich noch, dann bog ich rechts ab, um mich im Backstagebereich der großen Bühne wiederzufinden.

Du liebe Zeit. Das Bild, das sich mir hier bot, war mehr als verwirrend. Toreros, Frauen in Flamencokleidern und undefinierbare finstere Gestalten standen in Grüppchen zusammen und unterhielten sich mit gedämpften Stimmen. Wenn mich mein hohes Bildungsniveau nicht täuschte, waren sie direkt der Oper »Carmen« entsprungen. Das erklärte auch das Bühnenbild, obwohl die Stiere aus Pappmaché, die dümmlich vor sich hin starrend vor einer Arena herumlungerten, meiner Meinung nach etwas zu dick aufgetragen waren. Mir kam das alles sehr spanisch vor – und zwar im wahrsten Sinne des Wortes. Noch mehr jedoch irritierten mich die Menschen in Plastikanzügen, die mit gesenkten Köpfen herumliefen und sehr geschäftig wirkten. Allmählich begann ich mich ernsthaft zu fragen, in was ich da hineingeplatzt war.

Um nicht aufzufallen, verzog ich mich in eine kleine Nische. Der Platz war ideal, um alles überblicken zu können, ohne selbst entdeckt zu werden. Hoffte ich zumindest.

Ein auffällig großer Mann in Jeans und weißem Hemd erregte meine Aufmerksamkeit. Er unterhielt sich mit einer sympathisch wirkenden Frau, die ebenfalls von Kopf bis Fuß in Plastik gehüllt war. Zu gern hätte ich gehört, was die beiden zu besprechen hatten, doch das Einzige, was ich auf die Distanz aufschnappen konnte, war »Schock« und »weg«. Besonders aufschlussreich war das nun nicht gerade.

Etwas weiter weg entdeckte ich eine junge Frau in einer geblümten Bluse, die einen flotten Torero anhimmelte. Ich konnte mir nicht helfen, irgendwie erinnerte sie mich an die Musterschülerin Hermine Granger aus »Harry Potter«. Ehrgeizig, ein bisschen humorlos, typische Streberin eben. Und momentan eindeutig Opfer ihrer Hormone. Der Verursacher ihres Gemütszustands wiederum war ein alter Bekannter von mir. Bei ihm handelte es sich eindeutig um den Figaro aus »Der Barbier von Sevilla«, mit dem ich tags zuvor gemeinsam, wenn auch viel zu kurz, auf der Bühne gestanden hatte.

Instinktiv machte ich einen Schritt zurück, als ein Glatzköpfiger mit roter Fliege in mein Blickfeld geriet. So wütend, wie der aussah, musste ihm eine ganze Läusekompanie über die Leber gelaufen sein.

Ein lautes Rumsen, verursacht von einem umfallenden Stier, riss mich aus meinen Betrachtungen. Die Fliege auf zwei Beinen wurde noch zorniger, als sie bereits war.

»Können Sie nicht aufpassen?«, brüllte der Mann los. »Unser Theaterplastiker hat auch so schon genug zu tun, das ganze Chaos wieder zu beseitigen, das Sie und Ihre Kollegen hier veranstalten.«

Auweia, mit dem war nicht gut Kirschen essen. Besser, ich ging ihm aus dem Weg. Sicherheitshalber verzog ich mich noch ein wenig tiefer in meine Ecke. Wenn der mich entdecken würde, säße ich schneller wieder an der frischen Luft, als ich Whiskas sagen konnte.

Vor lauter Aufregung registrierte ich erst jetzt die regungslos auf dem Boden liegende Frau, deren weißes Rüschenkleid einen riesigen roten Fleck aufwies, der da hundertprozentig nicht hingehörte. Lange brauchte ich nicht, um zu realisieren, dass sie mausetot war. Erschüttert ließ ich mich auf mein Hinterteil fallen. Keine Frage, bei der Dame konnte es sich nur um die bedauernswerte Charlotte handeln, von der kurz zuvor die Rede gewesen war. Noch mehr beunruhigte mich jedoch, dass sie ganz sicher keines natürlichen Todes gestorben war.

Als sie von einem Polizisten mit einem Tuch zugedeckt wurde, machte sich Panik in mir breit, und ich wünschte mir inständig, friedlich in meinem Katzenkorb zu liegen, statt Augenzeuge eines Verbrechens zu sein. Denn dass es sich um ein solches handelte, daran hegte ich nicht den geringsten Zweifel.

Ich beschloss, mich zurückzuziehen. Für heute hatte ich genug gesehen. Lieber würde ich noch eine weitere Nacht unter freiem Himmel und Drogendealern verbringen als neben einer Leiche.

10

Wenig überraschend hatte Katharina in der Nacht kein Auge zugetan. Nachdem sie Weber verständigt hatte, waren sie und Bambi in die Redaktion gestürmt, um noch einen Artikel über den Vorfall ins Internet zu stellen. Gegen ein Uhr war sie endlich nach Hause gekommen und hatte sich nach einem Glas Rotwein sofort ins Bett gelegt. Allein – an Schlaf war nicht zu denken gewesen. Sie hatte das Bild der toten Sängerin einfach nicht aus dem Kopf bekommen.

Entsprechend gerädert fühlte sie sich am nächsten Morgen, als sie sich in aller Eile noch einen Kaffee genehmigte, bevor sie Hasi frisches Wasser und Trockenfutter servierte. Ihr Haustier, das Fertiggerichte nicht ausstehen konnte, pfefferte schlecht gelaunt ein paar Strohhalme durch die Käfigstäbe – seine Art, sie darauf hinzuweisen, dass es frischen Löwenzahn und Salat vorzog.

Hasi und seine Befindlichkeiten.

»Jetzt reiß dich zusammen und friss. Ich habe weder Zeit noch Lust, dir frisches Grünzeug zu besorgen«, maulte sie ihn an. Ein weiterer Strohhalm flog in hohem Bogen auf den Parkettboden.

Toll. Katharina konnte sich jetzt schon lebhaft ausmalen, was für ein Tohuwabohu ihr Langohr veranstalten würde, bis sie wieder zu Hause wäre. Gereizt schlug sie die Tür lauter als nötig hinter sich zu.

In Windeseile machte sie sich auf den Weg zur Redaktion. Zunächst ging sie Richtung Schwabentor, dann die Salzstraße hinunter bis zum Münsterplatz, wo sie wie gewohnt von den grimmig blickenden Wasserspeiern am Freiburger Münster begrüßt wurde. Beim Versuch, drei Frauen mit prall gefüllten Einkaufstaschen auszuweichen, wäre Katharina beinahe gegen eine Mutter mit Kinderwagen geprallt, aus dessen Inneren spitze Schreie drangen, die sich anhörten, als stammten sie von einem wütenden Alien. Sie murmelte eine Entschuldigung und ging schnell weiter.

Die letzten Meter bis zum »Regio-Kurier« legte sie im Laufschritt zurück. Auf sie wartete heute jede Menge Arbeit.

»Wie kommt es eigentlich, dass du ständig über Leichen stolperst, egal, wo du auftauchst?«, wurde sie von Dominik begrüßt, der bereits am Schreibtisch saß und sie gespannt ansah. »Ich war schon hundertmal im Theater, ohne dass es Tote gegeben hat. Zumindest keine echten.«

»Jetzt übertreib mal nicht.« Katharina stellte ihre Handtasche ab und ließ sich erschöpft auf den Schreibtischstuhl fallen. »Du tust ja gerade so, als hätte *ich* die Opernsängerin höchstpersönlich ins Jenseits befördert. Aber ich kann dich beruhigen, dafür hat jemand anders gesorgt. Und zwar eiskalt.«

»Du denkst, es war Mord?« Dominik schaute sie nachdenklich an.

»Hast du eine bessere Erklärung?«, erwiderte Katharina, während sie ihren PC hochfuhr.

»Es könnte sich auch um einen unglücklichen Zufall handeln«, machte sie ihr Kollege aufmerksam.

»Einen Zufall? Das musst du mir jetzt schon näher erklären.« Katharina war irritiert. »Aber vorher brauche ich einen Kaffee, ohne Koffein kapier ich eh nichts.« Sie entschwand Richtung Küche.

Als sie mit einer dampfenden Tasse mit Häschenmotiv in der Hand zurückkam, forderte Dominik sie mit einer Handbewegung auf, sich zu ihm zu gesellen. »Schau dir das mal an.« Er deutete auf seinen Bildschirm.

»›Schauspieler schneidet sich Hals auf‹?« Verdutzt las Katharina die Überschrift des von ihm aufgerufenen Online-Artikels. Demnach war vor einigen Jahren ein Darsteller, der in Wien den Mortimer in »Maria Stuart« spielte, während der Selbstmordszene beinahe verblutet, weil man ihm versehentlich ein echtes Messer in die Hand gedrückt hatte. Glücklicherweise hatte der Mann es nicht allzu beherzt an seine Kehle gesetzt, sonst wäre das sein letzter Auftritt gewesen.

»Brrr.« Sie schüttelte sich, als sie den Text überflogen hatte. »Die Story hört sich so unglaublich an, als wäre sie Agatha Christies Feder entsprungen.«

Dominik nickte. »Aber genau so könnte es sich auch gestern Abend am Theater abgespielt haben. Jemandem unterläuft bei den Requisiten ein fataler Fehler – und schon haben wir die Katastrophe.«

Die Winkekatze, die regungslos auf Dominiks Schreibtisch thronte, seit man ihr die Batterien entfernt hatte, schien seine Auffassung zu teilen, zumindest erhob sie keinerlei Einwand.

»Möglich.« Katharina ging zurück an ihren Platz und griff zum Telefon. »Vielleicht ist Weber diesbezüglich schon schlauer«, meinte sie, während sie seine Nummer wählte.

»Selbst wenn, wird er dir das zum jetzigen Zeitpunkt wohl kaum unter die Nase reiben«, versuchte Dominik ihren Elan zu bremsen. »Vermutlich wirst du dich wie alle anderen an die Pressestelle wenden müssen.«

Zu Katharinas Missfallen behielt er recht. Nachdem zehnmal das Freizeichen ertönt war, legte sie stirnrunzelnd den Hörer auf. Entweder war Weber tatsächlich nicht an seinem Platz – oder er hatte ihre Nummer gesehen und aus gutem Grund nicht abgenommen. Egal, sie würde es später noch einmal versuchen. Den Aufmacher für die morgige Ausgabe konnte sie auch ohne seine Mithilfe verfassen, schließlich hatte sie mit eigenen Augen gesehen, was sich auf der Bühne ereignet hatte.

Ein Blinken auf dem Bildschirm vermeldete den Eingang einer neuen Mail.

»Oha«, machte Katharina. »Herr Clauswitz beehrt uns mal wieder mit seiner Aufmerksamkeit.« Herr Clauswitz war ein älterer Herr aus Herdern, der bedauerlicherweise nicht davon abzubringen war, dass zuweilen Ufos über Freiburg kreisten, und seine Beobachtungen in schöner Regelmäßigkeit der Presse kundtat.

»Was schreibt er? Hat er Beweise dafür, dass außerirdische Wesen für den Tod der Sängerin verantwortlich sind?«, feixte Dominik.

»Du bist nah dran. Herr Clauswitz ist der festen Überzeugung, dass ein Reptilienwesen, das sich als Mensch tarnt, den Mord begangen hat. Meine Güte, allmählich mache ich mir echt Sorgen um den Mann.«

»Interessante Theorie. Du solltest die Nachricht unbedingt an Weber weiterleiten«, regte Dominik an. »Der ist bestimmt dankbar für jeden Hinweis.«

Katharina rieb sich nachdenklich die Nase. »Jetzt mal unabhängig von deinen Rechercheergebnissen und Clauswitz' Verschwörungstheorien – ich gehe jede Wette ein, dass jemand Charlotte Casparis Tod wollte. Nur wer?«

»Genau darüber habe ich mir die halbe Nacht den Kopf zerbrochen. Leider ohne Ergebnis.« Auch Bambi war zwischenzeitlich eingetrudelt. Er schob die Winkekatze zur Seite und ließ sich stöhnend auf Dominiks Schreibtisch nieder. »Offen gesagt ist mir das Ganze ein Rätsel. Ich kann mir einfach nicht vorstellen, dass Carsten Moll vor versammeltem Publikum einen Mord begeht. So blöd ist doch kein Mensch.«

Katharina sprang von ihrem Stuhl auf und begann, im Büro auf und ab zu laufen. »Ich habe ja auch nicht behauptet, dass er es war. Vielleicht hat ihn schlicht jemand anders einen Mord begehen lassen.« Sie blickte in die ungläubigen Gesichter ihrer Kollegen.

»Manchmal werde ich das Gefühl nicht los, dass du zu viele Krimis verschlingst«, sagte Dominik kopfschüttelnd.

»Oder du zu wenig«, konterte Katharina. »Denn je länger ich darüber nachdenke, desto mehr scheidet ein Unfall für mich aus.«

»Nur mal angenommen, du liegst richtig. Dann müsste jemand aber schon einen triftigen Grund gehabt haben, Charlotte Caspari auf solch spektakuläre Art und Weise aus dem Weg zu räumen«, spann Dominik nach kurzem Zögern den Faden weiter.

»Das hätte man wirklich unauffälliger bewerkstelligen können«, pflichtete ihm Bambi bei.

Nachdenkliches Schweigen breitete sich im Büro aus.

»Dankenswerterweise gibt es Mittel und Wege, auch ohne Hilfe der Polizei an solche Informationen zu kommen«, sagte Katharina beiläufig.

Alarmiert hob Dominik den Kopf. »Und wie genau stellst du dir das vor?«

Katharina blieb am Fenster stehen und zupfte an ihrem Gummibaum herum, der traurig die Blätter hängen ließ. Sein desolater Zustand war nicht zuletzt darauf zurückzuführen, dass er ständig mit kaltem Kaffee getränkt wurde – und zwar immer dann, wenn Katharina zu bequem war, ihre Tasse in der Küche auszuleeren. Was häufig genug vorkam. Wasser hingegen bekam er eher seltener ab.

»Ganz einfach. Ich muss irgendeine Möglichkeit finden, mich unauffällig im Theater umzuhören, ohne dass jemand Verdacht schöpft«, meinte sie mit gerunzelter Stirn.

Bambi stöhnte auf. »Echt jetzt?«

»Lalü-lala.« Unten auf der Straße fuhr ein Krankenwagen mit eingeschalteter Sirene entlang.

Katharina schaute dem Fahrzeug versonnen hinterher, bis das Martinshorn verklungen war. Natürlich. Das war die Lösung. Ihre Miene hellte sich auf. »Ich werde im Extrachor mitsingen. Die sind bestimmt froh über jede Verstärkung.«

»Ich glaube kaum, dass die ›Highway to Hell‹ im Repertoire haben«, meinte Dominik belustigt.

»Denkst du wirklich, die nehmen dich?« Bambi klang mehr als skeptisch.

»Warum denn nicht?«, schnappte Katharina.

»Weil du einen Notenschlüssel nicht von einem Schlüsselblümchen unterscheiden kannst«, erklärte er ihr geduldig. »Auch wenn ein Extrachor aus Laien besteht, brauchen die eine gesangliche Vorbildung. Hast du überhaupt schon mal in einem Chor gesungen?«

»Klar.« Katharina winkte lässig ab. »Im Schulchor. Wenn auch nicht freiwillig.« Dass sie die Proben meistens geschwänzt hatte, behielt sie für sich.

»Dir ist schon klar, dass Weber von deiner Idee nur mäßig

entzückt sein dürfte?«, gab Dominik zu bedenken. »Der schätzt es gar nicht, wenn du dich ungefragt in seine Fälle einmischst. Du erinnerst dich hoffentlich noch daran, was beim letzten Mal passiert ist.«

Im ersten Moment machte Katharina ein betretenes Gesicht. Sie wusste ganz genau, worauf Dominik anspielte: So lange lag es noch nicht zurück, dass sie um ein Haar von einer Mörderin und deren Komplizin entführt worden war. Aber schließlich hatte sie die Sache heil überstanden. Kein Grund also, sich ins Bockshorn jagen zu lassen.

Sie öffnete schon den Mund, um ihrem Kollegen eine entsprechende Antwort zu geben, doch Bambi war schneller. »Seit wann lässt sich unsere geschätzte Kollegin von Alleingängen abhalten, wenn es um die Aufklärung eines möglichen Verbrechens geht?«

»Eben«, kam es von Katharina. Trotzig hob sie ihr Kinn. »Und deshalb werde ich singen. Basta.«

Dominik seufzte ergeben und sah Bambi an.

Der zuckte mit den Schultern. »Lass gut sein. Genauso könnten wir versuchen, einen Tsunami mit bloßen Händen aufzuhalten. Oder ihr endlich das Rauchen abzugewöhnen.«

Katharina lächelte ihre Kollegen an. »Keine Angst, mir passiert schon nichts. Und jetzt brauche ich noch einen Kaffee.« Sie schnappte sich ihre Häschentasse.

»Wehe, du vergreifst dich wieder an meinen Frikadellen!«, rief ihr Bambi hinterher, als sie sich auf den Weg in die Küche begab.

11

Don José alias Carsten Moll, der am Morgen aus der Klinik entlassen worden war, sah nicht gerade wie das blühende Leben aus, als er gegen zwölf Uhr Webers Büro betrat. Bleich und mit dunklen Ringen unter den Augen nahm er Platz. Er wirkte so mitleiderregend, dass Weber wortlos das Zimmer verließ, um ein Glas Mineralwasser zu holen, das er vor ihn hinstellte, bevor er sich wieder neben Tina Reich setzte.

Dafür, dass der Hauptkommissar die Nacht zuvor nur drei Stunden geschlafen hatte, fühlte er sich erstaunlich fit. Was vermutlich mit dem Koffein zusammenhing, das er literweise in sich hineinschüttete, seit er sich aus seinem Bett gequält hatte.

Im Kommissariat ging es zu wie in einem Taubenschlag. Seit Stunden gaben sich die Theaterleute die Klinke in die Hand, um ihre Aussagen zum gestrigen Abend zu machen. Allerdings hatte bislang keiner der Zeugen eine Erklärung dafür parat gehabt, wieso Carsten Moll einen echten Dolch in der Hand gehalten hatte.

»Geht es Ihnen wieder besser?« Weber musterte unauffällig das fast schon mädchenhafte Gesicht des Sängers, das von blonden Löckchen umrahmt war. Spontan fühlte sich der Hauptkommissar bei seinem Anblick an die pausbäckigen Putten erinnert, die er letzthin bei einem Ausflug nach St. Peter in der dortigen Barockkirche gesehen hatte. Harmlos und liebenswert. Und ein paar Kilo zu viel auf den Rippen.

»Für mich ist das alles unbegreiflich. Ich hätte Charlotte doch nie im Leben etwas angetan.« Dankbar griff Carsten Moll nach dem Glas Wasser. »Ich habe den Dolch gestern wie immer vom Requisitentisch genommen. Wie sollte ich ahnen, dass es diesmal eine echte Waffe war?« Er hörte sich an, als würde er im nächsten Moment in Tränen ausbrechen.

»Kontrollieren Sie Ihre Requisiten denn nicht, bevor Sie zustechen?«, mischte sich Tina Reich ein, die sich offensichtlich entschlossen hatte, die Rolle des bösen Cops zu übernehmen. Ihre Lieblingsrolle, wie Weber wusste. »Sie hätten doch merken müssen, dass sich die Klinge nicht einziehen ließ.«

Carsten Moll hob müde den Kopf. »Wie denn? Dazu hätte ich mir vorher schon damit in den Finger schneiden müssen. Schließlich sah der Dolch exakt so aus wie unsere Requisite. Wieso um alles in der Welt hätte ich also misstrauisch werden sollen? Eine Spielzeugpistole kann man auf den ersten Blick auch nicht von einer echten unterscheiden.«

»Ich schon«, kam es schnippisch von Tina Reich.

Irgendwie schien seine Kollegin heute auf Krawall gebürstet zu sein, stellte Weber fest, der den kleinen Schlagabtausch kommentarlos verfolgt hatte. Sollte er seine Kollegin darauf aufmerksam machen, dass noch ein Rest eingetrockneter Babybrei an ihrer Blümchenbluse klebte, um sie auszubremsen? Er entschied sich dagegen. Tina Reich war zwar etwas speziell, hatte aber auch unbestritten ihre Qualitäten als Ermittlerin.

»Wenn ich auch nur den leisesten Verdacht gehabt hätte, dass mit der Waffe etwas nicht stimmt, dann wäre Charlotte noch am Leben, das müssen Sie mir glauben.« Carsten Molls hilfesuchender Blick blieb am Hauptkommissar hängen.

Weber räusperte sich.

»Was haben Sie denn an dem Abend gemacht, bevor Sie auf die Bühne sind?«

»Dasselbe wie sonst auch. Erst werde ich umgekleidet und geschminkt, und einsingen musste ich mich auch noch. Wie hätte ich mich bei dem ganzen Stress noch um die Requisiten kümmern sollen? Dafür ist Julia Körner zuständig.« Der letzte Satz klang fast schon trotzig.

»Ist Ihnen gleich aufgefallen, dass Charlotte Caspari tödlich verletzt war?«, wollte Tina Reich weiter wissen.

Carsten Moll knetete seine Hände. »Eben nicht. Ich habe mich vielmehr gewundert, warum sie so theatralisch über die Bühne torkelte. Laut Regieanweisung hätte sie einfach langsam zu Boden sacken müssen, damit ich mich als Don José verzweifelt über sie beugen kann. So haben wir das schon x-mal gemacht.« Seine Stimme brach.

»Wie haben Sie reagiert, als sich Ihre Partnerin anders als erwartet verhielt?«, erkundigte sich Weber.

»Im ersten Moment war ich völlig perplex. Ich blieb wie angewurzelt stehen, weil ich dachte, Charlotte würde eine Riesenshow abziehen, um bis zum Schluss im Mittelpunkt zu stehen.«

»Das ist ihr auf alle Fälle gelungen«, rutschte es dem Hauptkommissar heraus.

Tina Reichs Kopf schnellte empört zu ihm herum.

Carsten Moll schluckte trocken, ohne auf die flapsige Bemerkung einzugehen. »Nach ein paar Sekunden brach sie endgültig zusammen und gab keinen Muckser mehr von sich. Erst dann wurde mir klar, dass etwas nicht stimmte. Zum Glück war einer der Bühnenarbeiter geistesgegenwärtig genug, schnell den Vorhang zu schließen.«

»Sie sind nicht schon stutzig geworden, als Sie das viele Blut auf Charlotte Casparis Kleid gesehen haben?«, kam es von Tina Reich.

Carsten Moll schaute sie entgeistert an. »Natürlich nicht. Damit der Bühnentod möglichst eindrucksvoll wirkt, wird doch jeden Abend literweise Hagebuttentee gekocht und mit Speisestärke verdickt. Sie müssten mal erleben, wie wir aussehen, wenn ›Macbeth‹ auf dem Programm steht.«

Weber, der vor Jahren von seiner Frau in eine Vorstellung der Verdi-Oper geschleppt worden war, konnte sich das lebhaft vorstellen: Das musikalische Spektakel war ein einziges Schlachtfest gewesen. Und zudem ein verdammt zeitraubendes.

»Wie war eigentlich Ihr Verhältnis zu Charlotte Caspari?«, übernahm er wieder die Gesprächsführung. Ihm entging nicht, dass Carsten Moll kurz zögerte, ehe er antwortete. »Gut. Aber privat hatten wir kaum miteinander zu tun.«

»Sie mochten sie also nicht«, stellte Tina Reich bissig fest.

»Jürgen, kann ich dich ganz kurz sprechen?« Jens Bösch streckte seinen Kopf ins Büro.

Weber sah Moll entschuldigend an und stand auf. »Bin sofort

wieder zurück.« Er verließ den Raum und schloss die Tür hinter sich.

»Mann, hat das nicht Zeit, bis ich fertig bin?«, raunzte er seinen Kollegen an. »Ich hoffe für dich, dass du einen guten Grund hast, einfach reinzuplatzen.« Bei Befragungen ließ sich Weber nur ungern stören. Außerdem hegte er die leise Befürchtung, dass Tina Reich seine Abwesenheit dafür nutzen könnte, um den Sänger in seine Bestandteile zu zerlegen.

»Der Dolch wurde absichtlich ausgetauscht«, kam Bösch gleich zum Punkt. »Jemand wollte, dass Charlotte Caspari starb.«

»Was du nicht sagst.« Weber spitzte die Ohren. »Und wie kommst du zu dieser Erkenntnis?«

»Ganz einfach. Julia Körner hat doch ausgesagt, dass sie das Requisit noch fünfzehn Minuten vor Vorstellungsbeginn in der Hand gehalten hat.« Er legte eine Kunstpause ein.

»Jetzt mach's nicht so spannend«, fuhr ihn Weber an, der es auf den Tod nicht leiden konnte, wenn man ihn zappeln ließ.

»Laut KTU sind auf der Tatwaffe aber nur die Fingerabdrücke von Carsten Moll«, ließ Bösch die Bombe platzen. »Falls die Requisiteurin also die Mordwaffe nicht selbst hingelegt und ihre Fingerabdrücke abgewischt hat –«

»Hat jemand anders das Messer während der Vorstellung ausgetauscht und dabei sorgfältig darauf geachtet, keine Spuren zu hinterlassen«, beendete Weber düster den Satz. »Heißt, wir haben es eindeutig mit einem Mord zu tun.«

Jens Bösch nickte.

»Habe ich es doch geahnt.« Weber überlegte kurz. »Allerdings halte ich es für sinnvoller, wenn wir diese Erkenntnis erst mal nicht in der Öffentlichkeit breittreten. Solange unser Unbekannter noch denkt, dass wir von einem Unglück ausgehen –«

»Und was erzählst du dann den Medienvertretern? Die scharren doch jetzt schon gewaltig mit den Hufen. Es kommt ja nicht alle Tage vor, dass jemand auf offener Bühne erstochen wird«, erwiderte Jens Bösch mit gerunzelter Stirn.

»Das Übliche«, beschied ihm Weber. »Nähere Einzelheiten über den Tod von Charlotte Caspari können wir aus ermittlungstaktischen Gründen nicht mitteilen. Was ja noch nicht mal gelogen ist.«

Bösch grinste. »Ich kann mir kaum vorstellen, dass sich deine Freundin Katharina Müller damit zufriedengeben wird. War die nicht auch in besagter Vorstellung?«

»War sie. Sie hat mich informiert. Und sie wird sich damit abfinden müssen, auch wenn es ihr schwerfällt«, erwiderte Weber bestimmt. »Genau wie alle anderen.« Er überlegte kurz. »Falls der Täter den Theaterdolch nicht mitgenommen und anderweitig entsorgt hat, müsste das verdammte Ding ja noch irgendwo im Gebäude zu finden sein.«

»Dir ist aber schon klar, dass das eine Weile dauern könnte, bis wir den Laden gründlich auf den Kopf gestellt haben«, gab Bösch seufzend zu bedenken. »Hast du eine Ahnung, wie viele Verstecke es dort gibt? Eher stoßen wir auf die sprichwörtliche Nadel im Heuhaufen.«

»Ein Grund mehr, sich sofort an die Arbeit zu machen.« Weber ließ seinen Kollegen stehen und ging zurück in sein Büro. Mit einem Ohr vernahm er noch, wie Jens Bösch irgendetwas von verschwendeter Arbeitszeit murmelte.

Wie es aussah, hatte Tina Reich darauf verzichtet, die Befragung des Sängers ohne den Hauptkommissar fortzusetzen. Vielmehr war sie damit beschäftigt, eine Nachricht auf ihrem privaten Smartphone zu tippen. Als sie Weber bemerkte, legte sie es mit einem finsteren Blick zur Seite.

»Ist Ihnen gestern Abend jemand im Bühnenbereich aufgefallen, der nicht zu den Mitwirkenden gehörte?«, wandte sich Weber an Moll, als er wieder Platz genommen hatte.

Tina Reichs Augenbrauen schnellten nach oben.

Der Sänger zuckte hilflos mit den Schultern. »Bei meinem Lampenfieber würde ich nicht einmal bemerken, wenn mir der Geist von Pavarotti über den Weg laufen würde. – Und der wäre nun wirklich nicht so leicht zu übersehen«, fügte er mit einem Anflug von Galgenhumor hinzu. »Aber wieso fragen Sie?«

Weber beschloss, deutlicher zu werden. »Wäre es möglich, dass Ihnen jemand absichtlich eine tödliche Waffe untergeschoben hat?« Er schaute Carsten Moll eindringlich an.

Der fuhr zusammen, als hätte er versehentlich einen elektrischen Weidezaun berührt. »Sie wollen doch nicht etwa andeuten, dass jemand dafür gesorgt hat, dass ich, ohne es zu wollen, Charlotte ersteche. Das ist völlig abwegig. So was macht doch keiner.«

Wenn du dich da mal nicht gründlich täuschst, ging es Weber durch den Kopf.

»Hatte das Opfer mit jemandem vom Theater Streit?«, erkundigte er sich weiter.

Carsten Moll wurde verlegen. »Was heißt schon Streit? Bei dem Stress, den wir haben, darf man natürlich nicht jedes Wort auf die Goldwaage legen.« Er hüstelte. »Charlotte konnte manchmal ganz schön anstrengend sein, wenn nicht alles gleich auf Anhieb klappte. Sie war eben ziemlich ehrgeizig. Aber das ist noch lange kein Grund, sie umzubringen. Oder haben Sie jedes Mal Mordgelüste, wenn Ihnen jemand aus dem Kollegenkreis auf die Nerven geht?«

Webers Blick wanderte unauffällig zu Tina Reich. »Nein, natürlich nicht«, versicherte er schnell. »Dann frage ich jetzt mal andersherum. Gab es jemanden, mit dem Charlotte Caspari enger befreundet war?«

»Soweit mir bekannt ist, nur Julia Körner.«

Gelächter erfüllte den Flur und drang durch die Bürotür. Weber verspürte einen Anflug von Neid. Schön, dass manche Kollegen noch Zeit hatten, blöde Witze zu reißen.

»Kann ich Ihnen sonst noch irgendwie helfen?«, fragte Carsten Moll, als niemand mehr etwas sagte.

»Momentan wäre das alles«, antwortete der Hauptkommissar. »Sie können gehen.«

»Aber halten Sie sich bitte zu unserer weiteren Verfügung«, fügte Tina Reich an, der deutlich anzusehen war, dass sie Carsten Moll zu gern hätte weiterschmoren lassen.

Der Opernsänger stand auf und reichte dem Hauptkommissar, der sich ebenfalls erhoben hatte, die Hand. »Werden Sie herausfinden, wer für Charlottes Tod verantwortlich ist?«

»Ich tue mein Bestes«, versprach ihm Weber und setzte sich wieder. Als sich die Tür hinter Moll geschlossen hatte, wandte er sich an Tina Reich, die schon wieder ihr Smartphone in der Hand hielt. »Die Theorie von einem Unfall können wir getrost begraben.« In kurzen Worten informierte er sie darüber, was ihm Jens Bösch vor einigen Minuten mitgeteilt hatte.

Tina Reichs Augen verengten sich zu Schlitzen, als Weber fertig war. »Meine Güte, auf so etwas Heimtückisches muss man erst mal kommen. Einen Unschuldigen zu missbrauchen, um einen Mord zu begehen. Am Ende hat der wahre Täter sogar zugesehen, wie die Sängerin starb.«

Der Hauptkommissar betrachtete sie nachdenklich. »Dann sind wir uns einig, dass Carsten Moll erst mal als Mörder ausscheidet?«

Tina Reich rieb sich die Nase, dann nickte sie. »Dem traue ich nicht mal zu, dass er bei Rot über die Straße geht. Der würde nie jemanden in aller Öffentlichkeit umbringen, dafür fehlt ihm definitiv die nötige Kaltschnäuzigkeit.«

Weber lehnte sich auf dem Stuhl zurück und verschränkte die Arme hinter dem Kopf. »Umso weniger verstehe ich, warum Sie gerade so angriffslustig waren. Ich hatte schon Angst, Sie würden den armen Kerl foltern, um ein Geständnis aus ihm herauszupressen.«

»Ich und angriffslustig?«, brauste Tina Reich auf. Als Weber sie ungerührt weitertaxierte, wurde sie plötzlich kleinlaut. »Sorry, aber momentan ist alles ein bisschen viel. Ich hätte es nie für möglich gehalten, wie anstrengend ein Säugling sein kann. Jacob brüllt neuerdings jede Nacht, als wollte man ihn bei lebendigem Leib grillen. Und dann haben wir uns auch noch fürchterlich gestritten, er geht nicht mal mehr an sein Handy.« Sie setzte ihre Hornbrille ab und rieb sich die Augen.

Wie? Jacob hatte schon ein Handy? Weber brauchte ein paar Sekunden, um zu kapieren, dass sich die letzten Sätze seiner Kollegin nicht auf ihren Nachwuchs, sondern auf ihren Mann bezogen hatten. Ganz offensichtlich befand sich das noch junge Eheglück momentan in Schieflage.

»Das wird schon wieder«, versuchte er Tina Reich zu trösten. »Meinungsverschiedenheiten kommen in den besten Beziehungen vor.«

»Sie haben gut reden, Ihre Frau ist schließlich ständig unterwegs«, schniefte die Kommissarin. Klang da etwa Neid in ihrer Stimme mit? Weber konnte sich des Eindrucks nicht erwehren, als wünschte sie sich ihren Ehemann ebenfalls weit weg.

Ein weiteres Schniefen folgte, dann putzte sich Tina Reich die Nase, setzte sich wieder die Brille auf und schaute auf ihre Armbanduhr. »Die nächsten Zeugen rücken in einer halben Stunde an.«

»So bald schon?« Weber war wenig erfreut. Eigentlich hatte er gehofft, in der Kantine noch etwas in den Magen zu bekommen, bevor es mit den Befragungen weiterging. Und die Genehmigung des Staatsanwalts für die Durchsuchung von Charlotte Casparis Wohnung musste er auch noch beantragen. Was allerdings angesichts der neuen Beweislage kein Problem sein dürfte. »Sollen wir solange eine kurze Pause einlegen? Bis zum Feierabend dauert es noch ganz schön lang«, schlug er seiner Kollegin vor.

Sie starrte ihn so ungläubig an, als hätte er von ihr verlangt, von der Freiburger Ochsenbrücke zu springen. »Pause? Jetzt, wo klar ist, dass wir es mit einem Mordfall zu tun haben?«

Weber seufzte. »War ja nur so eine vage Idee. Aber vielleicht finden Sie trotzdem noch Zeit, die Flecken von Ihrer Bluse zu entfernen, bevor wir weitermachen.«

Tina Reich konnte gerade noch einen Fluch unterdrücken, dann stob sie aus dem Büro.

Weber atmete auf. Immerhin hatte er sich mit dem Hinweis auf ihr bekleckertes Outfit mindestens zehn wertvolle freie Minuten verschafft, in denen er sich einen frischen Kaffee besorgen konnte. Bei dem Tempo, das seine Kollegin an den Tag legte, würde er ihn dringend brauchen.

12

»Eigentlich hatte ich einen Riesling bestellt«, sagte der Herr mit den wallenden weißen Haaren nicht unfreundlich zu Anne, die ihm geistesabwesend ein Glas Spätburgunder auf den Tisch gestellt hatte. »Trockener Weißwein passt viel besser zu Forelle. Liegt an der Säure, die darin enthalten ist. Aber wem sage ich das? Sie sind ja schließlich vom Fach.«

Der Mann, seines Zeichens emeritierter Germanistikprofessor, zählte zur Mittagszeit zu den Stammgästen im »Fuchsbau«. Zum einen, weil er es hasste, für sich allein zu kochen, seit seine Frau vor gut einem Jahr gestorben war, zum anderen, weil er es sich leisten konnte. Außerdem nutzte er die Gelegenheit, um mit dem Personal zu plaudern. Vor allem mit Jacques, dem Oberkellner, tauschte er sich bevorzugt über Weine im Allgemeinen und Besonderen aus.

»Natürlich. Ich bin sofort zurück.« Annes Gesicht nahm spontan die Farbe des Spätburgunders an. Sie murmelte noch eine Entschuldigung und lief hektisch mit dem Glas davon.

Jacques, der die Szene beobachtet hatte, schüttelte den Kopf. »*Chérie*, was ist denn mit dir los? Seit Tagen machst du ein betrübtes Gesicht wie ein Zierfisch, dem man das Wasser aus dem Aquarium abgelassen hat. Und das ist heute schon das zweite Mal, dass du eine Bestellung falsch aufgenommen hast. Bedrückt dich etwas? Kann ich dir helfen?« Er sah Anne besorgt an.

»Mach dir keine Sorgen. Es ist alles okay«, schwindelte sie. »Ist heute einfach nicht mein Tag.«

Zumindest das war nicht gelogen. Seit sie am Morgen vom Tod der Opernsängerin im Radio gehört hatte, konnte sie keinen klaren Gedanken mehr fassen. Sie hatte sich sofort ins Internet gestürzt, um Näheres zu erfahren, doch bislang schwiegen sich die Medien darüber aus, wie es zu dem tragischen Vorfall am Theater gekommen war. Die Polizei sei dabei, die näheren Umstände des Unglücksfalls zu untersuchen, hieß es lediglich.

In Annes Kopf schwirrte es, während sie darauf wartete, dass Jacques ihr den Riesling bereitstellte. Was, wenn es kein Unglück gewesen war? Hatte ihr Tod am Ende mit diesem unseligen Vorfall zu tun, den sie, Anne, unfreiwillig beobachtet hatte? Ihr wurde heiß und kalt bei der Vorstellung. Verdammt, warum nur war sie zur falschen Zeit am falschen Ort gewesen? Aber daran ließ sich nun leider nichts mehr ändern.

»Hier, der Riesling.« Jacques drückte ihr das Tablett in die zitternden Hände. »Und bitte lass das Glas nicht fallen. Wäre schade drum.«

Mit steifen Beinen setzte sie sich in Bewegung und balancierte das Tablett zum Tisch.

Sie musste die ganze Geschichte ein für alle Mal vergessen, beschloss sie. Je schneller, desto besser. Vor allem durfte sie mit keiner Menschenseele darüber reden.

Plötzlich kam ihr eine andere Idee. Was, wenn sie der Polizei in einem anonymen Brief mitteilen würde, was sie beobachtet hatte? Doch dann fiel ihr ein, dass sie keinen Satz schreiben konnte, in dem nicht jedes Wort mindestens einen Fehler enthielt. Sie verwarf ihren Einfall wieder. Einen schriftlichen Hinweis von ihr würde niemand ernst nehmen.

Und einfach anrufen ging auch nicht, überlegte sie angestrengt weiter, zumal sie erst kürzlich in einer Vorabendserie mitbekommen hatte, dass die Polizei sogar ausgeschaltete Handys orten konnte. Es wäre nur eine Frage der Zeit, bis man auf sie stoßen würde, etwas, was sie auf jeden Fall vermeiden wollte. Und öffentliche Fernsprecher gab es in der Stadt schon längst nicht mehr, zumindest war ihr nicht bekannt, wo sich ein solcher noch befand.

Ein Räuspern ließ sie aus ihren Gedanken aufschrecken. »Ich störe ja nur ungern. Aber meinen Sie, ich könnte meinen Wein trinken, ehe er Zimmertemperatur hat?« Der ältere Herr lächelte sie an. Erst jetzt bemerkte Anne, dass sie wie angewurzelt mit dem Tablett in der Hand an seinem Tisch stehen geblieben war.

»Zum Wohl«, sagte sie eilig, stellte das Glas ab und verzog sich wieder.

Zum Glück war es heute Mittag im Restaurant ruhig. Außer dem alten Professor saß nur noch ein Paar an einem Tisch, das bereits gespeist hatte und jetzt bei zwei dampfenden Tässchen Espresso Händchen hielt.

»Mädchen, allmählich habe ich Bedenken, dass dir der Nebenjob auf Dauer zu viel ist«, meinte Jacques, als sie sich wieder zu ihm gesellte. »Du bist nicht mehr so recht bei der Sache.«

Sie sah ihn bestürzt an. »Findest du, dass ich meine Arbeit nicht gut mache? Werde ich gefeuert?« Himmel, das fehlte ihr gerade noch, dass sie zu allem Übel ihre Arbeit als Aushilfskellnerin verlor. Wovon sollte sie dann leben? Die paar Euro, die sie als Auszubildende verdiente, reichten gerade mal, um die Miete für ihr Ein-Zimmer-Apartment in Weingarten zu bezahlen.

Jacques schenkte ihr ein beruhigendes Lächeln. »*Mon dieu*, natürlich nicht. Unsere Gäste mögen dich. Gestern hat sogar extra eine Dame angerufen, die wissen wollte, wann du mal wieder abends da bist, weil sie unbedingt von dir bedient werden möchte.«

Anne beruhigte sich wieder. »Jacques, ich verspreche dir, dass ich von nun an wieder mein Bestes geben werde.«

»Aber das weiß ich doch, *chérie*«, sagte der Oberkellner, bevor er zu dem verliebten Paar eilte, um ihm dezent die Rechnung zu präsentieren.

13

Obwohl kein Wölkchen den Himmel trübte, war die Stimmung in Winklers Büro eher düster. »Wenn dir was nicht passt, darfst du dir gern einen anderen Platz suchen«, fauchte der Oberbürgermeister Picassos »Dame in Blau« an, obwohl die für seine schlechte Laune nun wirklich nichts konnte. »Im Keller ist bestimmt noch eine Wand frei.«

Immer diese leeren Drohungen. Die »Dame in Blau« schwieg beleidigt vor sich hin, während Winkler nach der Flasche in seiner Schreibtischschublade griff und sich einen Schluck Whiskey einschenkte. Den hatte er bitter nötig.

War er nicht schon genug gestraft damit, dass eine erstochene Opernsängerin überregional für Schlagzeilen sorgte? Ausgerechnet im Jubiläumsjahr, in dem die Zeichen in der Stadt gefälligst auf Heiterkeit und Frohsinn zu stehen hatten! Winkler schnaubte. Eine echte Leiche im Theater konnte er momentan genauso gut brauchen wie ein Loch im Kopf.

Doch das war noch lange nicht alles, was ihm die Laune verdorben hatte. Am Morgen hatte sich seine Vorzimmerdame für den Rest der Woche krankgemeldet, und keine fünf Minuten später hatte Mike Schönberg angerufen und sich über das rüde Vorgehen der Kripo echauffiert – ganz so, als wäre Winkler als Oberbürgermeister höchstpersönlich dafür verantwortlich. Und gerade eben hatte Willi Oster, seines Zeichens Leiter des Ordnungsamtes, das Büro des Oberbürgermeisters verlassen, nachdem er sich ausgiebig über Miriam Kleve beschwert hatte.

In gewisser Weise konnte Winkler den Frust seines Mitarbeiters nachvollziehen, weigerte sich die Witwe doch hartnäckig, sich an die bestehende Parkordnung in der Stadt zu halten. Ständig stellte sie ihren auf Hochglanz polierten Mercedes im Halteverbot ab. Daran änderten auch die Strafzettel nichts, die sie ständig kassierte, da sie sich in keiner Weise bemüßigt fühlte, diese zu bezahlen. Stattdessen hatte sie den Ordnungsamtsleiter wissen lassen, dass sie als Witwe eines Ehrenbürgers parken dürfe, wo es ihr beliebe.

Winkler schnaubte erneut. Am liebsten hätte er die Kleve so lange im Knast schmoren lassen, bis sie die Kohle herausrückte, doch das würde mit Sicherheit einen mittleren Skandal verursachen. Also hatte er zähneknirschend den ausstehenden Betrag aus eigener Tasche vorgestreckt, damit sein aufgebrachter Ordnungsamtsleiter endlich Ruhe gab. Irgendwie würde er sich das Geld schon wieder zurückholen.

Überhaupt hatte er noch ganz andere Probleme. Und die hatte er Markus Österreicher zu verdanken, der es sich in den Kopf gesetzt hatte, Winkler in seiner Rolle als Bertold in voller Rüstung hoch zu Ross den Festzug anführen zu lassen. Weil doch jeder den Ritter als Bronzereiter kannte, der auf seinem Podest inmitten der Innenstadt Fußgänger und Straßenbahnen überragte, so die nicht ganz von der Hand zu weisende Begründung des Schauspielers.

So weit, so gut. Nur war es allerdings so, dass der Oberbürgermeister seit frühester Kindheit ein sehr distanziertes Verhältnis zu Pferden pflegte. Anders ausgedrückt: Er hatte eine Heidenangst vor ihnen. Schuld daran war seine Mutter, die befunden hatte, er müsse genauso wie die Sprösslinge ihrer unzähligen Freundinnen unbedingt die hohe Kunst des Reitens erlernen. Mit dem Ergebnis, dass er nach nicht mal drei Minuten aus dem Sattel geflogen und unsanft auf dem Allerwertesten gelandet war. Dass ihn die anderen Kinder, die Zeuge seines Missgeschicks geworden waren, ausgelacht hatten, hatte die Sache auch nicht besser gemacht. Seither ging er diesen hinterlistigen Biestern weiträumig aus dem Weg, eine Einstellung, mit der er bislang sehr gut gefahren war. Und jetzt sollte er ausgerechnet in aller Öffentlichkeit auf einen Rappen steigen?

Trübsinnig hing Winkler seinen Gedanken nach, als sich die Tür öffnete und seine Pressereferentin Sevda Çelik eintrat. Es gelang ihm gerade noch, sein Glas hinter einem Aktenordner zu verstecken.

»Meine Güte, was hat Ihnen denn die Petersilie verhagelt?«,

erkundigte sie sich. »Machen Sie sich Sorgen, dass der Tod der Sängerin Ihr Jubiläum überschatten könnte? Eine echt üble Geschichte, aber ich bin überzeugt davon, dass die Polizei den Fall rasch aufklären wird.«

»Wenn Sie meinen.« Zu gern hätte Winkler ihren Optimismus geteilt.

»Vielleicht sollten wir gemeinsam ein Statement an die Medien aufsetzen, in dem Sie Ihre Betroffenheit über den Vorfall bekunden«, schlug Sevda Çelik vor.

»Anstatt mir gute Ratschläge zu geben, könnten Sie mir einen frischen Kaffee besorgen«, maulte Winkler sie an. »Wie Sie vielleicht mitgekriegt haben, ist mein Vorzimmer verwaist. Madame pflegt mal wieder ihre Migräne.«

»Erstens können Sie von Glück sagen, dass Ihre Sekretärin nicht öfter krank ist, so wie Sie sie behandeln. Und zweitens gehört die Versorgung des Oberbürgermeisters mit Getränken aller Art definitiv nicht zu meinem Aufgabenbereich, das müsste selbst Ihnen bekannt sein.« Sevda Çelik nahm unbeeindruckt vor Winklers Schreibtisch Platz und schlug ihre Beine übereinander, die in engen, mit winzigen Strasssteinchen verzierten Jeans steckten. »Die tote Sängerin ist doch nicht der einzige Grund, dass Sie ein Gesicht ziehen, als hätte Ihnen jemand den Whiskey aus Ihrer Schublade geklaut.«

Kümmern Sie sich gefälligst …, wollte Winkler ihr schon über den Mund fahren, entschied sich dann aber anders. »Ich soll den Festumzug anführen.« Seine Stimme klang kläglich.

Sevda Çelik hob erstaunt den Kopf. »Aber das wollten Sie doch?«

»Schon, aber ganz sicher nicht auf einem Pferd.«

»Wo ist das Problem? Sonst sitzen Sie doch auch ständig auf dem hohen Ross. Da dürfte Ihnen so ein Auftritt doch nicht schwerfallen.« Die braunen Augen der Pressereferentin blitzten übermütig.

Winkler war so in seinem Elend gefangen, dass er ihre respektlose Bemerkung nicht bemerkte. Die »Dame in Blau« hingegen gestattete sich ein hämisches Lächeln.

»Als wenn ein Ritter nicht zu Fuß gehen könnte«, grummelte der Oberbürgermeister.

»Schon. Ist aber lange nicht so beeindruckend«, gab Sevda Çelik zu bedenken.

»Dafür aber wesentlich sicherer«, murmelte Winkler. »Also für die Zuschauer, meine ich selbstverständlich.«

Die Pressereferentin sah ihn prüfend an, dann zogen sich ihre Mundwinkel belustigt nach oben. »Kann es sein, dass Sie Angst vor Pferden haben?« Sie gab sich nicht einmal ansatzweise Mühe, ihre Heiterkeit zu verbergen.

»Wie kommen Sie denn auf so eine abwegige Idee?«, fuhr Winkler sie an. »Der Gaul muss erst noch geboren werden, mit dem ich nicht fertigwerde.« Er biss sich auf die Unterlippe. Was, wenn das Pferd beim Umzug scheute? In Gedanken sah er sich bereits mit gebrochenem Genick auf dem Straßenpflaster der Altstadt liegen. »Trotzdem sehe ich keine Notwendigkeit, mich auf ein Pferd zu schwingen. Reiten ist doch nur was für Mädchen, die zu viele Pferdebücher gelesen haben.«

»Dann hätten Sie sich nicht dazu hinreißen lassen dürfen, ausgerechnet in die Rolle eines Zähringers zu schlüpfen«, machte ihn seine Pressereferentin aufmerksam.

Ja, so schlau war er mittlerweile auch. Winkler schwieg, während sich vor seinem inneren Auge ein Horrorszenario nach dem anderen aufbaute. Steigen, bocken, durchgehen, scheuen, treten, beißen, überrennen – so ein Pferd war eine Gefahrenquelle auf vier Beinen. Wie sollte er aus der Nummer nur wieder rauskommen, ohne zu verraten, warum er sich eher einem Ork im Zweikampf stellen würde, als Zügel in die Hand zu nehmen?

»Ich an Ihrer Stelle würde es mit Reitstunden versuchen. Sie wollen doch fest im Sattel sitzen, wenn Ihnen alle zuschauen«, meinte Sevda Çelik nach einer kurzen Pause.

»Fest oder nicht fest, ich würde am liebsten in gar keinem Sattel sitzen«, platzte es aus Winkler heraus. »Und schon gar nicht auf einem Pferd.«

»Wäre Ihnen ein Zwergesel lieber?«, fragte Sevda Çelik, ihr

Grinsen nur noch mühselig verbergend. »Die sind ja auch kleiner, da fällt man nicht so tief.«

»Gegenfrage: Würden Sie gern wieder mein Büro putzen?«, konterte Winkler erbost. Er spielte damit auf ihren Nebenjob an, mit dem sich seine Pressereferentin kurz nach dem Studium ihr Geld verdient hatte, bevor er sie einstellte. Sah man von ihrem frechen Mundwerk ab, mit dem sie ihn ständig auf die Palme brachte, hatte er bislang keinerlei Grund gehabt, seine Entscheidung zu bereuen.

»Ist ja gut, ich helfe Ihnen«, lenkte sie ein. Offensichtlich war ihr aufgefallen, dass sie sich auf sehr dünnem Eis bewegte. »Ein Freund von mir hat einen Pferdehof in Bad Krozingen. Björn wird Ihnen das Nötigste beibringen, damit Sie sich beim Jubiläumsumzug nicht restlos blamieren.« Sie stand eilig auf. »Ich gebe ihm gleich mal Bescheid, dass Sie dringend seine Unterstützung benötigen.«

»Von mir aus.« Winkler hatte sich schon euphorischer angehört. Die »Dame in Blau« gluckste fröhlich vor sich hin.

14

Ratlos stand Katharina am frühen Abend vor ihrem Kleiderschrank. Welches Outfit passte am besten zu einer angehenden Chorsängerin, wenn sie Eindruck schinden wollte? Sie griff nach einem schwarzen Rock, den sie schon ewig lang nicht mehr angezogen hatte, und schlüpfte hinein. Zähneknirschend musste sie feststellen, dass er etwas zu eng geworden war und sie ihn nur tragen konnte, indem sie entweder komplett aufs Atmen verzichtete oder den Reißverschluss offen ließ.

Dann halt nicht. Sie zog den Rock aus, schmiss ihn aufs Bett, warf sich in Jeans und ein weißes-T-Shirt und machte sich auf den Weg ins Theater. Wie immer zu Fuß. Mit einem Drahtesel als Fortbewegungsmittel konnte sich Katharina im Gegensatz zu den meisten anderen Bewohnern der Stadt einfach nicht anfreunden. Gegen das, was sich auf Freiburgs Radwegen abspielte, war selbst das gefährlichste Formel-1-Rennen der reinste Spaziergang. Erst gestern hatte sie in den Polizeimeldungen gelesen, dass wieder zwei Radler in der Notaufnahme gelandet waren, weil sie sich nicht über die Vorfahrt hatten einig werden können.

Na prima, die beiden hatten ihr gerade noch gefehlt. Auf Höhe des alten Wiehrebahnhofs kamen Katharina ihre Nachbarinnen Magdalena Schulze-Kerkeling und deren Busenfreundin Claudia Huber entgegen, Letztere mit einer Jutetasche behängt, aus der lange grüne Stangen ragten. Für Katharina sahen sie entschieden zu gesund aus.

»Habt ihr zwei euch das Abendessen gepflückt?«, erkundigte sie sich.

»Wo denkst du hin? Hier wächst doch nirgends wilder Lauch. Das müsste selbst dir bekannt sein.« Wie üblich war Katharinas Ironie an Magdalena Schulze-Kerkeling abgeprallt. »Den haben wir auf dem Markt gekauft, als wir die Flyer verteilt haben.«

»Was für Flyer?«, erkundigte sich Katharina misstrauisch.

»Wollt ihr etwa wieder eine Bürgerinitiative gründen? Für vegane Kreide an der Waldorfschule?«

Ohne auf die Frage einzugehen, sah Claudia Huber betreten zu Boden. »Romeo ist weg. Dabei sollten wir doch auf ihn aufpassen, solange Sonja auf Kreta ist. Hoffentlich ist ihm nichts passiert. Das würde sie uns nie verzeihen.«

»Romeo? Welcher Romeo?« Katharina verstand nur Bahnhof.

Claudia Huber griff in die Jutetasche, zog etwas heraus, das wie ein Steckbrief aussah, und drückte es Katharina in die Hand. »Vermisst!«, stand in großen Buchstaben über dem Foto einer schwarzen Katze, die sich gemütlich im Gras räkelte.

»Romeo ist der Kater einer Freundin, die wir aus unserem Lachyoga-Kurs kennen. Und der ist spurlos verschwunden«, fügte Magdalena Schulze-Kerkeling mit tränenerstickter Stimme hinzu. »Seit drei Tagen hat ihn keiner mehr gesehen. Dabei haben wir uns so gut um ihn gekümmert.«

Spontan verspürte Katharina ein gewisses Verständnis für das Tier. Von Magdalena und Claudia begluckt zu werden war bestimmt nicht das reinste Vergnügen gewesen. Kein Wunder, dass der Kater Reißaus genommen hatte.

»Jetzt entspannt euch. Der taucht schon wieder auf, wenn er Kohldampf kriegt«, versuchte sie, die Frauen zu beruhigen. »Zur Not könnt ihr ja eure Engel um Mithilfe bitten. Irgendeiner wird doch sicher für ausgebüxte Tiere zuständig sein.«

»Haben wir schon.« Claudia Huber schniefte.

Eigentlich hätte sie es sich denken können. Katharina seufzte und schaute sich der Höflichkeit halber das Foto noch einmal genauer an. Irgendwie kam ihr der Kater bekannt vor. Endlich fiel bei ihr der Groschen. »Wenn mich nicht alles täuscht, saß der gestern noch quietschvergnügt im Hinterhof vom ›Regio-Kurier‹.«

»Und du hast ihn einfach laufen lassen?« Zwei empörte Augenpaare richteten sich auf Katharina.

»Ihr seid witzig. Hätte ich etwa die Polizei rufen sollen, damit sie ihn einfängt? Ich konnte doch nicht ahnen, dass er abgehauen ist«, verteidigte sich Katharina. »Aber falls er mir noch einmal über den Weg läuft, kümmere ich mich um ihn, versprochen. Aber jetzt muss ich leider los, ich bin eh schon spät dran.«

Der stramme Fußmarsch durch die Innenstadt ließ sie leicht außer Atem geraten. Vor dem Seiteneingang des Theaters wartete Katharina kurz, bis sich ihr Herzschlag wieder beruhigt hatte, dann folgte sie einer korpulenten Frau, die ihr zuvorkommend die Tür aufhielt.

»Sie wollen bestimmt zum Extrachor, oder?«

Katharina nickte.

»Da lang und dann die Treppe hoch«, wies ihr die Dame den Weg. »Nicht, dass Sie noch versehentlich auf der großen Bühne landen, dort wird gerade geprobt. Irgendwie muss es ja weitergehen.« Die Frau, die aus ihrer Vorliebe für glitzernden Modeschmuck keinerlei Hehl machte, huschte trotz ihres beachtlichen Körpergewichts leichtfüßig davon.

Nun, an ihr sollte es nicht liegen, dachte Katharina im Weitergehen. Sie würde ihr Bestes geben, um dem Täter auf die Spur zu kommen. Entsprechend motiviert betrat sie den Probenraum. Keine Minute zu früh, denn darin hatten sich bereits an die zwanzig Frauen und Männer versammelt. Ein grau melierter Herr mit Bart, dem man den frühpensionierten Studienrat schon aus zehn Metern Entfernung ansah, gab unentwegt »Mniam, mniam, mniam, mniam« von sich, und eine jüngere Frau summte so inbrünstig vor sich hin, als wollte sie Biene Maja Konkurrenz machen. Tonleitern perlten aus menschlichen Kehlen von unten nach oben und wieder zurück. Die Geräuschkulisse erinnerte Katharina an einen Zoo.

Ach du liebe Güte. Musste sie jetzt etwa auch seltsame Geräusche von sich geben, um nicht aufzufallen? Am liebsten hätte sie auf dem Absatz kehrtgemacht, doch dann entdeckte sie einen Mann, der mit dem Rücken zu ihr auf einem Hocker vor dem Klavier saß. Dabei konnte es sich nur um den Chorleiter handeln. Sie riss sich zusammen und ging auf ihn zu. »Hallo. Ich würde gern mitsingen.«

»Sehr schön«, erwiderte der Mann geistesabwesend, während er in einer großen Tasche wühlte, die zu seinen Füßen stand. »Wir können gerade jede Unterstützung brauchen. Alt, schätze ich mal?«

Bezog er sich jetzt darauf, dass sie stramm auf die fünfzig zuging? Katharina wollte ihm im ersten Moment schon eine patzige Antwort geben, doch dann kapierte sie, dass sich seine Frage auf ihre Stimmlage bezog.

»Alt«, bestätigte sie.

Der Mann zog einen Stapel Notenblätter heraus, von denen er eines Katharina reichte, immer noch, ohne sie anzuschauen.

»Sie können doch vom Blatt singen, oder?«

»Nun ...« Sie hüstelte. Auf die Schnelle fiel ihr nichts ein, was sie hätte antworten können, ohne zu lügen.

Dem Chorleiter war ihr Zögern nicht entgangen, und er drehte ihr den Kopf zu. Spontan erschien ein Lächeln auf seinem Gesicht. »Katharina? Das nenne ich mal eine gelungene Überraschung. Allerdings ist mir neu, dass du auch noch musikalische Interessen jenseits von AC/DC hast.«

Woher kannte sie den Mann nur? Und wieso wusste er von ihrer Vorliebe für die Rockband? Katharina, die sich Gesichter nur schwer merken konnte, kramte verzweifelt in ihrem Gedächtnis. Bevor es allzu peinlich wurde, ging ihr zum Glück ein Licht auf. »Arno?«

»Großartig, dass du dich doch noch an mich erinnerst. Immerhin wärst du ohne mich schon vor Jahren verhungert. Aber jetzt lass dich erst mal umarmen.« Er drückte sie fest an sich. »Das ist ja eine halbe Ewigkeit her, seit wir uns das letzte Mal gesehen haben.«

Eine halbe Ewigkeit war wahrlich nicht übertrieben. Arno Schüssler, damals noch Student an der Musikhochschule, und Katharina, die an der Uni Freiburg Germanistik und Politik studierte, hatten sich in seiner WG in der Zasiusstraße bei einer Fete kennengelernt. Damals hatte Arno wahnsinnig gern und vor allem gut gekocht. Eine Leidenschaft, die Katharina auch heute noch komplett abging. Jedenfalls hatte sie es seinen großzügigen Einladungen zu verdanken, dass sie während ihres Studiums außer Ravioli und Spaghetti bolognese auch noch etwas anderes in den Magen bekommen hatte.

Als Arno nach seinem Studium bei einer A-cappella-Gruppe eingestiegen war, die regelmäßig auf Tournee ging, hatten sich ihre Wege getrennt. Anfangs telefonierten sie noch gelegentlich, aber irgendwann war der Kontakt eingeschlafen.

Neugierig musterte sie ihn von oben bis unten. Die Zeit hatte es ausgesprochen gut mit ihm gemeint. Zwar hatten sich ein paar graue Strähnen in sein hellbraunes Haar gemischt, aber seine blauen Augen glänzten immer noch vor Übermut. Und wenn sie nicht alles täuschte, hatte er seit ihrer letzten Begegnung mindestens zehn Kilo abgenommen. »Ich hätte dich beinahe nicht mehr erkannt«, gestand sie.

Arno grinste. »Das nehme ich jetzt einfach mal als Kompliment.«

»Seit wann bist du denn Chorleiter?«, wollte sie wissen.

»Seit nicht einmal sechs Wochen. Aber weißt du was? Wir gehen nach der Probe noch was trinken, dann können wir uns in Ruhe unterhalten. Oder wirst du zu Hause erwartet?«

Katharina schüttelte so schnell den Kopf, dass ihre Haare nur so flogen. »Nur von meinem Hasen. Und der kommt die paar Stunden hervorragend ohne mich klar.«

»Gut zu wissen. Aber jetzt lass mal hören.« Er deutete auf das Notenblatt.

Sie schaute ihn irritiert an.

»Singen«, forderte er sie auf. »Deswegen bist du doch hier.« Er schlug ein paar Töne am Klavier an.

Katharina gab einen nervösen Kiekser von sich, dann schwieg sie.

»Es würde immens helfen, wenn du auf das Notenblatt schauen würdest. Oder hat dir mein Anblick die Sinne vernebelt?«, fragte Arno amüsiert.

Katharina starrte auf das Papier. Für sie sah es aus wie ein surrealistisches Gemälde, auf dem phantastische Insekten herumkrabbelten, also nichts, mit dem sie etwas anfangen konnte.

»Ähm, um ehrlich zu sein: Normalerweise singe ich nach Gehör. Mit Noten habe ich es nicht so«, gab sie kleinlaut zu.

»Solltest du aber. Das wäre definitiv von Vorteil.« Es war Arno deutlich anzusehen, dass er nicht so recht wusste, was er mit seinem Neuzugang machen sollte.

»Bitte, ich muss einfach dableiben«, flehte Katharina inständig. »Es ist wirklich sehr wichtig.« Sie setzte ihre treuherzigste Miene auf. »Nachher erkläre ich dir alles, versprochen.«

»In Gottes Namen. Aber du gibst keinen Pieps von dir, sonst bringst du mir noch den ganzen Chor durcheinander. Stell dich einfach zu den Frauen und hör zu.« Ähnlich wie Katharina schien Arno ein Freund klarer Worte zu sein.

Das »Mniam, mniam« des Studienrats klang allmählich ungeduldiger.

»Keine Sorge. Du wirst gar nicht mitkriegen, dass ich da bin.« Katharina behielt das Notenblatt in der Hand, gesellte sich zu einer schwarzhaarigen schlanken Frau, Typ Schneewittchen, die links am Rand in der letzten Reihe stand, und nickte ihr freundlich zu.

Ruhe kehrte ein, als Arno Schüssler einen Akkord anschlug. Katharina wartete, bis Schneewittchen konzentriert auf ihr Notenblatt starrte und der Gesang einsetzte, dann huschte sie davon. Schließlich war sie nicht zu ihrem Vergnügen hier, sondern wollte einen Mord aufklären.

Allerdings musste sie sich eingestehen, dass sie absolut keinen Plan hatte, wie genau sie das anstellen sollte. Entsprechend ziellos strolchte sie die Gänge entlang. Mehr durch Zufall geriet sie dabei in den hinteren Bühnenbereich, wo sich die Garderoben der Sänger befanden. »Manuel Angelico« und »Carsten Moll«, las sie gleich an der ersten Tür. Na bitte. Das war doch schon mal ein Anfang. Sie hielt kurz inne und lauschte, doch der Raum schien verwaist zu sein. Entschlossen drückte sie die Klinke hinunter und trat ein. Ein kleines, kahles Zimmer mit zwei Schminktischen, an der Wand eine Lautsprecheranlage, über die die Vorstellungen live übertragen wurden, und nebenan eine Dusche. Sah man von dem glitzernden Torerokostüm ab, das an einer Stange hing, strahlte das Ganze den Charme einer Stasi-Verhörzelle aus.

Im ersten Moment war Katharina enttäuscht: Ein bisschen glamouröser hatte sie sich die Garderoben der Solisten schon vorgestellt. Andererseits – das Freiburger Theater war nicht die Met und Winkler nicht gerade dafür bekannt, einen Cent mehr in Kultur zu investieren als unbedingt nötig. Was sicherlich anders ausgesehen hätte, hätte man Fußballspiele auf der Bühne ausgetragen.

Katharina steuerte entschlossen auf einen der schmalen Schminktische zu und zog eine Schublade auf. Darin befand sich ein regelrechtes Arsenal an Tablettenpackungen, die Katharina auf den zweiten Blick als Beruhigungsmittel identifizierte. Der Menge nach zu schließen, musste einer der beiden Sänger ein ziemlich schwaches Nervenkostüm haben. Katharina machte die Schublade wieder zu und öffnete die nächste. Sie war leer bis auf ein paar Fotos, auf denen eine Frau ihre himmelblauen Puppenaugen verträumt in die Ferne richtete. Die Bilder waren schon ziemlich abgegriffen, so als hätte sie jemand häufig in der Hand gehabt.

Ein Niesen auf dem Gang ließ sie zusammenfahren, und Katharina hielt den Atem an. Das fehlte noch, dass sie erwischt wurde. Sie wartete kurz, und als es ruhig blieb, legte sie die Fotos in die Schublade zurück, verließ die Garderobe und zog leise die Tür hinter sich zu.

Und jetzt? Unschlüssig blieb sie stehen. Sollte sie sich auf gut Glück die nächste Garderobe vornehmen?

Von weiter vorn drangen plötzlich Stimmen durch einen Türspalt.

»Du musst endlich reinen Tisch machen und reden, Nele«, sagte eine Frau eindringlich. »Das kannst du nicht verschweigen. Irgendwann kommt es raus.«

Wenn sich das nicht vielversprechend anhörte. Katharina schlich auf Zehenspitzen näher.

»Aber dann bin ich restlos erledigt«, antwortete eine andere Frau. Ihr verzweifelter Unterton war unüberhörbar.

Katharina verharrte regungslos an ihrem Platz und bemühte sich, möglichst geräuschlos zu atmen.

»Kann ich Ihnen helfen?«

Herrschaftszeiten! Ausgerechnet jetzt, wo es interessant wurde. Ertappt schoss Katharina herum und blickte direkt in ein markantes männliches Gesicht mit verwegenem Dreitagebart. Normalerweise hatte sie kein Problem damit, von einem gut aussehenden Mann angesprochen zu werden, aber just in diesem Moment passte ihr das überhaupt nicht. Ein tiefbraunes Augenpaar musterte sie mit einer Mischung aus Belustigung und Argwohn. Sie erkannte es sofort wieder. Es gehörte Manuel Angelico, dem Torero aus »Carmen«.

»Oh, ich muss mich wohl verlaufen haben«, antwortete Katharina geistesgegenwärtig. »Ist ja auch kein Wunder, das Gebäude ist das reinste Labyrinth. Ich bin neu im Extrachor, und eigentlich habe ich die Toiletten gesucht. Bei meinem schlechten Orientierungssinn wäre es wohl besser gewesen, Brotkrumen zu streuen, damit ich wieder zurückfinde.« Zumindest Letzteres entsprach der Wahrheit. Katharina war so einiges in die Wiege gelegt worden, doch Orientierungssinn zählte nicht dazu. Dieses Defizit hatte ihr bei Autofahrten schon zu so mancher Odyssee verholfen. Dennoch weigerte sie sich hartnäckig, ein Navi zu benutzen, was ihr nicht nur Weber schon mehrfach vorgeschlagen hatte.

»Am besten zeige ich Ihnen den Weg.« Manuel Angelico ließ seine beneidenswert weißen Zähne blitzen und legte seine Hand auf ihren Arm. Ihr blieb nichts anderes übrig, als ihm zu folgen. »Wäre doch bedauerlich, wenn Sie verloren gingen.«

Wow, der versprühte mehr Sex-Appeal als alle Chippendales zusammen, schoss es Katharina durch den Kopf. Gegen ihren Willen fühlte sie sich geschmeichelt.

Energisch rief sie sich zur Ordnung. Geballtes Testosteron hin oder her, wesentlich spannender wäre es gewesen, das Gespräch der beiden Frauen weiterzuverfolgen, das Manuel Angelico mit seinem Auftauchen jäh unterbrochen hatte. Außerdem war er viel zu jung für sie. Um bei ihm zu landen, hätte sie zwanzig Jahre später auf die Welt kommen müssen. Mindestens. Höchste Zeit also, sich auf ihre eigentliche Mission zu konzentrieren.

»Ich habe Sie erst kürzlich singen hören«, bemerkte sie deshalb betont beiläufig, während sie neben ihm herging. Sie legte eine Kunstpause ein. »Vor drei Tagen, als Charlotte Caspari erstochen wurde.«

»Üble Sache«, erwiderte Manuel Angelico, und der Druck seiner Hand auf ihrem Arm wurde fester. »So ein furchtbares Ende hat niemand verdient.« Sein Gesichtsausdruck ließ nicht erkennen, ob er der Sängerin nahegestanden hatte.

»Ihr Tod hat bestimmt für helle Aufregung am Theater gesorgt«, machte Katharina weiter. »Zumal man ja immer noch nicht weiß, was genau passiert ist.«

Manuel Angelico stieß einen Seufzer aus. »Kann man so sagen. Bleibt zu hoffen, dass die Polizei bald Licht ins Dunkel bringt, damit endlich wieder Ruhe einkehrt.«

»Glauben Sie, es war Mord?« Katharina verlangsamte ihren Schritt. Sie war gespannt, wie Manuel Angelico reagieren würde.

Seine Antwort kam wie aus der Pistole geschossen. »Natürlich nicht. Es kann nur ein Unfall gewesen sein.«

»Sind Sie sich da wirklich so sicher? Vielleicht hat ja jemand, der eifersüchtig war, den Dolch ausgetauscht?«, startete Katharina den nächsten Versuch, den Sänger weiter auszuhorchen. »Sicher gibt es an einem Theater jede Menge Liebeleien.«

»So, da wären wir.« Manuel Angelicos Hand ließ abrupt ihren Arm los. »Hier sind die Toiletten. Und falls Sie das nächste Mal nicht auf den Hänsel-und-Gretel-Trick mit den Brotkrumen zurückgreifen sollten, dürfen Sie sich gern wieder vertrauensvoll an mich wenden, sollten Sie vom rechten Weg abgekommen sein. Wo ich mich umzukleiden pflege, wissen Sie ja bereits.« Er schenkte ihr ein süffisantes Lächeln und ließ sie stehen.

Wie peinlich. Katharinas Wangen begannen zu brennen. Künftig musste sie vorsichtiger ans Werk gehen. Bestimmt hatte der Opernsänger bemerkt, dass sie sich in seiner Garderobe herumgetrieben hatte, und hielt sie jetzt für eine dieser Verrückten, die ihren Idolen auf Schritt und Tritt nachstellten. Nun gut, damit musste sie jetzt leben. Immerhin hatte sie herausgefunden, dass eine Frau namens Nele etwas zu verbergen hatte, das war ja auch schon etwas.

Das Geräusch eiliger Schritte ließ Katharina den Kopf heben. Eine etwa Siebzehnjährige mit rotblonden Haaren und Sommersprossen kam ihr mit einem großen Becher dampfenden Inhalts entgegen. Katharina schnupperte. Eindeutig Tee. Etwas, was sie nicht mal trank, wenn sie krank war. Dem intensiven Geruch nach musste es sich um ein ähnliches undefinierbares Gebräu handeln wie das, das sich Magdalena Schulze-Kerkeling und ihre Freundin Claudia regelmäßig einverleibten.

»Für mich? Das ist aber nett«, flachste Katharina, als die Sommersprossige sie mit großen Augen anschaute.

Deren Gesicht nahm dieselbe Farbe an wie kurz zuvor Katharinas. »Oh, tut mir leid. Der Tee ist für Nele. Eigentlich darf ich das gar nicht. Ihr Getränke bringen, meine ich.« Die junge Frau sah aus, als wäre sie in einem Drogeriemarkt beim Klauen eines Lippenstifts ertappt worden. »Aber manchmal mache ich es trotzdem, wir haben oben in der Schneiderei eine viel größere Auswahl an Teesorten als in der Kantine. Und sie ist immer freundlich zu mir. Aber bitte verraten Sie das niemandem, sonst bekomme ich Ärger mit meiner Chefin. Frau Höpfner sieht das nicht so gern, wenn ich den Sängerinnen Tee bringe. Besonders wenn die Kostüme noch nicht aufgebügelt sind.«

»Schon gut, ich verrate kein Sterbenswörtchen«, versprach ihr Katharina. »Sie arbeiten also in der Theaterschneiderei? Das hört sich echt interessant an. Ich habe mich schon öfter gefragt, wie lange es wohl dauert, ein komplettes Ensemble von Kopf bis Fuß einzukleiden.«

Die Sommersprossige lächelte schüchtern. »Das kommt ganz auf die Ideen des Regisseurs an.« Sie zögerte kurz. »Wenn Sie Lust haben, können Sie uns mal besuchen. Frau Höpfner hat sicher nichts dagegen, die redet gern über ihre Arbeit. Die verrät Ihnen bestimmt auch, wie sie die Flecken wegkriegt, die

die angemalten Bärte auf den Kostümen hinterlassen. Das ist nämlich gar nicht so einfach.«

»Danke, das mache ich«, freute sich Katharina. »Ich heiße übrigens Katharina Müller.«

Die Sommersprossige lächelte erneut. »Anne. Anne Lehmann. Aber jetzt muss ich wirklich, sonst wird der Tee noch kalt.«

Katharina sah ihr nach, bis sie in einer Garderobe verschwand. Volltreffer. Es war dieselbe, aus der das Gespräch der Frauen gedrungen war.

Eine Stunde später saß sie gemeinsam mit Arno Schüssler in der Pianobar des »Colombi Hotels«, einem jener glückseligen Orte in der Stadt, wo man sich noch eine Zigarette anzünden durfte, ohne gleich einen Sondereinsatz der Polizei zu verursachen.

Am Tisch hinter ihnen hockte eine Horde Engländer, die ihren geröteten Gesichtern nach zu schließen entweder die Kraft der Freiburger Sonne unterschätzt oder bereits kräftig dem nach deutschem Reinheitsgebot gebrauten Bier zugesprochen hatten.

Der hagere Pianist, der die Gäste gerade mit »As Time Goes By« unterhielt, spielte stoisch gegen den von ihnen verursachten Lärmpegel an. Als Musiker in einer Hotelbar durfte man vermutlich nicht allzu sensibel sein. Katharina und Arno klatschten höflich, als er das Stück beendet hatte, und er bedankte sich mit einem Kopfnicken.

»Jetzt mal raus mit der Sprache. Was hast du am Theater zu suchen? Ums Singen geht es dir ja wohl eher weniger, sonst wärst du nicht so plötzlich verschwunden.« Arno schaute sie streng an, nachdem der Kellner ihre Getränke gebracht hatte. Vor ihm stand ein Bier, Katharina hatte sich trotz ihrer Vorliebe für Rioja ausnahmsweise für einen bläulich grün schimmernden Cocktail namens »Swimmingpool« entschieden.

Sie beschloss, ihrem alten Freund reinen Wein einzuschenken. »Ich saß im Publikum, als die Opernsängerin getötet wurde. Und ich kann einfach nicht glauben, dass das ein Unfall war. Da hat jemand absichtlich die Dolche vertauscht. Deswegen habe ich gedacht ...« Sie geriet ins Stocken. »Um es kurz zu machen: Mein bester Freund ist Hauptkommissar bei der Freiburger Kripo. Und ich bin ihm gelegentlich bei seinen Ermittlungen behilflich, wenn er nicht weiterkommt.« Besser, sie malte sich nicht aus, was Weber dazu gesagt hätte, hätte er mit am Tisch gesessen. Fraglos nichts, was sie gern hören würde.

Arno brach in schallendes Gelächter aus. »Ist das so? Und dein Kumpel findet das völlig in Ordnung, wenn du dich als Hobbydetektivin betätigst? Das kann ich mir beim besten Willen nicht vorstellen, egal, wie dünn die Personaldecke bei der Polizei ist.«

Katharina bemühte sich redlich, einen zerknirschten Eindruck zu machen. »Okay, erwischt. Jürgens Begeisterung hält sich diesbezüglich tatsächlich in Grenzen. Aber trotzdem möchte ich rausfinden, wieso Charlotte Caspari auf so spektakuläre Weise ins Jenseits befördert wurde.« Ihre Miene verdunkelte sich. »Wenn ich an das viele Blut denke, bekomme ich regelrecht Gänsehaut.«

»Verstehe. Und um dich ungestört als Undercoveragentin am Theater betätigen zu können, willst du unbedingt beim Chor mitmachen.« Arno hatte schon immer eine schnelle Auffassungsgabe gehabt.

»So ist es. Und deshalb gleich meine erste Frage: Gibt es eine Nele im Ensemble?«

»Du meinst sicher unsere Mezzosopranistin Nele Otto. Ist total nett, hat eine wunderschöne Stimme und die schönsten himmelblauen Augen, die ich je gesehen habe.«

Das konnte nur die Frau auf den Fotos sein, die sie in der Garderobe von Manuel Angelico und Carsten Moll entdeckt hatte, schoss es Katharina durch den Kopf.

»Aber wieso willst du das wissen? Die stand an besagtem Abend doch gar nicht auf der Besetzungsliste«, wunderte sich Arno.

Katharina wurde zumindest ein bisschen verlegen. Was würde ihr alter Freund von ihr denken, wenn sie ihm gestand, dass sie an der Garderobe der Sängerin gelauscht hatte? »Ach, nur so.« Sie winkte schnell ab.

Der Pianospieler stimmte »Yesterday« von den Beatles an, und die Engländer sangen lauthals mit. Katharina wartete, bis die letzten Töne verklungen waren und sich die Touristen wieder beruhigt hatten.

»Wie war sie denn so?«, fragte sie dann und zündete sich eine Zigarette an. »Also, Charlotte Caspari, meine ich.«

Arno überlegte nicht lang. »Talentiert, ehrgeizig und gelegentlich etwas impulsiv. Die hätte noch eine große Karriere vor sich gehabt.«

»Was heißt impulsiv?«

»Dass sie ganz schön ausflippen konnte, wenn nicht alles nach Plan lief. Bei den Proben hat sie Carsten Moll mal spontan eine Ohrfeige verpasst, weil der ihr mit seinen Stiefeln versehentlich auf die Füße getreten ist. Aber deswegen hat er sie ganz sicher nicht ermordet«, fügte Arno schnell hinzu, als er Katharinas interessierten Gesichtsausdruck bemerkte. »Der ist harmloser als jeder Teddybär.«

Obwohl sie den Sänger nicht persönlich kannte, war es eine Einschätzung, die Katharina spontan teilte, seit sie den Tenor auf der Bühne erlebt hatte. »Außerdem ist der während seiner Auftritte viel zu angespannt und nervös, um in aller Seelenruhe einen eiskalten Mord zu begehen. Ich sag nur: Lampenfieber.«

Auch das glaubte Katharina gern. Ihr fielen die Beruhigungstabletten ein, die sie in der Garderobe entdeckt hatte. Wenn die nicht Carsten Moll gehörten, fraß sie einen Besen. »Und die anderen, die bei ›Carmen‹ mitgewirkt haben? Was weißt du über die?«

Arno schüttelte bedauernd den Kopf. »Leider nichts, was dir bei deinen Schnüffeleien hilfreich sein könnte, so lange leite ich den Chor ja noch nicht.«

Katharina überlegte. Eigentlich wäre jetzt der richtige Zeitpunkt, Arno auszuquetschen, warum er den Job überhaupt angenommen hatte, doch sie beschloss, später darauf zurückzukommen. »Aber ein bisschen Klatsch und Tratsch hast du am Theater doch schon mitgekriegt, oder?«, erkundigte sie sich.

Arno nahm einen Schluck Bier, bevor er antwortete. »Wenn über einen viel zu viel geredet wird, dann über Manuel Angelico. Anscheinend gibt es kaum ein weibliches Wesen, das nicht in ihn verknallt ist. Du solltest mal erleben, wie unruhig meine Chordamen werden, wenn er nur in ihre Nähe kommt.«

Katharina nickte heftig. »Kann ich nachvollziehen.«

»Was du nicht sagst.« Arno schmunzelte. »Jedenfalls scheint er kein Kostverächter zu sein. Wie mir zu Ohren gekommen ist, hat er jede Menge Affären. Ob das der Wahrheit entspricht oder nur Gerüchte sind, kann ich dir allerdings nicht verraten.«

Wie auf Kommando stimmte der Pianist »I'm Just A Gigolo« an. Die Engländer orderten die nächste Runde Bier.

»Hatte er auch was mit Charlotte Caspari?«, hakte Katharina nach.

Arno zuckte bedauernd mit den Schultern. »Keine Ahnung, das musst du schon selbst herausfinden.«

Katharina ließ ein Rauchwölkchen Richtung Decke steigen, dann schaute sie ihrem Jugendfreund tief in die Augen. »Das heißt, ich darf mich weiter als Chormitglied ausgeben? Ich verzichte auch gern aufs Mitsingen, Hauptsache, ich habe freien Zugang zum Theater.«

»Von mir aus. Vorausgesetzt, dein Hase hat nichts dagegen.« Arno grinste schon wieder. »Aber jetzt erzähl schon. Was treibst du denn so? Wenn ich mich recht erinnere, wolltest du damals unbedingt Journalistin werden.«

Katharina lächelte ihn an. »Das weißt du noch?«

Er beugte sich zu ihr hinüber, und ihr stieg der Duft seines Aftershaves in die Nase. Sandelholz, wenn sie ihr Geruchssinn nicht täuschte.

»Selbstverständlich. Du hast ja von nichts anderem geredet, wenn du dir bei mir den Bauch vollgeschlagen hast.« Arno lehnte sich zurück, streckte die Beine aus, und Katharina fing an zu erzählen. Von ihrem ersten Job in Basel, wo ihre bösartige Chefin sie vergrault hatte, von ihren Kollegen beim »Regio-Kurier«, von ihren Freunden – nur ihre Verwicklungen in diverse Kriminalfälle ließ sie aus. Genauso wie ihr Liebesleben, das die letzten Jahre sowieso nur müde vor sich hin gedümpelt hatte, sah man von einem Spanier mit schokoladenpuddingfarbenen Augen ab, an den sie nach wie vor häufig dachte.

Arno unterbrach sie kein einziges Mal.

»Und du? Wieso hast du den Ersatzchor unter deine Fittiche genommen? Normalerweise bist du doch ständig unterwegs«, wollte Katharina irgendwann wissen. »Oder hat sich eure Band aufgelöst?«

Arno winkte dem Kellner und bestellte noch ein Bier. »Im Gegenteil. Die ist gerade in Australien.«

»Ohne dich?«, entfuhr es Katharina.

»Sonst säße ich ja wohl kaum hier.« Großen Wert darauf, das Thema zu vertiefen, schien er nicht zu legen. Stattdessen schaute er Katharina tief in die Augen. »Ganz abgesehen davon: Vielleicht wollte ich dich ja wiedersehen?«

Flirtete Arno etwa mit ihr? Katharina verspürte aus heiterem Himmel ein Kribbeln in der Magengrube. »Wie kommst du eigentlich mit Mike Schönberg klar?«, wechselte sie schnell das Thema.

Arnos Gesicht nahm einen verächtlichen Ausdruck an. »Mein Fall ist er nicht. Als Intendant hat er zwar einen exzellenten Ruf, aber für meinen Geschmack übertreibt er es gewaltig damit, das Ensemble zu Höchstleistungen anzuspornen. Das grenzt schon an Terror, was der mit den Leuten anstellt. Offen gestanden hätte ich vollstes Verständnis, wenn Schönberg statt der Caspari umgelegt worden wäre.«

»Glaubst du, dass er etwas mit dem Tod der Sängerin zu tun hat?« Katharina drehte nachdenklich das Papierschirmchen zwischen zwei Fingern, das noch wenige Sekunden zuvor ihr Cocktailglas geschmückt hatte.

Arno schaute sie entgeistert an. »Wie soll das denn zugegangen sein?«

»Ganz einfach. Er könnte Carsten Moll einen echten Dolch untergejubelt haben.«

»Schönberg traue ich so ziemlich alles zu. Aber sicher keinen heimtückischen Mord. Das passt einfach nicht zu seinem aufbrausenden Temperament. Der hätte ihr schon höchstpersönlich das Messer ins Herz gerammt«, antwortete Arno Schüssler prompt.

Katharina seufzte. »Echt schade. Ich hätte zu gern erlebt, dass Weber ihn festnimmt. Ich kann diesen aufgeblasenen, arroganten Sack auch nicht leiden.«

Sie legte das Schirmchen zur Seite und holte sich erneut eine Zigarette aus der Packung. Als sie zu ihrem Feuerzeug greifen wollte, hielt Arno ihre Hand fest. »Eine Bedingung hätte ich allerdings noch, wenn ich dich schon bei deinen fragwürdigen Unternehmungen unterstütze.«

»Und die wäre?« Katharina sah ihn mit großen Augen an.

»Du gehst morgen mit mir in der Mittagspause essen.« Er ließ ihre Hand los und gab ihr Feuer.

Täuschte sich Katharina, oder färbten sich die Rauchwölkchen, die sie immer hektischer ausstieß, zart rosarot?

»Klar, warum nicht?«, brachte sie gerade noch heraus, bevor sie sich am Rauch verschluckte und einen solchen Hustenanfall bekam, dass selbst die Engländer vorübergehend ihr Gespräch unterbrachen und zu ihnen herüberstarrten.

15

Obwohl der Arbeitstag noch nicht einmal richtig begonnen hatte, war Weber schon gefrustet wie eine amerikanische Hausfrau auf Prozac-Entzug. Noch gestern Abend hatte ihn der Polizeipräsident höchstpersönlich aufgesucht und ihn aufgefordert, den Fall der toten Sängerin mit Hochdruck und äußerster Priorität zu bearbeiten. Weil es doch sehr, sehr bedauerlich wäre, wenn die Jubiläumsfeierlichkeiten und die damit verbundene Opernaufführung von einem ungeklärten Mord überschattet würden. Dazu noch von solch einem spektakulären. Am Ende blieben Besucher noch der Stadt fern, weil sie um ihre Sicherheit fürchteten, bla, bla, bla.

Weber knirschte mit den Zähnen. Als wäre er ein Magier, der einen Mörder wie ein Kaninchen aus dem Hut zaubern könnte. Charlotte Casparis Tod bereitete ihm auch so schon genug Kopfzerbrechen, da brauchte er nicht noch die schlauen Sprüche seines Chefs.

Trotzig legte er die Füße auf den Schreibtisch, verschränkte die Arme hinter dem Kopf und betrachtete die prall gefüllte Mappe, die die Protokolle der Zeugenaussagen enthielt, die er bis gerade eben noch sorgfältig gelesen hatte. Leider waren das noch längst nicht alle, über den restlichen brütete Tina Reich, die sich ebenfalls in ihr Büro zurückgezogen hatte.

Wie Weber schon befürchtet hatte, war niemandem in der Tatnacht etwas Verdächtiges aufgefallen. Wie auch, bei dem ganzen Trubel, der während der Vorstellung hinter der Bühne geherrscht haben musste. Immerhin wusste er jetzt, dass sich die Sängerin im Kollegenkreis zwar großen Respekts erfreut hatte, aber nicht unbedingt beliebt gewesen war, sah man mal von ihrer Freundin Julia Körner ab. Was vor allem an ihrem Perfektionismus und ihrem gewaltigen Selbstbewusstsein gelegen hatte. Anders ausgedrückt: Sie hatte Gold in der Kehle, aber auch jede Menge Haare auf den Zähnen gehabt.

Doch wie schon Carsten Moll treffend bemerkt hatte: Deswegen brachte man noch lange niemanden um. Dennoch wurde der Hauptkommissar das Gefühl nicht los, dass die Lösung des Rätsels um Charlotte Casparis Tod im direkten Umfeld des Theaters zu finden war. Wer sonst käme auf die abstruse Idee, sein Opfer quasi im Rampenlicht ins Jenseits zu befördern, besser gesagt befördern zu lassen? Hatte ihr jemand den Erfolg nicht gegönnt? Handelte es sich um ein Eifersuchtsdrama? War es um Geld gegangen oder ein Racheakt gewesen? Grundsätzlich konnte sich Weber alles vorstellen. Es wurde höchste Zeit, das Umfeld von Charlotte Caspari noch gründlicher zu durchleuchten.

Wichtig war jetzt vor allem herauszufinden, wer vom Tod der Sängerin profitierte. Aber vorher brauchte er eine Stärkung. Er schwang die Füße vom Tisch, nahm aus einer Papiertüte ein belegtes Brötchen, das er sich in weiser Voraussicht in der Kantine besorgt hatte, und biss herzhaft hinein.

Es klopfte an der Tür. Bestimmt Tina Reich, obwohl die sich normalerweise nicht mit solch höflichen Gesten aufhielt.

Er hatte sich getäuscht.

»Keine Ahnung, ob das was mit Ihrem Fall zu tun hat.« Ein uniformierter Beamter, dessen Bauchansatz verriet, dass er nicht zu den Eifrigsten der Polizeisportgruppe gehörte, streckte seinen Kopf ins Büro. »Aber bei uns ist eine Anzeige wegen Tierquälerei erstattet worden.«

»Haben Sie den Eindruck, wir wären in irgendeiner Form unterbeschäftigt, dass wir uns auch noch mit so etwas abgeben könnten?«, knurrte Weber mit vollem Mund, als er den Mann widerwillig hereinwinkte. Er legte das Brötchen zur Seite und wischte sich mit einer Serviette ein paar Krümel aus den Mundwinkeln. »Dann lassen Sie mal hören. Ich habe ja sonst nichts Besseres zu tun.«

Als der Uniformierte bemerkte, dass ihn Weber mit zusammengekniffenen Augen musterte, als würde er ihn am liebsten die Näpfe der Hundestaffel reinigen lassen, blieb er eingeschüchtert stehen. Deswegen gelang es ihm auch nicht, der Tür auszuweichen, als diese von Tina Reich ungestüm aufgestoßen wurde. »Autsch!« Er rieb sich mit schmerzverzerrtem Gesicht das Kreuz, wo ihn die Klinke getroffen hatte.

»Dauert das noch lange?« Tina Reich blickte von einem zum anderen. »Ich muss dringend mit dem Hauptkommissar sprechen.«

»Ich auch«, insistierte der Uniformierte. Beide schauten sich an wie zwei Kampfhähne, die jeden Moment aufeinander losgingen.

Weber seufzte. »Am besten setzen Sie sich jetzt erst mal hin. Beide. Nicht, dass es noch mehr Verletzte gibt. Und Sie machen es bitte kurz.« Die letzte Bemerkung galt dem Uniformierten, der sich endlich getraute, näher zu kommen.

»Ein Tag vor dem spektakulären Tod der Sängerin wurde doch im Theater ›Der Barbier von Sevilla‹ aufgeführt«, hob er an, nachdem er umständlich Platz genommen hatte.

»Mhm«, grummelte Weber. Er hatte keine Ahnung, worauf die Geschichte hinauslaufen sollte.

»Das ist eine Oper von Rossini. Übrigens seine beste«, klärte ihn Tina Reich ungefragt auf.

»Unterrichten Sie seit Neuestem Musikgeschichte?«, fuhr Weber sie an. Wenn er etwas nicht leiden konnte, waren es die ständigen Belehrungen seiner Kommissarin. Schon gar nicht am frühen Morgen.

Eingeschnappt zog Tina Reich eine Schnute.

Der Uniformierte hüstelte. »Jedenfalls turnte da unvermittelt ein Kater auf der Bühne herum. Das bedauernswerte Kerlchen habe sich sehr verhaltensauffällig benommen, was auf starken psychischen Stress zurückzuführen sei. Das behauptet zumindest Dr. Lutz, der die Anzeige gemacht hat.«

»Und wieso ist der sich so sicher, dass es sich um einen Kater gehandelt hat? Es könnte doch auch ein Weibchen gewesen sein.« Tina Reich wollte es mal wieder ganz genau wissen.

»Ganz einfach. Erwachsene Kater sind in der Regel größer und kräftiger als Weibchen. Was ich übrigens bestätigen kann, wir haben selbst einen. Unserer bringt locker fünf Kilo auf die Waage«, klärte der Uniformierte sie auf.

»Der Kater hat sich also verhaltensauffällig benommen. Tun das nicht alle, die gern im Scheinwerferlicht stehen?« Weber verdrehte die Augen.

»Möglich«, räumte der Uniformierte ein. »Aber das ist nicht der Punkt. Vielmehr ist das gewerbliche Zurschaustellen von Tieren verboten. Deswegen ist dieser Lutz ja auch schnurstracks zu uns marschiert, um dem Tier zu seinem Recht zu verhelfen.«

»Na schön, dann findet die Oper eben künftig ohne Kater statt. Aber was hat das alles mit dem Tod von Charlotte Caspari zu tun?«, fragte Weber ratlos. »War die an dem Abend überhaupt da?«

»Das wiederum entzieht sich meiner Kenntnis«, gab der Uniformierte zu.

Tina Reich rutschte ungeduldig auf ihrem Stuhl herum. »Wenn ich jetzt auch mal etwas sagen dürfte –«

Mit einer Handbewegung bremste der Hauptkommissar sie aus. »Einer nach dem anderen, wenn ich bitten darf. Sie sind als Nächstes dran.«

Der Uniformierte sah die Kommissarin triumphierend an und neigte sich näher zu Weber. »Ich habe mich mal am Theater umgehört. Offiziell hatten die zwar schon mal einen lebendigen Schwan auf der Bühne, aber noch nie einen Kater.« Er holte tief Luft. »Langer Rede kurzer Sinn: Jemand muss das Tier absichtlich auf der Bühne ausgesetzt haben. Und ich habe mir gedacht, dass das vielleicht derselbe Spaßvogel gewesen sein könnte, der sich an dem Dolch zu schaffen gemacht hat. Es könnte doch sein, dass es jemand ausgesprochen lustig findet, die Vorstellungen zu sabotieren. Auch wenn seine Späße bei ›Carmen‹ ziemlich aus dem Ruder gelaufen sind.«

»Das ist ja mal die Untertreibung des Jahrhunderts.« Auf Webers Stirn machten sich Falten breit. Was der Uniformierte da zum Besten gab, machte durchaus Sinn.

»Ich gebe ja zu, dass sich meine Theorie etwas abenteuerlich anhört«, beeilte sich der Beamte zu sagen, der den Gesichtsausdruck von Weber falsch interpretiert hatte. »Übrigens überlegt der Intendant, ebenfalls eine Strafanzeige wegen der Katzengeschichte zu erstatten. Der fand das überhaupt nicht komisch.«

Als der Hauptkommissar immer noch keinen Ton von sich gab, stand der Uniformierte auf und trat den Rückzug an. »Dann will ich Sie mal nicht weiter stören.« Sein vielsagender Blick fiel auf das angebissene Brötchen auf Webers Schreibtisch.

»Und der Auftritt des Katers war wirklich völlig ungeplant?«, hakte der Hauptkommissar noch einmal nach.

»Ganz sicher sogar. Der hätte beinahe die Aufführung geschmissen.«

»Wieso, hat er so miserabel gesungen?« Webers Mundwinkel zuckten verdächtig.

Jetzt grinste auch der Uniformierte. »Das war nicht das Problem. Vielmehr leidet eine der Sängerinnen, die an dem Abend auftrat, unter einer starken Katzenallergie, wie mir berichtet wurde. Sie können sich vorstellen, wie begeistert die war, als der Kater um ihre Beine strich. Die hat vor lauter Husten und Schniefen kaum noch einen Ton herausgebracht.«

»Jetzt ist mir endlich klar, woher der Begriff Katzenmusik kommt«, witzelte Weber, bevor er wieder ernst wurde. »Danke, dass Sie zu mir gekommen sind. Ich werde Ihre Informationen im Hinterkopf behalten.«

»Immer wieder gern.« Der Uniformierte freute sich sichtlich, als er sich verabschiedete.

»Und sorry wegen der Tür!«, rief ihm Tina Reich hinterher, dann schaute sie Weber an, der gerade dabei war, wieder in sein Brötchen zu beißen. »Nur falls es Sie interessiert, es gibt Neuigkeiten.«

»Dann schießen Sie mal los, bevor Sie platzen«, erwiderte er mit vollem Mund.

Tina Reich holte tief Luft. »Vier Zeugen haben von einem heftigen Streit während einer Probe für den ›Freischütz‹ berichtet. Charlotte Caspari war daran beteiligt.« Der triumphierende Unterton in ihrer Stimme war nicht zu überhören.

Endlich ein kleines Licht am Ende des Tunnels. »Sieh an. Und mit wem hat sie sich gefetzt?«

»Mit Sumi Kim, der Sopranistin. Die hat ihr vor lauter Wut sogar eine weiße Taube an den Kopf geworfen.«

»Muss ich das jetzt kapieren?« Weber seufzte tief.

Zufrieden lehnte sich Tina Reich zurück und verschränkte die Arme. »Ich könnte es Ihnen ja erklären, aber haben Sie vorhin nicht mehr als deutlich gemacht, dass Sie so gar nicht auf Lektionen in Sachen Musikgeschichte stehen?«

Eins zu null für seine Kollegin, musste sich der Hauptkommissar eingestehen.

16

Es mag vielleicht gefühllos erscheinen: Obwohl ich das traurige Schicksal der Sängerin aufrichtig bedauerte, war ich nach meinem nächtlichen Theaterbesuch im Colombipark in einen für Katzen ungewöhnlich tiefen Schlaf gefallen, den nicht einmal die florierenden Geschäfte der Drogendealer hatten stören können. Trotzdem hatte ich mich nicht durchringen können, gleich am folgenden Tag zum Schauplatz des Verbrechens zurückzukehren, dafür hatten mich die jüngsten Ereignisse zu sehr aus dem seelischen Gleichgewicht gebracht. Doch heute fühlte ich mich besser und entsprechend tatendurstig, als ich mich genüsslich räkelte und anschließend meine Barthaare putzte.

Im Park roch es nach frisch gemähtem Gras, und die Vögel zwitscherten so unverschämt laut, dass sie sogar das Knurren meines Magens übertönten. Optimistisch sah ich mich um. Irgendjemand würde sich schon finden, der ein Herz für hungrige Katzen hatte.

Ich setzte mein treuherzigstes Gesicht auf und näherte mich zwei schlaksigen Halbwüchsigen, die es sich zwei Bänke weiter bequem gemacht hatten und andächtig auf ihren Smartphones herumdaddelten. Der eine hatte einen Rucksack bei sich, aus dem der Duft von frischer Salami drang.

»Tom, meinst du nicht, wir sollten allmählich mal zur Uni? Unsere Vorlesung fängt gleich an«, sagte der eine.

Ich spitzte die Ohren.

»Ach was, die kommen auch ohne uns klar«, erwiderte Tom, ohne den Kopf zu heben. »Wir laden uns nachher einfach die Skripte runter. Wäre doch schade, den schönen Morgen im Hörsaal zu vergeuden.«

»Aber du weißt schon, dass Professor Wolf Wert auf persönliche Anwesenheit legt. Und uns beide hat er sowieso schon auf dem Kieker, seit du dir letztens Pizza in die Vorlesung hast liefern lassen.«

Widerwillig legte Tom sein Smartphone zur Seite. »Jetzt mach dich mal locker, Sascha. Zum Büffeln haben wir noch jede Menge Zeit, das muss selbst Wolf einsehen. Wozu also die ganze Aufregung? Außerdem frage ich mich eh, ob Germanistik für uns das Wahre ist. Ehrlich gesagt, habe ich mir das Studentenleben etwas anders vorgestellt.«

»Willst du stattdessen lieber Tag für Tag acht Stunden an einem Schreibtisch versauern?«, hielt Sascha dagegen.

Da ich keine Lust hatte, noch länger Zeuge davon zu werden, wie lausig es um die Motivation des akademischen Nachwuchses bestellt war, stieß ich ein klägliches Maunzen aus, und endlich wurde mir die nötige Aufmerksamkeit geschenkt.

»Ich werd verrückt. Eine Katze. Wo kommt die denn auf einmal her?«

Immerhin hatte Tom messerscharf erkannt, dass ich kein Meerschweinchen war, was mich für seine weitere Bildungslaufbahn, wie auch immer die aussehen sollte, noch hoffen ließ.

»Und offensichtlich eine sehr hungrige. So gierig, wie die deinen Rucksack anstarrt, hat die schon länger nichts mehr zu fressen bekommen.« Sascha hatte erstaunlich schnell registriert, dass meine schüchternen Annäherungsversuche einen handfesten Grund hatten.

Tom sah sich suchend um. »Wem die wohl gehört? Bestimmt hat sie sich verlaufen. Sollten wir nicht den Tierrettungsdienst verständigen? Irgendjemand muss sich doch um das Tier kümmern.«

»Warum nicht gleich die Blauhelme?«, merkte Sascha ironisch an. »Alter, dir ist doch wirklich keine Ausrede zu blöd, um nicht in die Uni zu müssen«, empörte er sich dann. »Die Katze kommt wunderbar allein zurecht. Jetzt gib ihr halt dein Vesper und dann ab marsch. Ich habe keine Lust, dass uns Wolf schon wieder rundmacht, weil wir zu spät kommen.«

»Spaßbremse!« Murrend öffnete Tom den Rucksack, holte das Salamibrötchen heraus, klaubte die Wurstscheiben herunter und legte sie vor mich hin.

»Lass es dir schmecken, Schwarze. Und geh bloß nie studieren, wenn du weiter deine Freiheit genießen willst.« Er tätschelte mir linkisch den Kopf.

Ich quittierte seinen gut gemeinten Rat mit einem höflichen Schnurren, wenngleich ich trotz meiner beachtlichen geistigen Fähigkeiten bislang noch nie mit dem Gedanken gespielt hatte, akademische Würden anzustreben.

Tom und Sascha machten sich davon – und ich mich über die Salami her.

Derart gestärkt, strolchte ich wenig später erneut Richtung Theater, nicht ohne einen Blick in die Bäckerei zu werfen. Doch das Einzige, was ich sah, war eine Kassiererin, die gelangweilt ihre sorgfältig manikürten Nägel betrachtete.

Die kleine Maus hingegen schien schlau genug zu sein, sich tagsüber zu verstecken, zumindest konnte ich sie nirgends entdecken. Vielleicht hatte ihr jemand gesteckt, dass es der Wirtschaftskontrolldienst gar nicht gern sah, wenn sich Nager, mochten sie auch noch so putzig sein, zwischen Roggenbrötchen und Laugenbrezeln herumtrieben.

Kurz darauf baute ich mich erneut vor dem Bühneneingang auf. Was ein Mal funktioniert hatte, sollte auch ein zweites Mal gelingen, hoffte ich inständig.

»Jetzt schau dir das mal an. Das ist doch der Stubentiger, der in unsere Vorstellung geplatzt ist«, hörte ich plötzlich neben mir eine angenehme Stimme, die mich den Kopf heben ließ. Es war der gut aussehende Sänger, der sich so blendend über meinen Auftritt amüsiert und gestern Nacht das Blut der Blümchenblusen tragenden Streberin kräftig in Wallung gebracht hatte.

»Miez, Miez«, machte er und ging in die Knie. Na ja, ich wollte mal nicht so sein, obwohl ich es nicht leiden konnte, wenn man mit mir wie mit einem Katzenbaby sprach. Vorsichtig machte ich einen Schritt auf ihn zu und strich ihm um die Beine. Der wollte mir ganz sicher nichts Böses.

»Du scheinst ja ein großer Opernliebhaber zu sein. Willst du wieder bei uns mitmachen?«, fragte er mich und kraulte mir das Fell. »Dann komm mal mit.«

Das hörte sich doch vielversprechend an. Ich beschloss, meinen geballten Charme einzusetzen, und schnurrte wie ein Staubsauger. Ohne Widerstand ließ ich mich von ihm hochheben. Sein Aftershave duftete eindeutig nach Zitrone, stellte ich fest, als er mich an seine Brust drückte. Als Katzenkidnapper konnte ich ihn demnach getrost von meiner Liste der Verdächtigen streichen – vorausgesetzt, in seinem Badezimmer standen nicht noch andere Duftwässerchen rum.

»Bist du verrückt? Nele flippt aus, wenn sie das Tier sieht. Du weißt doch, wie sie auf Katzen reagiert, schließlich warst du mit dabei.« Die Frau mit dem flotten Kurzhaarschnitt neben ihm, die einen Geigenkasten trug, legte nicht ganz so viel Enthusiasmus über meine Anwesenheit an den Tag. Hoffentlich würde sie mir nicht die Tour versauen. Aber meine Befürchtungen waren für die Katz.

»Ach was, die ist heute sowieso nicht da«, erwiderte der Opernsänger gut gelaunt. »Es spricht also nichts dagegen, wenn ich die Katze zur Probe mitnehme. Wo sie doch so viel Spaß an Musik zu haben scheint. Abgesehen davon täte uns ein Maskottchen momentan ganz gut.«

Ich schnurrte zustimmend und schmiegte mich noch enger an ihn. Der Mann wurde mir zunehmend sympathischer.

»Menschenskind, Manuel. Du hast vielleicht Humor, ausgerechnet eine schwarze Katze anzuschleppen. Als hätten wir noch nicht genug Pech«, seufzte die Geigerin, doch nach einem schmachtenden Blick aus seinen dunklen Augen gab sie jeglichen Widerstand auf und hielt uns sogar die Tür auf. »Versprich mir wenigstens, dafür zu sorgen, dass das Tier nicht in den Orchestergraben springt oder sonst irgendeinen Unsinn anstellt.«

Wäre es mir möglich gewesen, hätte ich sie diesbezüglich völlig beruhigen können. Ich hatte nicht vor, eines meiner sieben Leben leichtfertig aufs Spiel zu setzen, indem ich mich sinnlos in die Tiefe stürzte. Meine Intention war eine völlig andere, nämlich Augen und Ohren danach offen zu halten, ob sich nicht ein Mörder im Opernensemble befand. Falls mir als Beifang noch mein Entführer ins Netz gehen sollte, umso besser.

111

»Und sobald wir fertig sind, setzt du die Katze wieder an die frische Luft. Die wird bestimmt schon vermisst«, fügte die Geigerin noch hinzu.

»Ja doch«, erwiderte der Sänger gelangweilt und drückte mich noch ein wenig fester an die Brust. Bei ihm schien es sich um einen waschechten Katzenliebhaber zu handeln.

Im Theater herrschte bereits Hochbetrieb, stellte ich fest, als er mich an der Pforte vorbeitrug. Aus der Ferne klang Klaviermusik an mein Ohr, und fünf gertenschlanke Frauen in Leggins und knappen T-Shirts, vermutlich Tänzerinnen, überholten uns kichernd. Irgendwo über uns polterte es. Den Geräuschen nach zu urteilen, wurden auf der großen Bühne bereits kräftig Kulissen hin und her geschoben.

Niemand erhob Protest, als Manuel mit mir auftauchte. Im Gegenteil: Die Augen der anwesenden Damen begannen bei meinem – oder seinem, das wusste ich nicht so genau – Anblick regelrecht zu glänzen. Nachdem sie mir ausgiebig das Fell gekrault hatten, wurde ich auf einer eilends herbeigeholten Wolldecke im hinteren Teil der Bühne abgesetzt, verbunden mit der Ermahnung, mich nicht von der Stelle zu rühren, dann begann eine Repetitorin, mit viel Elan auf ihrem Keyboard herumzuklimpern.

Schon nach den ersten Tönen erkannte mein geschultes Ohr, dass hier »Die Zauberflöte« einstudiert wurde, genauer gesagt jene Szene, in der die drei Damen der Königin der Nacht Tamino vor dem Ungeheuer retten. Etwas irritierte mich allerdings, denn statt des ohnmächtigen Prinzen lag eine große Gummipuppe mit weit aufgerissenen Augen auf dem Boden, über die sich jetzt ein hübscher Lockenkopf beugte.

»Nein, nein, das kann nicht sein, ich schütze ihn allein!«, sang die Besitzerin desselbigen naserümpfend.

»Stopp!«

Erst jetzt entdeckte ich einen jungen Mann mit Vogelnestfrisur und Nickelbrille in der ersten Reihe, der das Ganze beobachtete. Vermutlich handelte es sich bei ihm um den Regieassistenten.

»Madeleine, du sollst den Prinzen anschmachten, schließlich handelt es sich bei ihm um einen begehrenswerten jungen Mann.«

»Ich versuche es ja. Aber die dämliche Puppe bringt mich völlig aus dem Konzept. Die riecht wie eine ganze Reifenwerkstatt«, verteidigte sich der Lockenkopf. »Wann ist denn Carsten vom Arzt zurück, damit wir endlich vernünftig proben können?«

»Gibt es ein Problem?« Die Temperatur auf der Bühne sank schlagartig, als eine schneidende Stimme durch den Saal drang. Sie gehörte der Fliege auf zwei Beinen, die mir schon bei meinem letzten Besuch so unangenehm aufgefallen war. Ohne dass ich es hätte verhindern können, sträubte sich mein Fell. Der Mann war mir einfach zutiefst unsympathisch.

»Wenn es dir nicht passt, wie wir hier arbeiten, kannst du sofort deine Siebensachen packen und verduften. Mittelmäßige Sopranistinnen wie dich gibt es wie Sand am Meer. Also?« Der kühle Blick, mit dem er sie bedachte, hätte sogar einen Dinosaurier schockgefrostet. Die anderen schauten betreten zu Boden.

Madeleine schluckte trocken, dann verzogen sich wie auf Kommando ihre Lippen zu einem gezwungenen Lächeln, und sie begann wieder: »Nein, nein, das kann nicht sein …«

Ich beschloss, auf weiteren Kunstgenuss zu verzichten und mich stattdessen ein wenig im Theater umzusehen. Mit etwas Glück würde ich einen Hinweis auf das Verbrechen finden. Oder etwas zu fressen, was mir momentan ebenfalls gelegen käme.

Schon bald musste ich feststellen, dass Gänge, Türen und Treppen das Gebäude zu einem regelrechten Labyrinth machten. Dem Himmel sei Dank besaß ich einen passablen Orientierungssinn, konnte also sicher sein, den Rückweg zur Bühne wiederzufinden.

Als Erstes stattete ich der Malerwerkstatt einen Besuch ab, wo die Mitarbeiter emsig damit beschäftigt waren, mit Pinseln, die von der Größe her locker mit einem Schrubber mithalten konnten, auf dem Boden liegende Leinwände zu bearbeiten.

Wenn mich nicht alles täuschte, malten sie das Sonnensystem, zumindest erkannte ich Jupiter und Mars. Da mir der Farbgeruch empfindlich in die Nase stieg, hielt ich mich jedoch nicht länger bei ihnen auf, sondern stattete der nächsten Werkstatt einen Besuch ab, peinlichst darauf bedacht, niemandem zwischen die Füße zu geraten.

Nanu? Beim Betreten der Theaterplastik-Werkstatt zuckte ich spontan zurück. Ein mindestens zwei Meter hohes Pferd aus Bronze glotzte hochmütig auf mich herab.

Das Teil musste Tonnen auf die Waage bringen, überlegte ich, als es von einem Hänfling, vermutlich einem Schülerpraktikanten, ohne sichtbare Anstrengung davongetragen und in eine Ecke gestellt wurde. Logisch, da hätte ich auch gleich drauf kommen können, dass hier schlicht mit Pappmaché gearbeitet wurde. Ähnlich imposant wie der Gaul war die gigantische Schildkröte, die ein paar Meter weiter einen Platz gefunden hatte. In ihren Panzer hätten locker fünf Männer gepasst. Bei welcher Aufführung die wohl ihren Einsatz gehabt hatte? Ich schlich näher, um das kunstvoll gefertigte Reptil besser in Augenschein nehmen zu können, doch irgendetwas ließ mich innehalten. Um es mit den Worten meiner Katzensitterinnen auszudrücken: Das Tier verströmte eine derart schlechte Aura, dass es mir schier den Magen umdrehte.

Also ließ ich die Schildkröte links liegen und beobachtete stattdessen noch eine Weile, wie ein bärtiger Mann an etwas herumschraubte, das wie der weiße Engelsflügel eines mindestens fünf Meter großen Himmelsboten aussah, dann zog ich von dannen und stieg immer weiter eine Treppe hoch, bis ich im letzten Stockwerk anlangte.

Kostümfundus – das hörte sich doch äußerst vielversprechend an. Mein Gefühl hatte mich nicht getrogen: Brautkleider aus weißer Spitze mit und ohne Armel, üppige Barockgewänder mit tiefem Ausschnitt, farbenfrohe Boas, federgeschmückte Hüte – meine Mitbewohnerin wäre vor Entzücken ausgeflippt. Als ich ein todschickes zitronengelbes Trägerkleid aus Chiffon näher begutachten wollte, hörte ich, wie sich Schritte auf dem

114

Gang unaufhaltsam näherten. Schnell sprang ich in ein Regal hoch und versteckte mich hinter ein paar hohen schwarzen Stiefeln – Größe 46, wie ich trotz der Eile noch lesen konnte. Keine Sekunde zu früh. Zwei Frauen betraten den Raum, eine trug ein bodenlanges schwarzes Abendkleid mit aufgestickten Sternen über ihrem Arm und zog ein saures Gesicht. »Das war das letzte Mal, dass ich die Nähte auslassen konnte. Wenn Sumi weiter in dem Tempo zunimmt, wird sie demnächst ihr Kostüm sprengen«, sagte sie zu ihrer Begleiterin.

Die knuffte sie in die Seite. »Komm schon, ein paar Kilo mehr haben einer Opernsängerin noch nie geschadet, denk nur an die Bartoli. Und jetzt hör auf mit dem Geschimpfe und räum das Kleid weg, wir müssen uns um die Kostüme für den ›Freischütz‹ kümmern.«

»Erinnere mich nicht daran. Wenn ich an den Probeschuss in der letzten Szene denke, bekomme ich regelrecht Gänsehaut. Womöglich gibt es wieder eine Tote.« Sie sah aus, als würde sie sich am liebsten bekreuzigen.

»Red keinen Unsinn. Das mit der Caspari war ein bedauerlicher Unfall.«

»Glaubst du wirklich? Vielleicht war ja auch jemand sauer auf sie. Beispielsweise unser Starbariton Manuel Angelico, weil sie ihm den Laufpass gegeben hat.«

Sieh an, mein Freund hatte also ein Verhältnis mit der toten Sängerin gehabt, und die Gerüchteküche im Theater schien bereits kräftig zu brodeln.

»Jetzt hör aber auf. Du bist doch nur neidisch, weil du ihn nicht rumgekriegt hast. Ich bin überzeugt davon, dass weder er noch jemand anderes Charlottes Tod wollte.«

»Wenn du das sagst.« Das Abendkleid wurde sorgfältig auf einen Bügel und anschließend an eine Kleiderstange gehängt.

»Apropos, wo steckt eigentlich unsere Auszubildende? Die habe ich den ganzen Tag noch nicht gesehen.«

»Anne kommt doch erst heute Abend, hast du das vergessen?«

»Na prima, dann bleibt das Bügeln wieder ganz allein an mir hängen. Und das bei der Affenhitze.«

Mit klopfendem Herzen wartete ich, bis die beiden endlich weg waren, dann verließ ich mein Versteck und hüpfte vom Regal. Dabei stellte ich mich wohl etwas ungeschickt an, denn einer der schwarzen Stiefel purzelte aus dem Regal.

Zu meinem Erstaunen gab er ein scheppperndes Geräusch von sich, als er auf dem Boden landete. Doch dann bemerkte ich, dass nicht der Stiefel, sondern ein daraus herausfallender Gegenstand, den jemand darin versteckt haben musste, das Geräusch verursacht hatte. Man musste kein Waffenexperte sein, um auf den ersten Blick zu erkennen, dass es sich dabei um einen Dolch handelte.

Verflixt, was sollte das denn nun schon wieder bedeuten?

Mein Herzschlag beruhigte sich erst, als ich feststellte, dass es sich um einen Theaterdolch mit versenkbarer Klinge handelte und er infolgedessen kein Unheil anrichten konnte. Aber wieso hatte jemand das gute Stück in einen Stiefel gestopft? Um ein Versehen konnte es sich ja wohl kaum handeln. Am besten, ich legte das Teil meinem neuen Freund Manuel zu Füßen, sollte der sich doch den Kopf zerbrechen, was es damit auf sich hatte.

Doch dann stellte ich mir vor, wie wohl die Reaktionen ausfielen, wenn ich in meiner Schnauze eine, wenn auch ungefährliche, Waffe quer durchs Theater tragen würde. Ein Hausverbot auf Lebenszeit wäre noch das Harmloseste, was mir vermutlich blühte. Außerdem war ich kein Hund, der alles apportierte, was nicht bei drei auf den Bäumen war. Nein, ich musste mir etwas anderes einfallen lassen.

Kurzerhand schubste ich den Dolch für alle sichtbar mitten in den Gang. Irgendjemand würde schon darüber stolpern und wissen, was damit zu tun wäre.

17

»Und?« Dominiks Kopf ruckte erwartungsvoll hoch, als Katharina ins Büro kam.

»Was und?«, fragte sie unschuldig zurück und setzte sich an ihren Platz.

»Jetzt erzähl schon. Wie war dein erster Auftritt als Operndiva?«, fragte er. Die Neugierde stand ihm ins Gesicht geschrieben.

»Wie man es nimmt«, antwortete Katharina, wild entschlossen, ihren Kollegen noch etwas zappeln zu lassen. Sie griff nach der aktuellen Ausgabe des »Regio-Kuriers« und blätterte sie aufreizend langsam durch.

»Geht es auch etwas genauer? Oder ist es dir noch zu früh für vollständige Sätze?« So leicht ließ sich Dominik nicht abspeisen.

»Bring mir einen Kaffee und du wirst alles erfahren«, beschied sie ihm.

Murrend stand Dominik auf und kam keine Minute später mit Katharinas Häschentasse zurück, deren Inhalt verlockend dampfte und duftete. Im Schlepptau hatte er Bambi, der nach wie vor humpelte. »Da ist ja unsere Singdrossel. Wie war deine Chorprobe?«

»Du singst? Seit wann das denn?« Gutmann, der den beiden gefolgt war, schaute Katharina erstaunt an. »Dabei dachte ich immer, dass sich deine musikalischen Interessen auf australische Heulbojen in Schuluniform beschränken.« Der Redaktionsleiter, durch und durch eingefleischter Frank-Sinatra-Fan, hatte noch nie ein Geheimnis daraus gemacht, was er von ihrem Faible für AC/DC hielt.

»Bekanntermaßen hat kürzlich meine Stammkneipe zugemacht. Ein Grund mehr, mir ein neues Hobby zu suchen. Warum also nicht singen?«, antwortete sie kurz angebunden, ohne Gutmann anzuschauen. »Machen andere schließlich auch, ohne gleich einem Kreuzverhör unterzogen zu werden.«

»Soso.« Im Gesicht des Redaktionsleiters arbeitete es. »Du verwirklichst dich jetzt aber nicht rein zufällig am Theater?« Als langjähriger Chef des »Regio-Kuriers« kannte er seine Pappenheimer.

Katharina warf ihm einen unschuldigen Blick zu, ohne etwas zu sagen.

»Und ihr zwei? Habt ihr davon gewusst?« Gutmann nahm Dominik und Bambi ins Visier.

Bambi hüstelte, Dominik beäugte die Winkekatze auf seinem Schreibtisch so intensiv, als sähe er sie zum ersten Mal.

»Das hätte ich mir ja denken können.« Der Redaktionsleiter wandte sich wieder Katharina zu. »Hat es einen Sinn, dir das ausreden zu wollen?«

»Nicht wirklich«, erwiderte Katharina. »Nur zur Erinnerung, ich habe selbst miterlebt, wie Charlotte Caspari gestorben ist. Würdest du an meiner Stelle nicht auch wissen wollen, wer dafür verantwortlich ist?«

Gutmann sah sie durchdringend an. »Schon. Aber ich würde die Polizei ermitteln lassen. Im Gegensatz zu dir ist sie für unnatürliche Todesfälle zuständig. Auch wenn du das hartnäckig zu ignorieren pflegst.«

»Aber wenn die sämtliche Informationen aus ermittlungstaktischen Gründen zurückhält? Weber lässt nicht mal raus, ob es sich beim Tod von Charlotte Caspari um einen Unfall oder Mord handelt. Und überhaupt, was soll mir schon zustoßen? Arno ist schließlich auch noch da.«

»Wer ist Arno?«, schallte es ihr dreistimmig entgegen. Katharina konnte nicht verhindern, dass sich ihre Wangen leicht röteten. »Der Leiter des Ersatzchors. Und außerdem ein alter Kumpel von mir. Der hat früher für mich gekocht, als ich noch studiert habe.«

»Soso. Gekocht hat er für dich. Den solltest du dir bei deinen Kochkünsten dringend warmhalten«, sagte Gutmann belustigt. Dann wurde er wieder ernst. »Leider kann ich dir nicht vorschreiben, was du in deiner Freizeit machst. Aber tu mir wenigstens einen Gefallen und sei vorsichtig.« Er wollte schon gehen, als er sich gegen die Stirn schlug. »Aber deswegen bin ich eigentlich gar nicht gekommen. Heute Morgen hat es bereits gewaltigen Ärger gegeben. Wir haben Mist gebaut.« Er schnappte sich den »Regio-Kurier« von Katharinas Schreibtisch, blätterte zu Seite sieben und hob sie hoch. Unter dem Aufmacher war ein Foto eines abstrakten in Schwarz-Weiß gehaltenen Gemäldes zu sehen, das hauptsächlich aus Punkten und Quadraten bestand. »Fällt euch etwas auf?«

Alle schüttelten den Kopf.

»Vor einer halben Stunde hatte ich den begnadeten Künstler dieses Werks am Telefon. Er war stinksauer«, sagte Gutmann. »Sein Bild wurde bedauerlicherweise verkehrt herum abgedruckt. Sprich, es steht auf dem Kopf.«

»Woher zum Henker soll man denn wissen, wo bei dem Gepinsel oben und unten ist?«, regte sich Katharina auf.

Bambi nahm Gutmann die Seite aus der Hand und drehte sie in alle Richtungen. »Seht ihr irgendeinen Unterschied?«

»Selbst auf die Gefahr hin, als Kunstbanause zu gelten: Aber für mich sieht das nicht anders aus als vorher«, meinte Dominik. »Punkte und Striche halt.«

»Hast du den Mann wenigstens so weit beruhigen können, dass er uns nicht verklagt?«, fragte Katharina.

Gutmann schmunzelte zum ersten Mal an diesem Morgen. »Nun, ich habe ihm erklärt, dass Georg Baselitz seine Bilder absichtlich auf den Kopf gestellt hat, um das Korsett der Sehgewohnheiten zu sprengen. Und jetzt denkt unser Künstler darüber nach, ob er das nicht auch praktizieren sollte. Ich könnte wetten, dass er meine Anregung schnurstracks befolgt.«

Katharina lachte lauthals. »Anton, wenn es darum geht, aufgeregte Wichtigtuer zu beruhigen, bist du einsame Spitze.«

»Genau das wollte ich hören.« Mit stolzgeschwellter Brust verließ der Redaktionsleiter den Raum.

»Und jetzt zur Sache. Hast du etwas herausgefunden?«, fragte Dominik, als die Tür ins Schloss gefallen war.

Bambi setzte sich auf seinen Stammplatz neben der Winkekatze.

»Durchaus.« Katharina berichtete von den Gesprächsfetzen, die aus der Garderobe von Nele Otto gedrungen waren, von ihrer Begegnung mit Manuel Angelico und von dem kurzen Plausch mit Anne.

»Ein bisschen dürftig«, meinte Bambi, als sie geendet hatte. »Aus der Unterhaltung zwischen den Frauen lässt sich nun wirklich nicht konstruieren, dass diese Nele etwas mit dem Tod von Charlotte Caspari zu tun hat, das musst selbst du zugeben.«

»Und warum sonst sollte sie reinen Tisch machen wollen?«, entgegnete Katharina spitz.

»Vielleicht wäre es am vernünftigsten, Weber darüber zu informieren«, schlug Dominik schnell vor.

»Mach ich. Sobald ich ihn mal wieder zu Gesicht bekomme«, versprach sie. »Und an Manuel Angelico bleibe ich auch dran. Ich könnte mir gut vorstellen, dass er was mit der Caspari hatte.«

»Mord aus Eifersucht?«, mischte sich Bambi ein. »Zumindest wäre Bizets Oper dafür der passende Rahmen gewesen.«

»Stimmt. Das haben wir ja beide mit eigenen Augen gesehen«, antwortete Katharina grimmig.

Dominik betrachtete sie versonnen. »Und wie ist er so?«

»Wer – der Bariton?«, fragte sie zurück.

»Quatsch. Dein alter Kumpel Arno. Gut aussehend? Solo?«

»Nett halt.« Sie versuchte, möglichst gleichgültig zu schauen. »Wieso interessiert es dich, ob er Single ist?«

»Weil ich die Hoffnung noch nicht aufgegeben habe, dass du irgendwann mal unter die Haube kommst«, meinte Dominik grinsend. »Allmählich wird es nämlich Zeit. Du wirst auch nicht jünger.«

Als Katharina eine Büroklammer in seine Richtung schmiss, ging er schleunigst in Deckung.

18

Herr im Himmel! Worauf hatte er sich da nur eingelassen? Markus Österreicher rollte mit den Augen, dass nur noch das Weiße zu sehen war. Das hatte er nun davon, dass er sich von Winkler hatte breitschlagen lassen, sich mit blutigen Laien abzugeben.

War es denn zu viel verlangt, sich auf ein paar lausige Sätze zu konzentrieren? Gerade mal läppische zehn Minuten lang sollten Freiburgs Bächle in einer Theaterszene im Mittelpunkt stehen – und jetzt lungerte er schon seit einer geschlagenen Stunde mit dem Hauptdarsteller und einer sichtlich gelangweilten Narrenzunft auf dem Rathausplatz herum, ohne nennenswerte Fortschritte gemacht zu haben.

»Herr Schneider«, hob er an, die Fassung nur mühselig bewahrend, »Erasmus von Rotterdam lebte im 16. Jahrhundert in Freiburg, weil er aus Basel geflüchtet war. Da gab es bekanntermaßen noch keine Smartphones. Wären Sie also so gütig …«

Widerwillig ließ der Sparkassendirektor sein Handy in die Tasche seines Anzugs gleiten, den er unter dem schweren pelzbesetzten Mantel trug. »Ich hab halt noch was anderes zu tun, als über die Bächle zu lamentieren. Wenn mir einer vorher gesagt hätte, wie lange die Proben dauern, hätte ich ganz bestimmt nicht mitgemacht.« Er zupfte an seiner schwarzen Kopfbedeckung. »Außerdem wird es mir in den Klamotten allmählich zu warm.«

Offensichtlich war nicht jeder dazu geboren, auf den Brettern, die die Welt bedeuteten, Fuß zu fassen, stellte Österreicher resigniert fest. Er versuchte, die Nerven zu behalten. »Ein Grund mehr, sich in die Rolle des Gelehrten hineinzuversetzen. Ihnen dürfte das doch nicht schwerfallen, immerhin steht Ihr Schreibtisch in seinem einstigen Domizil.«

In der Tat hatte Erasmus von Rotterdam als berühmtester Bewohner des Erkerzimmers so lange im Haus »Zum Walfisch« residiert, bis ihm 1531 das Mietverhältnis gekündigt wurde. Den Prachtbau hatte Jakob Villinger von Schönenberg, seines

Zeichens Großschatzmeister des römischen Kaisers, mit viel Liebe zum Detail errichten lassen. Heute beherbergte er die Sparkasse. Und somit auch Theo Schneider als deren Chef.

»Noch mal von vorn. Erasmus von Rotterdam, der in Freiburg im Exil lebt, ist gefrustet.«

»Ich allmählich auch«, grummelte der Sparkassendirektor und wischte sich den Schweiß von der Stirn. »Eigentlich hätte ich jetzt Pause. Und heute Mittag stehen gleich drei Besprechungen in meinem Terminkalender.«

Österreicher ignorierte seinen Einwand. »Er ist gefrustet, weil er sich in seiner Unterkunft durch seine Nachbarn gestört fühlt und außerdem der Meinung ist, dass seine Miete viel zu hoch ist. Deswegen lässt er seinem Ärger über die Stadt und vor allem über die Bächle in einem Brief freien Lauf.«

»Was die hohen Mieten in Freiburg anbelangt, könnte ich auch ein Lied singen«, mischte sich ein rotblonder Mann ein, der stehen geblieben war, um sich die Probe anzusehen. »Aber die Bächle mag ich trotzdem. In denen kann man sich im Sommer wunderbar die Füße kühlen.«

»Ruhe. Wir arbeiten«, raunzte Österreicher ihn an. Er hatte schon genug zu tun, ohne sich um dumme Kommentare von Passanten kümmern zu müssen.

Er machte eine auffordernde Handbewegung. »Also, Herr Schneider, Sie schauen jetzt möglichst finster und deuten vorwurfsvoll mit dem Finger auf das Bächle. Und dann legen Sie mit dem Text los.«

Wie geheißen zog Schneider finster die Augenbrauen zusammen, was ihm das Aussehen eines wütenden Schimpansen verlieh, und erhob seine Stimme. »Hier herrscht große Unreinlichkeit. Durch alle Straßen dieser Stadt läuft ein künstlich geführter Bach. Dieser nimmt die blutigen Säfte von Fleischern und Metzgern auf –«

»Sakrament«, fluchte Österreicher leise, als sich ein kleiner Junge, der ein hübsch bemaltes Miniboot an einer Schnur hinter sich herzog, durch die Gruppe zwängte und den Sparkassendirektor erneut zum Verstummen brachte.

»Wie lange sollen wir hier eigentlich noch rumstehen? So langsam kriege ich Kohldampf«, maulte ein Mann mit rotem Halstuch, knielangen blauen Hosen und rot gestrickten Strümpfen, unmittelbar gefolgt vom beginnenden Zwölf-Uhr-Läuten der Glocken vom Münsterturm. Er gehörte zu den Mitgliedern der Narrenzunft Bächleputzer, die nach dem Auftritt des Erasmus von Rotterdam – quasi als Kontrastprogramm – die von begabter Hand eines städtischen Mitarbeiters verfasste Ode an die beliebten Wasserläufe Freiburgs, an denen keine Stadtführung vorbeikam, schmettern sollten. Als Kopfbedeckung diente ihm eine lederne Schildkappe, in der Hand hielt er einen Besen, jenes Arbeitsgerät, ohne das kein ordentlicher Bächleputzer auskam.

»Weiter«, befahl Österreicher, als der Knirps endlich außer Sichtweite war.

»… den Gestank aller Küchen, den Schmutz aller Häuser, das Erbrochene und den Harn aller, ja sogar die Fäkalien von denen, die zu Hause keine Latrine haben«, tönte der Sparkassendirektor so laut, dass sich eine vorbeigehende Frau angewidert schüttelte. Dann schaute er Österreicher fragend an. »Gut so?«

»Ja doch. Fahren Sie einfach fort.«

Schneider zögerte. »Jetzt habe ich den Text vergessen.«

Herrje, wenn der Mann genauso mit dem ihm anvertrauten Geld umging, war es nur eine Frage der Zeit, bis die Sparkasse Pleite machte, schoss es Österreicher durch den Kopf. »Mit diesem Wasser werden die Leintücher gewaschen, die Weingläser gereinigt, ja sogar die Kochtöpfe«, soufflierte er die nächste Passage.

Das war das Stichwort für die Bächleputzer. Fünfundzwanzig Männerstimmen erhoben sich und sangen: »Oh, Freiburger Bächle, ihr kühlt so wunderbar, und wer da reindappt, steht flugs vor dem Traualtar. Ein Bobbele zur Frau, das weiß ich ganz genau, die kriegt ein jeder mit, in Freiburg für 'n Fehltritt.«

Die Umstehenden applaudierten. Schneider und die Bächleputzer verbeugten sich, und Österreicher nickte zufrieden. Na bitte, es ging doch.

19

»Sie wollen wissen, ob Charlotte und ich Stress miteinander hatten?« Sumi Kims Mandelaugen blitzten, als sie sich in Webers Büro so nah zu dem Hauptkommissar beugte, dass er ihren nach Pfefferminzbonbons duftenden Atem riechen konnte. »Genau genommen haben wir uns seit dem Beginn unserer Zusammenarbeit ständig gestritten. Charlotte hatte einfach ein Problem damit, nicht der einzige Star am Freiburger Theater zu sein.«

Die Sopranistin machte den Kriminalbeamten gegenüber keinen Hehl daraus, dass die tote Opernsängerin nicht zu ihrem engsten Freundeskreis gezählt hatte. »Sie hätten mal hören sollen, wie die getobt hat, als sie mitbekam, dass ›Die Zauberflöte‹ zum Jubiläum aufgeführt werden soll.«

»Wieso das denn? Gefällt ihr die Oper nicht?«, fragte Weber irritiert.

»Darauf können Sie wetten. Das Werk sieht nämlich keinen Mezzosopran vor. Will sagen, die gute Charlotte ist im Gegensatz zu mir bei der Vergabe der Hauptrollen leer ausgegangen. Das hat ihr natürlich überhaupt nicht in den Kram gepasst.«

Aufgebracht strich sich Sumi Kim durch ihre tiefblau gefärbten kurzen Haare, die sie wie eine Punk-Queen aussehen ließen. Verstärkt wurde dieser Eindruck von ihren löchrigen Jeans und ihrem schwarzen T-Shirt, auf dem ein grimmig aussehender T-Rex sein beachtliches Gebiss präsentierte.

»Charlotte Caspari war also wütend, dass sie für die Jubiläumsaufführung nicht vorgesehen war«, mischte sich Tina Reich ein. Sie stand mit dem Rücken zur Fensterbank und musterte die Sängerin nachdenklich.

Sumi Kim nickte so heftig, dass die Totenköpfe an ihren Creolen ins Schaukeln gerieten. »Kann man so sagen. Die wäre mir beinahe an die Gurgel gesprungen.«

»Und deswegen haben Sie ihr eine«, Weber schaute in seine Notizen, »weiße Taube an den Kopf geworfen?«

Sumi Kim machte nicht einmal den Versuch, verlegen auszusehen. »Etwas anderes war leider nicht zur Hand«, erklärte sie von oben herab. »Abgesehen davon habe ich Charlotte nicht einmal getroffen. Und selbst wenn, der Vogel war aus Pappmaché, das hätte sie überlebt.«

»Aber wieso hat sie sich überhaupt mit Ihnen angelegt? Schließlich war es die alleinige Entscheidung von Mike Schönberg, die Mozart-Oper aufzuführen«, erkundigte sich Weber. »Hätte sie dann nicht ihm die Hölle heißmachen müssen?«

»Was weiß ich? Vermutlich hat sie sich das nicht getraut und deswegen ihren Frust an mir ausgelassen«, murrte Sumi Kim.

»Trotzdem verstehe ich nicht, wieso sie Ihnen gedroht hat«, Tina Reich warf ebenfalls einen kurzen Blick in ihre Aufzeichnungen, »dafür zu sorgen, dass Sie ebenfalls auf der Reservebank sitzen werden. Können Sie mir das erklären?«

Ehe Sumi Kim antworten konnte, ging die Tür auf, und Jens Bösch kam mit vier Tassen auf einem Tablett herein, die den Duft von frischem Kaffee verströmten. Er stellte sie auf Webers Schreibtisch ab. »Bitte bedienen Sie sich«, sagte er freundlich zu der Sängerin.

Auf einen Schlag wurde Sumi Kim bleich und sprang auf. »Entschuldigung, wo sind hier die Toiletten?«, brachte sie gerade noch heraus.

»Warten Sie, ich bringe Sie hin.« Tina Reich schnappte die Sängerin am Arm und schob sie schleunigst aus dem Zimmer.

Jens Bösch starrte auf die dampfenden Tassen, als die Frauen das Büro verlassen hatten. »Was war das denn?«, fragte er und schaute Weber ratlos an. »Die tut ja geradezu so, als hätte ich ihr Arsen angeboten.«

Der Hauptkommissar zuckte mit den Achseln. »So viel zum Thema asiatische Gelassenheit. Vielleicht bringst du das Tablett besser wieder raus. Nicht, dass die uns noch in Ohnmacht fällt, wenn sie wiederkommt.« Auch er konnte sich keinen Reim auf die Reaktion der Sängerin machen.

Zehn Minuten später war Tina Reich mit Sumi Kim zurück, die immer noch weiß um die Nase war. »Entschuldigung, ich weiß auch nicht, was mit mir los ist. In letzter Zeit vertrage ich einfach den Geruch von Kaffee nicht mehr«, sagte sie matt.

Um Tina Reichs Mund spielte ein sanftes Lächeln. »Frau Kim, kann es sein, dass Sie schwanger sind?«

Im ersten Moment entglitten der Sängerin die Gesichtszüge, dann seufzte sie. »Was soll's? Jetzt ist sowieso alles egal. Lange wird es nicht mehr dauern, bis sich das am Theater herumspricht. Es wundert mich eh schon, dass sich noch niemand den Mund darüber zerreißt.« Sie holte tief Luft. »Wenn Sie es genau wissen wollen: Ich bin in der zwölften Woche.« Erneut ließ sie ein tiefes Seufzen hören.

»Und was ist so schlimm daran?«, fragte Jens Bösch naiv.

Sumi Kims Kopf fuhr zu ihm herum. »Prinzipiell nichts. Aber haben Sie jemals eine Königin der Nacht mit Babybauch gesehen?«

»Ähm.« Es war offensichtlich, dass sich Jens Bösch über diese Frage noch nie den Kopf zerbrochen hatte.

»Schönberg jedenfalls fand den Gedanken völlig abwegig und hat mir prompt die Rolle weggenommen.« Vor Enttäuschung stiegen Sumi Kim Tränen in die Augen.

»Haben Sie ihm von Ihrer Schwangerschaft erzählt?«

Sie schnaubte. »Was blieb mir anderes übrig, nachdem Charlotte zufällig die Ultraschallfotos in meiner Garderobe entdeckt hatte? Die konnte es doch kaum erwarten, damit zu Schönberg zu rennen. Obwohl ich mit der guten Nachricht eigentlich noch ein bisschen warten wollte. Ich hatte so darauf gehofft, dass er mich weitermachen lässt, zumal die Proben bereits in vollem Gang waren. So leicht ist es nämlich nicht, auf die Schnelle einen gleichwertigen Ersatz für mich zu finden.«

»Bestimmt waren Sie ganz schön sauer auf Ihre Kollegin, oder?«, übernahm Weber wieder die Gesprächsführung.

Sumi Kim stieß ein bitteres Lachen aus.

»Natürlich. Die ›Königin der Nacht‹ zu singen war schon immer mein Traum. Und den hat mir diese missgünstige Zicke kaputtgemacht.«

Die drei Kriminalbeamten sahen sich an.

»Falls Sie jetzt aber denken, ich hätte mich an ihr gerächt und die Dolche vertauscht, sind Sie komplett auf dem Holzweg«, sprach Sumi Kim mit fester Stimme weiter. »Zwischenzeitlich habe ich selbst eingesehen, dass ich nicht mehr lange auftreten kann. Diese ständige Übelkeit macht mich ganz fertig. Allein die Vorstellung, mich mitten in einer Aufführung übergeben zu müssen …« Sie schüttelte sich wie ein nasser Hund, doch dann stahl sich plötzlich ein Lächeln in ihr Gesicht. »Übrigens erwarte ich Drillinge. Heißt, in absehbarer Zeit werde ich hauptsächlich Kinderlieder singen.«

»Herzlichen Glückwunsch«, sagte Weber matt.

Sumi Kims Lächeln verschwand so schnell, wie es gekommen war. »Langer Rede kurzer Sinn: Meine Karriere als Opernsängerin ist damit auf unabsehbare Zeit sowieso beendet. Auch ohne Charlottes freundliche Mithilfe. Warum hätte ich ihr also den Tod wünschen sollen?« Sie machte eine Pause. »Aber vielleicht sollten Sie sich mal mit Nele Otto unterhalten. Die hatte wirklich allen Grund, Charlotte die Pest an den Hals zu wünschen.«

Drei erstaunte Augenpaare richteten sich auf sie.

»Sie haben doch bestimmt von dem Zwischenfall mit dem Kater beim ›Barbier von Sevilla‹ gehört?«, fuhr Sumi Kim fort.

Weber und Tina Reich nickten, Jens Bösch hob fragend die Augenbrauen.

»Nele stand an jenem Abend als Rosina auf der Bühne. Blöderweise saß der Intendant der Frankfurter Oper im Publikum, bei dem sie sich als Mezzosopranistin beworben hatte. Er wollte sich persönlich von ihren stimmlichen Qualitäten überzeugen. Nur leider brachte sie wegen ihrer Katzenallergie keinen vernünftigen Ton mehr heraus, nachdem ihr das Vieh um die Beine geschlichen war.«

Weber ahnte, worauf die Geschichte hinauslief. »Ich nehme mal an, dass sie sich nach dem Desaster keine Gedanken mehr über einen Umzug nach Frankfurt machen muss«, bemerkte er.

»Sie haben es erfasst. Und jetzt raten Sie mal, wer das Tier ins Theater eingeschleust hat, um Neles Engagement an einer

weitaus bedeutenderen Spielstätte als Freiburg zu verhindern?«
Ein harter Zug erschien um ihren Mund.

»Charlotte Caspari?«, versuchte Jens Bösch sein Glück.

»Volltreffer«, lobte ihn die Sängerin. »Nele Otto hatte also
wesentlich mehr Grund als ich, sich an Charlotte zu rächen.
Schließlich hat die ihr mit der Aktion gründlich die Karriere
versaut.« Sumi Kim schaute triumphierend in die Gesichter der
Kripobeamten. »Und wenn wir schon beim Thema sind: Vor
Kurzem hat Charlotte Manuel Angelico abserviert. Eitel, wie
der ist, war er darüber gar nicht *amused*.«

Man konnte von der werdenden Mutter behaupten, was man
wollte. Hemmungen, ihren Kollegen ein Mordmotiv zu unter-
stellen, hatte sie nicht.

»Charlotte Caspari hatte ein Verhältnis mit dem Bariton?«,
hakte Tina Reich mit erstickter Stimme nach. »Sind Sie sich da
ganz sicher?«

Von einer Sekunde auf die andere wurde Sumi Kim wieder
bleich. Sie presste sich die Hand vor den Mund. »Wenn Sie mich
nicht mehr brauchen«, würgte sie noch heraus, dann stürzte sie
aus dem Büro, ohne sich zu verabschieden.

Weber wartete, bis ihre Schritte auf dem Flur verhallt waren.

»Und wieso erfahre ich erst jetzt, dass dieser Latin Lover
mit unserem Mordopfer liiert war?«, donnerte er los. Sein Blick
richtete sich auf Tina Reich, die schuldbewusst den Kopf einzog.
»Sie haben sich in der Mordnacht doch so blendend mit dem
Kerl unterhalten. Ging es dabei zufälligerweise auch nur eine
Sekunde darum, in welchem Verhältnis er zu unserem Opfer
stand? Sie sind doch sonst nicht gerade zurückhaltend, wenn
es um die Befragung von Zeugen geht.« Begreiflicherweise war
Weber etwas gereizt.

Die Kommissarin saß da wie ein begossener Pudel.

»Lass gut sein, Jürgen. Wenn Tina nicht gemerkt hätte, dass
unsere Besucherin ein Kind, also, ich meine Drillinge, erwartet, wären wir vermutlich immer noch keinen Schritt weiter«,
sprang Jens Bösch seiner Kollegin unerwartet zur Seite.

Webers Zorn verrauchte so schnell, wie er gekommen war.

»Tut mir leid, aber dieser Fall macht mich noch ganz verrückt.«
Er rieb sich die Schläfen. »Am besten, wir fahren jetzt gemeinsam zum Theater und nehmen uns Manuel Angelico und diese
Nele Otto vor. Jens, geh doch schon mal vor, wir kommen gleich
nach.«

Der Kommissar verschwand wie ein geölter Blitz.

»Frau Reich, mir ist durchaus klar, dass Ihre private Situation momentan nicht gerade einfach ist.« Weber bemühte sich
aufrichtig, einen verständnisvollen Ton anzuschlagen. »Aber
wenn wir gleich Ihrem Schwarm gegenüberstehen, sollten Sie
sich vorher gründlich die Sternchen aus den Augen wischen.
Kriegen Sie das hin?«

Tina Reichs Schultern sanken nach unten, und sie sah zu
Boden. »Ich war mit ihm Kaffee trinken«, murmelte sie.

»Bitte?« Weber hätte nicht erstaunter sein können, wenn sie
ihm gestanden hätte, in der Mittagspause eine Bank überfallen
zu haben. »Sind Sie wahnsinnig geworden? Sie treffen sich privat
mit einem Tatverdächtigen? Ausgerechnet Sie?«

»Zu dem Zeitpunkt war er es ja noch nicht. Tatverdächtig,
meine ich«, verteidigte sie sich schwach. »Und es war wirklich
nur ein Kaffee. Mehr nicht. Und über unsere Ermittlungen haben wir auch nicht geredet, ehrlich.«

Schweigen machte sich im Büro breit.

»Ein Vorschlag zur Güte«, sagte Weber schließlich, nachdem
er die Neuigkeit verdaut hatte. »Ich tue jetzt einfach mal so, als
hätte dieses Gespräch nie stattgefunden. Und Sie versprechen
mir, dass Sie sich ab sofort wieder wie eine richtige Polizistin
benehmen, sonst ziehe ich Sie von dem Fall ab, verstanden?«

Tina Reich holte erleichtert Luft und rückte energisch ihre
Hornbrille zurecht. »Nehmen wir ihn in die Zange.«

»Genau das wollte ich hören«, sagte Weber zufrieden.

Knapp eine halbe Stunde später saßen sie in der Garderobe des
Baritons. Obwohl sie Manuel Angelico mitten aus einer Probe
geholt hatten, war ihm nicht anzumerken, dass ihm der Besuch
der Polizei unangenehm sein könnte.

»Wie kann ich Ihnen helfen?«, fragte er höflich. Dabei sah er Tina Reich tief in die Augen.

Deren Gesicht wechselte prompt die Farbe. »Hatten Sie ein Verhältnis mit Charlotte Caspari?«, kam die Kommissarin gleich zur Sache, nachdem sie auf einem unbequem aussehenden Holzstuhl Platz genommen hatte. Offensichtlich hatte sie sich schnell wieder gefangen.

Konzentriert betrachtete Manuel Angelico seine gepflegten Hände.

»Jetzt reden Sie schon. Hatten Sie ein Verhältnis mit ihr?«, wiederholte Hauptkommissar Weber mit lauter Stimme die Frage seiner Kollegin.

Manuel Angelico konnte sich immer noch nicht zu einer Antwort durchringen. »Geben Sie es doch endlich zu«, blaffte ihn Jens Bösch, der es als Einziger vorgezogen hatte, stehen zu bleiben, jetzt auch noch ungeduldig an.

»Okay, ich hatte was mit ihr«, platzte es endlich aus dem Bariton heraus. »Aber die Sache hat nicht lange gedauert. Zum Zeitpunkt ihres Todes waren wir schon längst getrennt.«

»Was bedeutet ›schon längst‹?«, hakte Weber nach.

Der Bariton hob trotzig seinen Kopf. »Drei Wochen, wenn Sie es genau wissen wollen.«

»Darüber würden wir gern mehr erfahren«, mischte sich Jens Bösch wieder ein.

Manuel Angelico schielte hilfesuchend zu Tina Reich, doch die musterte intensiv ein silbrig glänzendes Beinkleid, das über einer Stuhllehne hing.

»Zwischen Charlotte und mir hat es vor vier Monaten bei den Proben zu ›Carmen‹ gefunkt. Kein Wunder, sie war ja nun wirklich eine attraktive Frau. Wir sind miteinander ausgegangen und hatten unseren Spaß. Das ist ja schließlich nicht verboten.« Allmählich fand der Bariton wieder zu seinem Selbstbewusstsein zurück.

»Wer von Ihnen hat die Beziehung beendet?«, wollte Tina Reich wissen.

Manuel Angelico verzog das Gesicht zu einer Grimasse.

»Charlotte. Leider weiß ich bis heute nicht, warum. Den Grund für ihre Entscheidung hat sie mir schlicht verschwiegen.«

»Was Sie natürlich in Ihrem männlichen Stolz gekränkt hat«, äußerte Jens Bösch beiläufig. »Kann man ja verstehen. Wer lässt sich schon gern den Laufpass geben? Sind Sie deshalb auf die Idee gekommen, die Messer auszutauschen? Gelegenheiten dazu hatten Sie an dem Abend schließlich zur Genüge.«

Manuel Angelico fing lauthals an zu lachen. »Mache ich auf Sie wirklich den Eindruck, als würde ich zum Mörder werden, weil mich eine Frau verlassen hat?« Als er bemerkte, dass niemand seine Heiterkeit teilte, verstummte sein Lachen abrupt. »Lieber Himmel, das ist doch absurd. Als ob ich das nötig hätte. Mir laufen die Frauen scharenweise hinterher.« Er senkte seine Stimme. »Falls es Sie interessiert, Charlotte war nicht die Einzige, mit der ich mich in letzter Zeit getroffen habe. Warum um alles in der Welt hätte ich sie also umbringen sollen?« Er strich sich durch seine dunklen Haare, dann stand er auf und ging zur Tür. »Allmählich müsste ich wieder zurück zur Probe.«

Weber und seinen Kollegen blieb nichts anderes übrig, als ihm zu folgen. »Tut mir echt leid, dass sich dein Sängerknabe als Casanova entpuppt hat«, flüsterte Jens Bösch Tina Reich ins Ohr, als sie im Gang standen.

»Kümmere dich um deine eigenen Angelegenheiten«, zischte sie.

»Eine Frage hätte ich noch!«, rief Weber dem Bariton hinterher, den Schlagabtausch seiner Untergebenen wohlweislich ignorierend. »Wissen Sie, wo wir Nele Otto finden?«

Manuel Angelico drehte sich um. »Die kommt erst heute Abend zur Vorstellung.«

»Und Julia Körner? Wo steckt die?«, fragte Weber.

Manuel Angelico schaute auf seine Armbanduhr. »Um diese Zeit macht sie meistens Pause. Vermutlich sitzt sie in der Eisdiele nebenan.« Sprach es und verschwand ums Eck.

Weber wandte sich seinen Kollegen zu. »Was denkt ihr? Traut ihr unserem Frauenheld einen heimtückischen Mord zu?«

»Dem traue ich so ziemlich alles zu«, antwortete Tina Reich wie aus der Pistole geschossen. Ihrem grimmigen Gesichtsausdruck nach hatte ihre Schwärmerei für den Bariton ein jähes Ende gefunden. »Aber in einem Punkt hat er leider recht. Wenn es tatsächlich nichts Ernstes zwischen ihm und dem Opfer war, hat er wirklich kein Motiv.«

Auch Jens Bösch musste nicht lange überlegen. »Für mich hat sich das ebenfalls überzeugend angehört, was er uns erzählt hat. Aber sicherheitshalber sollten wir uns nochmals in seinem Kollegenkreis umhören, ob er das Beziehungsende wirklich so gut verkraftet hat, wie er uns weismachen will. Möglicherweise hat er uns das Blaue vom Himmel heruntergelogen.«

»Gut, das könnt ihr gern übernehmen.« Weber seufzte. »Ich werde mich solange um Julia Körner kümmern. Ist sowieso besser, wenn sich nur einer von uns mit ihr unterhält. Die junge Frau scheint mir sehr sensibel zu sein, da muss man behutsam vorgehen.«

»Dafür bist du als bekennender Frauenversteher ja genau der Richtige«, feixte Jens Bösch. Nach einem Blick in Webers Gesicht suchte er mit Tina Reich schleunigst das Weite.

Es dauerte nicht lange, bis der Hauptkommissar Julia Körner gefunden hatte. Trotz der sommerlichen Temperaturen trug sie wie am Abend des Mordes einen schwarzen Pullover, der ihr mindestens drei Nummern zu groß war. Ihr Gesicht war von einer dunklen Sonnenbrille halb verdeckt, vor ihr stand ein Latte macchiato.

Ungefragt nahm Weber an ihrem Tisch Platz. »Hätten Sie kurz Zeit für mich?«

»Sicher.« Julia Körner schlang die Arme schützend um ihren schmalen Körper. »Aber ich habe Ihnen schon alles gesagt, was ich weiß.«

Am Nebentisch saßen zwei weibliche Teenager, die mit ihren Smartphones die Herzchen in ihrem Cappuccinoschaum fotografierten, um anschließend der virtuellen Welt mitzuteilen, was sie gerade Aufregendes machten. Nämlich Cappuccino trinken. Es war einer der Momente, in denen Weber keinerlei Zweifel hegte, dass der Untergang der abendländischen Kultur mehr und mehr in greifbare Nähe rückte.

Er konzentrierte sich wieder auf die Frau, die ihn verängstigt ansah. »Eigentlich geht es um die Geschichte mit der Katze. Halten Sie es für möglich, dass sich Charlotte Caspari diesen fragwürdigen Scherz mit ihrer Kollegin Nele Otto erlaubt hat?«

Julia Körner richtete sich empört auf. »Nie im Leben. Genau wie alle anderen wusste Charlotte von Neles Katzenallergie. So gehässig wäre sie nie gewesen.« Dann sank sie wieder in sich zusammen.

»Und was macht Sie da so sicher?«

Julia Körner begann, nervös mit den Trageriemen ihrer Handtasche zu spielen, die auf ihrem Schoß lag.

»Ich weiß es eben. Schließlich war Charlotte meine Freundin.« Eine Träne lief ihre Wangen hinunter. Sie wischte sie eilig weg.

»Sieht Nele Otto das genauso wie Sie?«, versuchte Weber weiter sein Glück. »Sie muss sich doch auch Gedanken gemacht haben, wem sie das Fiasko zu verdanken hatte.«

»Nele war von Anfang an überzeugt davon, dass sich das Tier schlicht ins Theater verlaufen hatte. Deswegen hatte sie auch keinerlei Grund, auf Charlotte böse zu sein.«

Das konnte jetzt stimmen oder auch nicht.

»Außerdem war sie an dem Abend gar nicht da, als Charlotte starb«, merkte Julia Körner an.

Der Hauptkommissar musterte sie nachdenklich. Ihr musste doch klar sein, dass sie als Tatverdächtige immer noch nicht aus dem Schneider war, auch wenn sie für seinen Geschmack überhaupt nicht zum Bild einer skrupellosen Mörderin passte. Trotzdem bemühte sie sich aufrichtig, ihre Kollegin von jedem Verdacht reinzuwaschen. War das jetzt Kalkül? Oder einfach nur Naivität?

Noch ein Gedanke kam dem Hauptkommissar. Wollte sie womöglich den wahren Täter decken? Er konnte sich nicht helfen, irgendwie wurde er aus Julia Körner nicht schlau.

»Und Sie halten es nach wie vor für restlos ausgeschlossen,

dass Sie Carsten Moll versehentlich einen echten Dolch für die Vorstellung bereitgelegt haben?«

»Wenn ich es Ihnen doch sage«, erwiderte Julia Körner mit gepresster Stimme.

»Wie lange sind Sie eigentlich schon für die Requisiten zuständig?«, wollte Weber wissen.

»Seit vier Jahren. Der Job macht mir Spaß. Obwohl ich eigentlich selbst mal Opernsängerin werden wollte.« Sie schwieg kurz. »Aber leider hat mein Talent dafür nicht ausgereicht«, fügte sie dann hinzu.

War das am Ende der Grund, warum die junge Frau so einen niedergeschlagenen Eindruck machte? Haderte sie etwa immer noch damit, nicht selbst auf der Bühne stehen zu dürfen? Weber verwarf den Gedanken sofort wieder. Würde jeder, dem sein Traumjob verwehrt geblieben war, in tiefe Depressionen verfallen, wäre vermutlich die halbe Arbeitswelt todunglücklich.

Die Teenies am Nebentisch waren zwischenzeitlich dazu übergegangen, sich giggelnd gegenseitig zu fotografieren. Am liebsten hätte der Hauptkommissar ihnen die Smartphones weggenommen.

»Wie ist das eigentlich so, unter Intendant Mike Schönberg zu arbeiten?«, wechselte er das Thema. »Als Chef ist er nicht einfach, könnte ich mir vorstellen.«

Volltreffer. Julia Körners Gesicht wurde erst weiß, dann rot. Ihre Hände malträtierten erneut die Trageriemen ihrer Handtasche. Wenn sie so weitermachte, müsste sie sich bald eine neue kaufen.

»Schönberg sieht in erster Linie seine künstlerische Arbeit und verlangt dem Ensemble ganz schön viel ab«, erwiderte sie, als hätte sie den Satz auswendig gelernt. »Aber das ist nun mal so in der Branche. Ein Theater ist kein Ponyhof.«

Zumindest in dem Punkt musste ihr Weber recht geben. Wie es aussah, wurde dort mit ganz schön harten Bandagen gekämpft, sonst hätte er jetzt keine Leiche am Hals. »Und Charlotte Caspari? Wie kam die mit ihm klar?«

Julia Körner biss sich auf die Unterlippe. »Gut«, sagte sie lahm.

134

»Tatsächlich?« Weber wirkte nicht besonders überzeugt. Schon die Zeugenaussagen hatten darauf hingedeutet, dass die Tote zu Lebzeiten kein Blatt vor den Mund genommen hatte, wenn ihr etwas nicht passte. Und der Intendant hatte auf ihn nicht gerade den Eindruck gemacht, als hätte er für Kritik ein offenes Ohr.

Doch dann fiel ihm wieder ein, dass Schönberg für die Tatzeit ein Alibi hatte, wie Jens Bösch bereits überprüft hatte. Die Bedienung in der Weinstube, wo sich der Intendant an jenem Abend aufgehalten hatte, hatte sich genau an ihn erinnern können – zum einen, weil Schönberg sie mehr als herablassend behandelt hatte, zum anderen wegen seiner unmöglichen roten Fliege, die sie an Donald Duck erinnert hatte. Infolgedessen machte es wenig Sinn, Julia Körner weiter über den Intendanten auszuquetschen.

»Und Manuel Angelico? Wie hat der es verkraftet, dass er von Charlotte Caspari verlassen wurde?«

»Der hat nicht mal mit der Wimper gezuckt«, antwortete Julia Körner, ohne zu zögern. »Feste Beziehungen sind nicht so sein Ding.«

»Warum hat sie ihm eigentlich den Laufpass gegeben? Wenn Sie so eine gute Freundin von ihr waren, hat sie mit Ihnen doch sicherlich darüber geredet.«

Julia Körners Hände krallten sich in die Riemen. »Tut mir leid, aber ich habe keinen blassen Schimmer.«

Selbst jemand mit weniger Menschenkenntnis als der Hauptkommissar hätte sofort bemerkt, dass die Frau log.

20

Allmählich gefiel mir meine Rolle als Maskottchen immer besser, obwohl der ungeklärte Todesfall nach wie vor den Theaterbetrieb überschattete. Nun, ich für meinen Teil hatte mein Bestes gegeben, um den Ermittlungen auf die Sprünge zu helfen, indem ich der Polizei ein wichtiges Beweisstück quasi auf dem Silbertablett serviert hatte. Aber das musste ja keiner wissen.

»Na, Mieze, da bist du ja endlich. Du wirst schon sehnsüchtig erwartet.« Eine mir bis dato unbekannte dunkelhaarige Frau in Leggins hielt mir zuvorkommend die Tür auf. Auch der Pförtner verzog keine Miene, als ich mit hochgestrecktem Schwanz an ihm vorbeimarschierte. Selbst Nele, die Opernsängerin mit der Katzenallergie, hatte sich nach einem mittelschweren Tobsuchtsanfall mit meiner Anwesenheit arrangiert – allerdings nur unter der Auflage, dass ich mich in Manuels Garderobe zurückzog, solange sie auf der Bühne stand. Der Deal war fair, denn dort hatte man mir einen bequemen Korb nebst Decke hingestellt, wo ich es mir nach Lust und Laune bequem machen konnte, wenn ich nicht gerade durchs Theater strolchte, um meine neuen Freunde zu besuchen.

Besonders ins Herz geschlossen hatten mich seit meinem gestrigen Besuch die Damen der Schneiderei, allen voran die Chefin, Frau Höpfner, die mich nach Strich und Faden mit Leckereien verwöhnte. Dafür ließ ich mich von ihr auch gern an ihre stets mit unzähligen modischen Ketten geschmückte Brust drücken.

Ich wiederum hatte vom ersten Moment an eine Schwäche für deren sommersprossige Auszubildende entwickelt. War es Annes schüchternes Auftreten, das mich rührte? Lag es daran, dass sie manchmal zwischen den plappernden Frauen und ratternden Nähmaschinen etwas verloren wirkte? Egal, irgendetwas hatte meinen Beschützerinstinkt geweckt, und ich hielt mich gern in ihrer Nähe auf.

Nur die Malerwerkstatt durfte ich nicht mehr betreten, seit ich versehentlich einen noch halb vollen Eimer mit grüner Farbe umgekippt hatte. Selbst schuld, wer ließ so etwas auch einfach auf dem Boden stehen?

Ich wollte gerade den Weg Richtung Bühne einschlagen, als ich Nele Ottos glockenhellen Mezzosopran hörte. Spontan blieb ich stehen und lauschte andächtig. Sie war wirklich gut, wenn ich nicht in der Nähe war. Damit das auch so blieb und um keine allergischen Reaktionen ihrerseits zu provozieren, beschloss ich, mich zu einem Nickerchen in Manuels Garderobe zurückzuziehen.

Freundlicherweise hatte er die Tür nur angelehnt, damit ich ungehindert ein und aus gehen konnte. Auf leisen Pfoten tapste ich hinein – und wäre fast in Ohnmacht gefallen. Nicht wegen des jungenhaften Mannes, der auf einem Stuhl sitzend konzentriert in einer Partitur blätterte und der mir bislang im Theater noch nicht über den Weg gelaufen war. Nein, was mich völlig außer Fassung brachte, war der Duft von Sandelholz, den er reichlich verströmte. Für mich bestand kein Zweifel: Ich hatte meinen Kidnapper direkt vor mir. Und ich kannte ihn sogar, zumindest vom Sehen. Wenn mich nicht alles täuschte, gehörte er zu den Stammkunden der Psychologin, die ihre Praxis über der Wohnung von mir und meiner Mitbewohnerin hatte. Das erklärte natürlich einiges. Er hatte genau gewusst, wo ich zu finden war, mich abgepasst, entführt und anschließend während der Vorstellung aus mir nach wie vor unerfindlichen Gründen freigelassen.

Elender Schuft. Während ich mir noch wutentbrannt überlegte, ob ich ihm gleich die Augen auskratzen oder es bei einem Biss in eines seiner aus einer albernen Pluderhose herausragenden Beine belassen sollte, betrat eine junge Frau mit sandfarbenen Haaren den Raum. Eigentlich hätte sie ganz gut ausgesehen, wäre da nicht dieser sackförmige Pullover gewesen. Als wollte sie sich absichtlich unattraktiv machen.

»Carsten, schön dich zu sehen. Alles in Ordnung mit dir?«

Er drehte sich um, und ich bemerkte, dass er aussah, als hätte er die letzten Nächte nicht besonders viel Schlaf abbekommen. Unter seinen Augen zeichneten sich schwarze Ringe ab, die ihn wie einen blond gelockten Waschbären aussehen ließen.

»Julia, ich habe gewaltigen Mist gebaut«, sagte er mit Grabesstimme.

»Ich weiß. Ich habe den Korb gesehen, in dem du den Kater angeschleppt hast«, sagte sie ruhig.

Na bitte. Damit waren ja wohl die letzten Zweifel ausgeräumt. Mein Herzschlag beschleunigte sich. Ich hatte meinen Kidnapper ausfindig gemacht. Automatisch fuhr ich meine Krallen aus, aber dann beschloss ich, Ruhe zu bewahren und erst mal zu hören, was er zu sagen hatte.

Die Frau setzte sich neben ihn. »Kannst du mir verraten, was du dir dabei gedacht hast?«

Guter Beitrag. Genau das wollte ich auch zu gern wissen.

»Ich bin so ein Idiot«, stöhnte er und ließ den Kopf sinken.

Da wollte ich ihm nicht widersprechen. Doch was er in den folgenden Minuten erzählte, ließ meine Wut in null Komma nichts verrauchen, und ich zog die Krallen wieder ein. Wenn das mal nicht eine der bescheuertsten Geschichten war, die ich jemals gehört hatte. Trotzdem war ich wider Willen fast zu Tränen gerührt, als er geendet hatte.

»Mein Gott, Carsten. Wie konntest du nur? Du musst dringend mit ihr reden«, sagte die Frau vorwurfsvoll und strich sich aufgeregt durch ihr sandfarbenes Haar. »Und vor allem musst du schleunigst zur Polizei. Die glaubt, dass Charlotte den Katzenauftritt zu verantworten hat.«

Er blickte sie unglücklich an. »Meinst du, sie kann mir jemals verzeihen?«

Die Frau zuckte mit den Achseln. »Das musst du sie schon selbst fragen.« Ein Lächeln huschte über ihr Gesicht. »Zumindest kann dir niemand vorwerfen, du hättest dich nicht ins Zeug gelegt, um sie zu halten.«

Menschen, dachte ich nur und zog mich leise zurück.

21

»Ich fass es nicht. Du tust es schon wieder.« Weber sah Katharina so verärgert an, als würde er sie am liebsten durchschütteln. »Wie oft habe ich dir schon gesagt, dass dich meine Arbeit rein gar nichts angeht! Warum will das partout nicht in deinen Kopf? Du bist doch sonst nicht so schwer von Begriff.«

Katharina hatte sich mit ihm zum Abendessen im »Schützen« verabredet, wo sie später noch ihre gemeinsamen Freunde Manfred Klein und Toni Pfefferle treffen wollten, und ihm bei der Gelegenheit von ihrem Lauschangriff im Theater erzählt. Wohlweislich erst, nachdem sie gegessen hatten, um Weber den Appetit nicht zu verderben.

Obwohl sich vom Schwarzwald her dunkle Gewitterwolken näherten, war die Gartenwirtschaft proppenvoll, und die Bedienungen mussten sich ordentlich sputen, um die vielen Bestellungen aufzunehmen.

Katharina zündete sich eine Zigarette an. »Echt jetzt?« Trotzig stieß sie eine Rauchwolke aus, was ihr wütende Blicke vom Nebentisch einbrachte. Dort hatte sich unter einem der großen Sonnenschirme eine vierköpfige Familie versammelt, jedes Mitglied einen riesigen Teller mit gesundem Grünzeug vor sich, das Hasis Herz hätte höherschlagen lassen. Ein kleiner Blondschopf im Vorschulalter stocherte lustlos in seinem Salat herum, während er gebannt beobachtete, wie eine Serviererin einen Tisch weiter Pommes vor vier junge Männer in farbenfroher Fahrradkluft stellte.

»Mit ein bisschen mehr Dankbarkeit deinerseits hätte ich jetzt schon gerechnet. Schließlich kann es nichts schaden, wenn ich mich im Theater ein wenig umhöre. Oder stehst du etwa schon kurz vor der Aufklärung des Falls?«, ging Katharina zum Gegenangriff über.

Webers Augenbrauen zogen sich noch weiter zusammen. »Das heißt noch lange nicht, dass du mir schon wieder ins

Handwerk pfuschen sollst«, erwiderte er, ohne auf ihre letzte Frage einzugehen.

Katharina ging hoch wie ein HB-Männchen. »Du verwechselst eindeutig die Fakten. Ich pfusche dir nicht ins Handwerk, sondern liefere dir wertvolle Informationen, an die du ohne mich wohl kaum so schnell herangekommen wärst. Anstatt mich blöd von der Seite anzumachen, wäre es sinnvoller, dich intensiver mit dem Mezzosopran zu beschäftigen. Nele Otto hat hundertprozentig etwas zu verbergen. Am Ende hat sie sogar etwas mit dem Mord an Charlotte Caspari zu tun.« Energisch drückte sie ihre Zigarette im Aschenbecher aus. »Oder wie würdest du ihre Bemerkung ›Wenn das rauskommt, bin ich restlos erledigt‹ interpretieren? Und diese andere Frau, von der ich bis jetzt leider noch keine Ahnung habe, wer sie ist, weiß darüber Bescheid und deckt sie. Aber wenn du natürlich geeignetere Verdächtige hast, bitte schön. Ich kann meine Zeit auch besser verbringen als damit, dir unter die Arme zu greifen.«

»Oh bitte, tu das. Du kannst dir gar nicht vorstellen, was du mir damit für einen Gefallen tun würdest«, schoss Weber zurück. »Ganz abgesehen davon – Nele Otto war an dem Abend gar nicht im Theater.«

Katharina verzog unwillig das Gesicht. Auf diesen kleinen Schönheitsfehler in ihrer Theorie hatte sie bereits Arno hingewiesen.

»Auch wenn dich das jetzt überrascht: Gelegentlich erledigen selbst wir bei der Kripo unsere Hausaufgaben«, setzte Weber noch eins drauf. »Auch ohne deine ungebetene Mithilfe.«

»Hallo, ihr zwei. Wollt ihr noch ein wenig allein weiterstreiten, oder dürfen wir uns dazusetzen?« Es war Toni Pfefferle, der seinen Dackel August an der Leine hielt. Neben ihm stand Manfred Klein, dessen fragende Blicke von Katharina zu Weber und wieder zurück schweiften.

Aus der Ferne war Donnergrollen zu vernehmen, und ein kräftiger Windstoß wehte die ersten Servietten von den Tischen.

»Katharina mischt sich seit Neuestem unters Theatervolk«, posaunte Weber los, als die beiden Platz nahmen. »Genau genommen treibt sie ihr Unwesen als spätberufene Singdrossel im Opernersatzchor. Und ihr dürft dreimal raten, wieso.«

Katharina runzelte die Stirn. Na toll. Jetzt konnte sie sich auch noch eine Moralpredigt von ihren Freunden Manfred und Toni anhören. Viel Phantasie brauchte sie nicht, um sich vorzustellen, was die davon hielten. Angesichts der angespannten Stimmung verzog sich August schleunigst unter den Stuhl seines Herrchens und schloss die Augen.

»Katharina, mir gefällt das nicht«, sagte Manfred Klein besorgt. »Du begibst dich schon wieder unnötig in Gefahr.«

»Was hast du denn erwartet? Manchmal könnte man fast meinen, ihr fehlt was, wenn sie nicht in einem Mordfall mitmischen kann«, meinte Toni Pfefferle.

»Noch gehen wir von einem ungeklärten Todesfall aus«, korrigierte ihn Weber ohne große Überzeugungskraft.

Katharina schnaubte, und Toni Pfefferle schenkte ihm einen skeptischen Blick. »Ernsthaft? Du willst mir aber jetzt nicht erzählen, dass es sich um eine Verkettung unglücklicher Umstände handelt, wenn plötzlich ein Dolch in der Brust einer Sängerin steckt, oder?«

»Das habe ich auch nicht behauptet«, knurrte Weber.

»Es war Mord«, platzte es aus Katharina heraus. »Und das werde ich beweisen.«

»Hast du sie noch alle? Wieso du? Noch werde ich vom Staat für polizeiliche Ermittlungen bezahlt«, wurde Weber ungehalten. Er griff zu seinem Bierglas. »Außerdem wäre ich euch dankbar, wenn wir jetzt über etwas anderes reden könnten. Ich habe Feierabend.«

»Ich will Pommes!« Ein Aufschrei vom Nebentisch unterbrach den Disput.

»Jonathan, das finde ich jetzt gar nicht gut, wie du dich verhältst. Du weißt doch, wie schädlich die sind. Pommes enthalten Acrylamid, das haben wir dir doch schon ganz oft erklärt«, unternahm die Mutter verkrampft lächelnd den Versuch, ihrem Sprössling seinen Wunsch auszureden. »Und jetzt iss deinen Salat auf. Da sind ganz viele Vitamine drin, die dein Wachstum fördern.« Sie wollte ihrem Sohn über die Haare streicheln, doch der wich ihr aus.

»Pommes sind tickende Zeitbomben. Die sind genauso gesundheitsschädigend wie Zigaretten. Deswegen lässt man am besten von beidem die Finger«, versuchte jetzt der Vater sein Glück. Sein vorwurfsvoller Blick wanderte erneut zu Katharina, die sich einen zweiten Glimmstängel angezündet hatte und ungeniert zuhörte. »Wenn du magst, bekommst du nachher noch einen leckeren Bioapfel, bevor du ins Bett gehst.«

»Ich will keinen Apfel, ich will Pommes!« Der Blondschopf klang zunehmend verzweifelter.

»Ich auch!« Jetzt schlug sich auch der andere der Jungs entschlossen auf die Seite seines kleinen Bruders, in dessen Augen sich erste Tränen sammelten.

»Noch einer, der nicht weiß, was gut für ihn ist«, seufzte Weber, als die Mutter hektisch der Bedienung winkte und die Rechnung verlangte. Der Kleine heulte los wie eine Sirene, sein Bruder stampfte bockig mit den Füßen auf den Boden.

Katharina grinste schadenfroh, als die Familie aus ihrem Sichtfeld verschwunden war. »Ihr könnt mir erzählen, was ihr wollt. Aber das Leben als kinderloser Single hat durchaus seine Vorteile. Keine Ahnung, warum einem alle einreden wollen, dass Kinder die Erfüllung im Leben sind. Was mich betrifft, kann ich gut darauf verzichten.«

Manfred Klein, der als selbstständiger Gästeführer arbeitete, nachdem er seinen Lehrerberuf an den Nagel gehängt hatte, nickte unwillkürlich. Davon, wie anstrengend der Umgang mit den lieben Kleinen sein konnte, konnte er ein Lied singen.

»Und weil du es so gar nicht mit Kindern hast, stopfst du auch seit Jahren Matthäus mit Schokoladeneis voll, wenn er bei dir zu Besuch ist«, schmunzelte Toni Pfefferle. Es war allgemein bekannt, dass der zwischenzeitlich sechzehnjährige Sohn von Katharinas Nachbarin Magdalena Schulze-Kerkeling bei ihr ein und aus ging.

»Matthäus ist kein normales Kind, dafür ist er viel zu speziell«, behauptete Katharina, die aufrichtig an dem Jungen hing, das aber nie zugeben würde. »Der ist schon als Freak auf die Welt gekommen.«

»Sei ehrlich: Seit er auf Klassenfahrt in Edinburgh ist, fehlt dir doch was«, zog Weber sie auf. Dann wurde er wieder ernst. »Versprich mir wenigstens, dass du mir sofort Bescheid gibst, wenn du etwas Verdächtiges bemerkst, und nichts, aber rein gar nichts auf eigene Faust unternimmst.«

»Wir könnten Katharina ja abwechselnd von den Proben abholen«, überlegte Manfred Klein laut. »Wäre vielleicht sicherer, wenn sie nicht allein im Dunkeln nach Hause gehen müsste.«

»Warum nicht gleich Polizeischutz?«, spöttelte Weber. »Wir haben ja sonst nichts zu tun.«

Katharina richtete sich empört auf. »So weit kommt es noch. Ich bin kein Kleinkind und kann sehr gut allein auf mich aufpassen.«

»Dann hör auf, dich wie eines zu benehmen«, kam es von Weber. »Noch besser, du hörst ganz mit der Schnüffelei auf.«

»Wenn dir langweilig ist, kannst du mir helfen, im Landesarchiv herumzuwühlen«, schlug Toni Pfefferle vor. »Unser aller Oberbürgermeister hat mich eigens mit dieser wichtigen Mission betraut. Ihr könnt euch gar nicht vorstellen, was das für eine Heidenarbeit ist, noch mehr Stoff für das Freiburg-Protokoll zu finden.«

»Eine weise Entscheidung. Du kennst dich wenigstens mit der Stadtgeschichte aus«, meinte Manfred Klein.

»Immerhin bleibt es mir dafür erspart, die Meldedaten der Gäste elektronisch zu erfassen. Mir ist es ein Rätsel, warum der Computer jedes Mal abstürzt, wenn ich ihn auch nur ansehe.« Toni Pfefferle, der eigentlich in der Freiburger Tourist-Information arbeitete, machte wie immer kein Hehl daraus, dass das digitale Zeitalter nicht seines war.

»Hört sich spannend an, vielleicht könnten wir sogar eine Serie im ›Regio-Kurier‹ darüber machen. Wie weit bist du denn?« Katharina war erleichtert, dass sie nicht mehr im Mittelpunkt der Aufmerksamkeit stand.

»Momentan beschäftige ich mich mit unserem geschätzten

Dichter Joseph von Auffenberg. Ihr kennt doch bestimmt sein Grab auf dem Alten Friedhof?«

»Klar. Das Holzkreuz mit der roten Schleife gleich am Eingang.« Manfred Klein nickte. »Zu dem kann ich euch auch das eine oder andere erzählen.«

»Ach, bitte«, forderte ihn Katharina enthusiastisch auf. Hauptsache, das Thema Theater war vom Tisch.

Ein Blitz zuckte am immer dunkler werdenden Himmel auf, gefolgt von einem weiteren heftigen Windstoß. Die ersten Gäste schnappten sich ihre Gläser und verzogen sich in den Innenbereich der Gaststätte.

»Sollten wir nicht besser auch reingehen?«, meinte Weber und blickte besorgt nach oben.

August schien dem Frieden ebenfalls nicht zu trauen, denn er kratzte verzweifelt mit der rechten Pfote am Hosenbein seines Herrchens.

»Bloß nicht, da kann ich nicht rauchen«, maulte Katharina. »Ich habe keine Lust, jedes Mal vor die Tür zu gehen, wenn ich mir eine Zigarette anstecken will.«

»Ach was, das verzieht sich schon wieder«, meinte Toni Pfefferle optimistisch. »Das entlädt sich im Höllental. Bis zu uns kommt das im Leben nicht.«

»Ganz sicher nicht«, gab ihm Manfred Klein recht. »Wenn wir überhaupt was abkriegen, dann höchstens ein paar Tropfen.«

Er hatte die Worte kaum ausgesprochen, als der Himmel seine Schleusen öffnete und sich der Regen sintflutartig über sie ergoss.

»Ihr solltet euch unbedingt beim Deutschen Wetterdienst bewerben. Bei euren seherischen Fähigkeiten nehmen die euch mit Handkuss«, feixte Weber, schnappte sich sein Glas und rannte los. Begleitet von grellen Blitzen und Donnergrollen eilten ihm die anderen schleunigst hinterher.

144

22

Bis zu den Jubiläumsfeierlichkeiten war es noch knapp eine Woche hin, aber die Freiburger nahmen die Vorbereitungen für die unaufhaltsam näher rückende Geburtstagsfeier ihrer Stadt bereits jetzt schon sehr ernst. Seit Tagen wurde alles Menschenmögliche unternommen, um mittelalterliches Flair in der Stadt zu verbreiten. Gaukler in bunten Gewändern jonglierten vor dem Münster mit hölzernen Keulen, Männer in Kettenhemden flanierten mit grimmigem Gesicht an den Straßencafés vorbei, Jeans und Röcke wurden durch Leinenhosen, Filzhüte, Kittel und knöchellange Gewänder ersetzt. Allenthalben waren Trommel- und Flötenklänge zu hören. Eine Frau in rot-blauem Gewand und mit wallender Mähne zupfte in der Fußgängerzone die Harfe und sang dazu mittelalterliche Weisen, sehr zum Leidwesen einer gepiercten Schaufensterdekorateurin, die so gar nicht auf Musik stand, in der nicht mindestens fünfmal das Wort »motherfucker« vorkam.

Selbst die Biergärten zeigten sich bestens gewappnet und boten Met und Kirschwein an. In Trinkhörnern, versteht sich. Mittelalter mit allem Drum und Dran war plötzlich der letzte Schrei, was auch die rasant steigende Nachfrage nach Plastik- und Holzschwertern sowie Ritterhelmen erklärte. Deshalb hatte man sich auch an diesem Nachmittag auf dem Polizeirevier kein bisschen gewundert, als Miriam Kleve aufgebracht Anzeige erstattete, weil sie von einem Mann mit einer Lanze von »ihrem« Parkplatz verjagt worden war. Da sie mit ihrem Flitzer vor einer privaten Einfahrt gestanden hatte, sahen die Beamten keinerlei Veranlassung, der Sache weiter nachzugehen, und schickten die Witwe ungeachtet ihres Gezeters wieder nach Hause. Ernster hingegen war der Hinweis auf einen Feuerschlucker in weißer Hose und mit freiem Oberkörper genommen worden, der ausgerechnet neben dem Kinderspielplatz im Stadtgarten für seinen großen Auftritt probte. Auch dem Treiben des Taschenspielers auf dem Rathausplatz boten die Beamten erbarmungslos Einhalt, nachdem mehrere Passanten den Verlust ihrer Geldbörsen festgestellt hatten.

Kurzum: Die Stadt und ihre Bewohner zeigten sich bestens gerüstet, dem 21. Jahrhundert den Rücken zu kehren und sich mit vollem Einsatz in die Vergangenheit zu stürzen.

Deshalb fiel auch die Gestalt in brauner Mönchskutte und Sandalen nicht weiter auf, die mit demütig gesenktem Kopf und gefalteten Händen kurz vor Mitternacht die noch regennasse Konviktstraße auf und ab pilgerte, als bekäme sie dafür Bonusmeilen gutgeschrieben.

Auch Anne, die endlich Feierabend hatte, schenkte ihr keine Beachtung, als sie den »Fuchsbau« verließ. Sie wollte nur noch nach Hause und ihre schmerzenden Füße hochlegen. Es wurde höchste Zeit. Sie hatte schon befürchtet, dass die Geburtstagsgesellschaft, die bis eben noch ausgelassen gefeiert hatte, im Restaurant zu übernachten gedachte.

Anne hätte nie für möglich gehalten, dass Servieren so anstrengend sein konnte. Ihre Fußsohlen brannten, als hätte sie barfuß die Sahara durchquert. Wie viele Kilometer sie heute Abend wohl mit dem Tablett in den Händen zurückgelegt hatte?

Wenigstens war die Rennerei nicht umsonst gewesen. Der Jubilar, ein braun gebrannter Herr mit für seine fünfundachtzig Jahre erstaunlich wenigen Falten im Gesicht, hatte sich beim Trinkgeld mehr als großzügig gezeigt. Das konnte sie auch dringend gebrauchen, bis zum Monatsende dauerte es noch eine Weile, und ihr Kontostand näherte sich gefährlich den roten Zahlen.

Vor der Gaststätte zog Anne stöhnend ihre schicken schwarzen Ballerinas aus und schlüpfte in Sneakers, die sie aus ihrer großen Tasche hervorgezogen hatte. Schon besser.

Noch immer verdeckten Wolken den Mond, und das Kopfsteinpflaster schimmerte feucht im Schein der Straßenlaternen. Vom Augustinerplatz wehte Gelächter zu ihr herüber. Offensichtlich hatten sich die Besucher, die Nacht für Nacht dafür sorgten, dass die Anwohner unter akutem Schlafmangel litten, von dem kurzen, aber dafür umso heftigeren abendlichen Gewitter nur vorübergehend vertreiben lassen.

Hoffentlich war die letzte Straßenbahn noch nicht weg. Anne hasste es, nach der Arbeit noch bis zum Bahnhof gehen zu müssen. Vor allem nachts. Seit Charlotte Casparis Tod litt sie regelrecht unter Angstzuständen, wenn sie allein in der Innenstadt unterwegs war, daran konnte auch das Pfefferspray in ihrer Handtasche nichts ändern.

Ein paar bierflaschenschwenkende Halbstarke kamen ihr grölend entgegen. Prompt machte sich in ihrer Magengrube ein mulmiges Gefühl breit. Keine Angst zeigen, ermahnte sie sich. Selbstbewusst auftreten. Erst kürzlich hatte sie in einer Frauenzeitschrift gelesen, dass das in brenzligen Situationen ganz wichtig war. Dennoch ging sie automatisch schneller. Uff! Anne atmete auf. Die Jungs zeigten nicht das geringste Interesse an ihr, sondern bogen Richtung Augustinerplatz ab.

Sie eilte weiter die Salzstraße hinunter. Plötzlich hörte sie deutlich Schritte hinter sich, die unaufhaltsam näher kamen. Ihr Mund wurde trocken. Sie war sich sicher, dass jemand hinter ihr her war. Und wer immer es war, hatte sicher nichts Gutes im Sinn. Doch ehe sie losrennen konnte, krallte sich eine Hand in ihren Arm und hielt sie unbarmherzig fest.

»Wohin so eilig, schönes Kind?«, zischte eine Stimme, die sie nicht zuordnen konnte. »So ganz allein in tiefschwarzer Nacht?«

Erst Charlotte. Und jetzt sie. Annes Herz hämmerte in ihrer Brust. Gelähmt vor Angst schaffte sie es nicht einmal, in der Handtasche nach ihrem Pfefferspray zu suchen. Doch dann hörte sie schallendes Gelächter und wurde losgelassen. Sie drehte sich um und sah in ein paar blitzende blaue Augen.

»Jetzt schau mich nicht so an, als wäre ich ein Serienkiller«, sagte der junge Mann, der als Mönch gewandet war, immer noch lachend. »Ich wollte dich wirklich nicht erschrecken. Aber dir ist etwas aus deiner Tasche gefallen, als du deine Schuhe gewechselt hast.«

Erst jetzt bemerkte Anne, dass er ihren Schlüsselbund in der Hand hielt. »Den brauchst du bestimmt noch, oder?«

Vor lauter Erleichterung begann sie, hysterisch zu kichern. Sie nahm den Schlüsselbund, dann brach sie in heftiges Schluchzen aus, das ihre Schultern beben ließ.

»Du liebe Zeit. Woher sollte ich denn ahnen, dass du so ein Angsthase bist?« Peinlich berührt sah sich der junge Mann um, wühlte in seiner Kutte und reichte ihr ein Papiertaschentuch. »Eines kannst du mir glauben: Normalerweise reagieren Frauen völlig anders, wenn ich sie anspreche. Wohin willst du eigentlich?«

»Ich muss zur Straßenbahnhaltestelle am Bertoldsbrunnen«, brachte sie heraus, nachdem sie sich einigermaßen beruhigt hatte.

Er blickte in ihr angespanntes Gesicht. »Weißt du was?«, sagte er. »Wenn du willst, begleite ich dich. Nicht, dass du noch eine Begegnung der unheimlichen Art hast. Ich heiße übrigens Tom.«

Anne sah ihn misstrauisch an, doch ihr Gegenüber schien sein Angebot ernst zu meinen.

»Keine Angst, ich warte auch, bis du eingestiegen bist«, fügte er hinzu. Sie gingen ein paar Schritte nebeneinanderher.

»Wieso bist du eigentlich als Mönch verkleidet?«, fragte Anne schüchtern.

Tom grinste. »Hast du das echt noch nicht mitgekriegt? Mittelalter ist in Freiburg gerade voll angesagt. Deshalb habe ich mit meinem Kumpel Sascha um ein Bier gewettet, dass ich bei der Semesterfete als Berthold Schwarz auftauche. Das ist der Kerl, der angeblich das Schwarzpulver erfunden hat. Eigentlich wollten wir uns vorher noch im ›Alten Simon‹ treffen, aber das hat er anscheinend verpeilt. Also, mein Kumpel, nicht der Mönch.« Sein Grinsen wurde breiter. »Ist aber nicht schlimm, jetzt muss Sascha mir nachher zwei Runden spendieren, weil ich umsonst auf ihn gewartet habe.«

Hinter ihnen ertönte das Quietschen einer Straßenbahn. »Jetzt aber hopp, sonst fährt die noch ohne dich ab.« Tom legte einen Zahn zu und zog Anne mit sich. Wie versprochen wartete er, bis sie eingestiegen war. Als sich die Straßenbahn in Bewegung setzte, winkte er ihr übermütig zu.

23

Zum Glück hatte sich das heftige Gewitter, vor dem ich panisch in einen Hauseingang geflüchtet war, endlich verzogen. Als ich mich in den Colombipark begab, verdeckten nur noch ein paar vereinzelte zerfledderte Wolken den Vollmond, die Blätter der Bäume im Park rauschten sanft im Wind, und die Drogendealer gingen schon wieder munter ihrer illegalen Tätigkeit nach, ohne mich auch nur eines Blickes zu würdigen. Was mir mehr als recht war nach der aufwühlenden Begegnung im Theater.

Gut, die Sache mit meiner Entführung hatte sich aufgeklärt, wenn auch anders als gedacht. Oh Mann, wenn das mal kein Stoff für eine Daily Soap war, was ich da in der Garderobe aufgeschnappt hatte. Hochemotional und herzzerreißend, wie geschaffen, um tonnenweise Papiertaschentücher vollzuheulen.

Doch da war immer noch der Theaterdolch, den ich entdeckt hatte und der mir nach wie vor Rätsel aufgab. Wozu hatte sich jemand die Mühe gemacht, ihn in einem Stiefel zu verstecken? Um das herauszufinden, würde ich morgen dem Theater erneut einen Besuch abstatten.

Mit einem Satz sprang ich elegant auf eine noch feuchte Bank, machte es mir bequem und schaute in den nächtlichen Himmel. Was meine Mitbewohnerin wohl gerade trieb? Wie ich sie einschätzte, lag sie sicher noch nicht brav in ihrem Hotelbett. Und falls doch, bestimmt nicht allein. Und schon gar nicht brav. Ob sie mich vermisste? Offen gestanden war es mir ganz recht, dass sie noch ein paar Tage weg war. Solange konnte ich noch tun und lassen, was ich wollte. Und momentan wollte ich nur eines: schlafen. Ich war so müde, dass mir meine Augen von allein zufielen.

Was war denn jetzt schon wieder los? Ein Quietschen und Knarren wie von einer ungeölten Tür ließ mich hochfahren. Zu meinem Erstaunen bemerkte ich, dass sich im oberen Stockwerk des Colombischlössles ein Fenster geöffnet hatte, aus dem nun zwei blasse Arme herausragten. Sie gehörten zu einer zart-gliedrigen Frau mit langen blonden Haaren, deren Gesicht so weiß war, als hätte sie noch nie in ihrem Leben ein Sonnenbad genommen. Genauso weiß war ihr Kleid, das sie trug.

»Richard!«, rief sie mit glockenheller Stimme. »Komm zu-rück zu mir. Ich warte auf dich.« Mit einer Hand winkte sie mir im Zeitlupentempo zu.

Ich blinzelte. Wachte ich noch, oder träumte ich schon? Im ersten Moment dachte ich, einer Sinnestäuschung erlegen zu sein, was bei dem ganzen Stress, den ich in letzter Zeit ge-habt hatte, kein Wunder gewesen wäre. Oder sollte es sich bei der Gestalt gar um die weiße Frau handeln, die angeb-lich im Colombipark spukte? Irgendwann hatte ich nämlich aufgeschnappt, wie meine Katzensitterinnen bei einem ihrer Besuche meiner Mitbewohnerin aufgeregt von solch einer übersinnlichen Erscheinung berichteten, die sie mit eigenen Augen gesehen hätten. Wenn mich mein Gedächtnis nicht im Stich ließ, handelte es sich dabei um eine gewisse Christine von Colombi, die einst am Vorabend ihrer Vermählung an-geblich einer Lebensmittelvergiftung zum Opfer gefallen war und seither hier herumspukte, wenn ihr gerade danach war. Da die beiden Freundinnen meiner Mitbewohnerin auch ständig mit irgendwelchen Engeln faselten und ich außerdem nicht wirklich an Geister glaubte, hatte ich der Story keine weitere Bedeutung beigemessen. Bis jetzt.

»Richard!«, erschallte es erneut, gefolgt von einem dumpfen Stöhnen. Das Winken wurde heftiger. Für ein Gespenst trug die Weiße ganz schön dick auf, fand ich. Trotzdem konnte ich nicht verhindern, dass sich mein Fell sträubte.

»Richard!«, rief sie schon wieder, dieses Mal etwas lauter.

Wer zum Henker war Richard? Nach kurzem Überlegen fiel es mir wieder ein. Richard von Kageneck, seines Zeichens Graf von Munzingen, war der Verlobte der jungen Dame ge-wesen und weilte ebenfalls schon lange nicht mehr unter den Lebenden.

Allerdings war ich jetzt aufrichtig gespannt, wie die Sache

weiterging. Sollte wider Erwarten auch noch der verstorbene Graf auf der Bildfläche erscheinen, müsste ich meine Einstellung in Sachen Parapsychologie völlig neu überdenken.

Inzwischen war ich nicht mehr der Einzige, der auf das mysteriöse Spektakel aufmerksam geworden war. Ein Mann in dunklem Kapuzenpulli deutete aufgeregt mit dem Zeigefinger auf das Fenster, hinter dem die Frau nach wie vor regungslos verharrte. In einer mir unverständlichen Sprache gab er etwas von sich, was gleichermaßen ein Fluchen oder ein inständiges Gebet hätte sein können. Was auch immer es war, die Wirkung seiner Worte war umwerfend. In die Drogendealerszene kam schlagartig Bewegung.

Vergnügt beobachtete ich, wie ein junger Kerl mit Rastas ein Plastikbeutelchen mit bunten Pillen fallen ließ und Fersengeld gab, als wären sämtliche »Tatort«-Kommissare gleichzeitig hinter ihm her. Auch seine Kollegen schauten, dass sie wegkamen, dicht gefolgt von ein paar potenziellen Kunden, die heute wohl auf ihre Muntermacher verzichten mussten. Wie die Hasen hüpften sie über die Rasenfläche, um sich in alle Himmelsrichtungen zu zerstreuen. Ein langer Dürrer hatte es dabei besonders eilig, denn vor lauter Panik wäre er beinahe in den Springbrunnen gefallen. Wenige Sekunden später war der Colombipark wie leer gefegt.

»Und, Herr Österreicher? Wie mach ich mich als Chrischtine de Colombi?« Die merkwürdige Erscheinung am Fenster sprach auf einmal mit völlig normaler Stimme und leichtem Freiburger Zungenschlag, während sich ein schwarz gekleideter Mann zu ihr ans offene Fenster gesellte.

»Großartig. Einfach großartig. Die Szene wird der Knaller beim Jubiläum. Sie haben echt Talent. Wenn ich da an die anderen Mitwirkenden denke …« Ein tiefes Seufzen ertönte.

»Dann kann ich mir ja jetzt endlich die Schminke vom Gsicht wische. Hoffentlich geht des Zeug so einfach mit Wasser weg, wie Sie es verschproche habe. Nicht, dass ich auf dem Heimweg noch ein paar Nachtschwärmer erschreck.« Sie kicherte.

»Keine Sorge. Die benutze ich selbst für meine Auftritte.

Habe ich Ihnen eigentlich schon von meiner Paraderolle als Hamlet erzählt? Das Publikum lag mir zu Füßen. Aber das kann ich gleich in aller Ruhe bei einem Glas Wein nachholen. Sie begleiten mich doch noch auf einen Absacker, oder?«

»Logisch. So oft hab ich kei Gelegeheit, mit einem Star einen zu hebe.«

Der Typ musste eine große Nummer auf der Bühne sein, schlussfolgerte ich automatisch. Oder ein gewaltiger Wichtigtuer, was mich auch nicht weiter gewundert hätte. Heute würde ich das allerdings nicht mehr erfahren, denn das Fenster schloss sich, und das Licht erlosch. Und ich konnte mich endlich meiner wohlverdienten Nachtruhe widmen.

24

»Ich möchte ein Geständnis ablegen.« Carsten Moll stand mit entschlossenem Gesichtsausdruck vor Webers Schreibtisch.

Der Hauptkommissar sah völlig verdattert auf. Wie jetzt? Würde ausgerechnet der pausbäckige Tenor, den er bis eben noch für die Unschuld in Person gehalten hatte, den Mord an der Sängerin gestehen, und der Fall wäre schneller gelöst als gedacht? So recht konnte er sein Glück nicht fassen. Mit einer Handbewegung bedeutete er dem Sänger, Platz zu nehmen. »Kleinen Moment. Ich gebe nur noch schnell meinen Kollegen Bescheid, dann unterhalten wir uns weiter.« Er griff zum Telefon.

Keine Minute später stürmten Tina Reich und Jens Bösch ins Büro und setzten sich ebenfalls.

»Nun, was haben Sie uns zu sagen?« Weber richtete sich senkrecht auf seinem Stuhl auf.

»Nele Otto hat mit dem Tod von Charlotte nichts zu tun«, platzte es aus dem Sänger heraus.

»Was macht Sie da so sicher? Sie hat ein Motiv, schließlich hat eine Ihrer Kolleginnen ausgesagt, dass es Charlotte Caspari war, die die Katze auf die Bühne geschmuggelt und ihr auf diese Art und Weise das Engagement an der Frankfurter Oper vermasselt hat. Da kann man schon mal ausrasten«, meinte Weber, der nicht so recht schlau daraus wurde, worauf das Gespräch hinauslaufen sollte.

»Das mit der Katze – das war nicht Charlotte. Das hat auch Nele keine Sekunde lang geglaubt.«

»Und wer war es dann?«, wollte Tina Reich wissen. »Irgendjemand muss das Tier doch angeschleppt haben.«

Carsten Moll holte tief Luft. »Das war ich.«

Im ersten Moment glaubte Weber, sich verhört zu haben. Den Gesichtern nach zu urteilen, ging es seinen Kollegen ähnlich. »Das müssen Sie uns jetzt schon näher erklären«, meinte er kopfschüttelnd.

Carsten Molls Wangen begannen sich rötlich zu verfärben. »Um es kurz zu machen: Ich wollte unter keinen Umständen, dass Nele das Freiburger Theater verlässt und nach Frankfurt geht.«

»Und wieso nicht, wenn ich fragen darf?« Weber verstand nur noch Bahnhof.

»Weil ich sie liebe«, erwiderte Carsten Moll mit leicht entrücktem Gesichtsausdruck.

Die Beamten hätten nicht verblüffter aussehen können, wären ihm plötzlich weiße Flügel gewachsen.

»Und was genau haben Ihre Gefühle für Nele Otto mit der Katze zu tun?« Weber hatte als Erster seine Sprache wiedergefunden.

»Nachdem ich zufällig erfahren hatte, dass der Intendant von Frankfurt an dem Abend da sein würde, musste ich mir doch etwas einfallen lassen, dass er sie nicht engagiert. Da kam mir die Idee mit dem Kater, den kannte ich von den Besuchen bei meiner Psychologin, die im selben Haus wie er wohnt. Gut, dass ich ihn einfach in einen Korb gesteckt und mitgenommen habe, das war jetzt nicht besonders nett, aber ich bin mir sicher, dass er sich auf der Bühne ausgesprochen wohlgefühlt hat, sonst würde er seither ja wohl kaum ständig bei uns ein und aus gehen.«

Nach ein paar Schrecksekunden schnappte Tina Reich empört nach Luft. »Sie wollen allen Ernstes behaupten, dass Sie absichtlich dafür gesorgt haben, dass Nele Ottos Stimme versagt?« Sie knetete ihre Hände, vermutlich, um zu verhindern, dass sie sich dem Sänger um den Hals legten. »Dass Sie die völlig irrsinnige Aktion mit dem Kater abgezogen haben, weil Sie von der Katzenallergie Ihrer Kollegin wussten?«

»Es mag Sie verwundern, aber so irrsinnig war die Aktion gar nicht. Klar, im ersten Moment war Nele furchtbar wütend, als ich ihr die Geschichte gebeichtet habe. Immerhin stand sie kurz davor, an eine größere Bühne wechseln zu können. Aber dann …« Er lächelte versonnen.

»… war sie hin und weg, dass Sie alle Register gezogen haben, dass sie hierbleibt«, beendete Jens Bösch schmunzelnd den

Satz. Er schien der Einzige im Raum zu sein, der ein gewisses Verständnis für Carsten Molls Verhalten aufbrachte.

»Sie hat Ihnen tatsächlich verziehen, dass Sie mit voller Absicht ihre Karriere ruiniert haben?«, fragte Tina Reich fassungslos.

»Nicht nur das. Wir sind jetzt zusammen.«

Das abfällige Schnauben der Kommissarin war unüberhörbar. »Eines kann ich Ihnen sagen: Mich hätten Sie so ganz bestimmt nicht rumgekriegt.« Ihre Hände kneteten und kneteten.

»Mag sein. Aber Sie will ich ja auch nicht heiraten«, antwortete Carsten Moll, der von Minute mehr und mehr an Selbstbewusstsein gewann.

»Tja, dann bleibt mir ja nur noch übrig, Ihnen herzlich zu gratulieren«, meinte Weber trocken. Obwohl er den Mordfall zu gern zu den Akten gelegt hätte, war er in gewisser Hinsicht erleichtert, dass er dem Tenor jetzt doch keine Handschellen anlegen musste.

Carsten Moll stand auf. »Heißt das, ich kann gehen?«

»Ja, sicher. Und grüßen Sie Ihre Verlobte von uns«, setzte Jens Bösch hinzu.

Carsten Moll zögerte kurz. »Es wäre übrigens besser, wenn die Sache unter uns bliebe. Wenn Schönberg das mitkriegt ...«

»Keine Sorge. Von uns erfährt keiner was. Es sei denn, der Kater zeigt Sie noch wegen Freiheitsberaubung an«, versprach ihm Weber.

Carsten Moll lächelte. »Mit dem Risiko kann ich leben. Hauptsache, Sie streichen Nele und mich endgültig von der Liste der Verdächtigen.«

25

Der Himmel war wieder klar, als sich Katharina auf den Weg zur Arbeit machte. Lediglich ein paar Pfützen zeugten noch vom Unwetter in der vergangenen Nacht. Zur Freude einer Spatzenkolonie, die eine besonders große mitten auf dem Gehweg für eine gründliche Federreinigung nutzte. Von wegen Dreckspatz, dachte Katharina. Peinlich darauf bedacht, die putzigen Vögel nicht zu vertreiben, wechselte sie auf die andere Straßenseite. Obwohl sie bekennendermaßen zu den Morgenmuffeln dieser Welt gehörte, war sie bereits blendender Laune. Arno hatte sich bei ihr gemeldet, um sich mit ihr für heute in der Mittagspause zu verabreden. Doch bis dahin war es noch lang hin, und ihr Magen knurrte, weil sie mal wieder vergessen hatte, ihre Lebensmittelvorräte aufzustocken. Der Brotrest, den sie im Schrank gefunden hatte, war so steinhart gewesen, dass sie eine Säge benötigt hätte, um sich ein Stück davon abzuschneiden. Da sie zudem nicht über das Stahlgebiss von James-Bond-Widersacher »Beißer« verfügte, hatte sie schweren Herzens auf das Frühstück verzichtet.

Als sie durch die Salzstraße ging, kitzelte sie der Duft von frischen Brezeln in der Nase. Lecker. Genau das, was sie jetzt brauchte. Katharina beschloss spontan, der Bäckerei einen Besuch abzustatten. Leider hatte sie nicht einkalkuliert, dass auch noch andere auf diese Idee gekommen waren. Seufzend reihte sie sich in die lange Schlange vor der Theke ein.

»Ist da auch ganz sicher kein Weizen drin?« Eine Frau in lilafarbener Batikhose und weißem Leinenhemdchen wollte es ganz genau von der Verkäuferin wissen, die angesichts des Trubels im Laden ungeduldig auf und ab wippte. »Ich darf nämlich weder Weizen noch Roggen oder Dinkel essen. Sie müssen wissen, ich vertrag absolut kein Gluten.«

Und was machte dann so jemand ausgerechnet in einer Bäckerei? Katharina verdrehte die Augen. Erst kürzlich hatte sie gelesen, dass höchstens ein Prozent der deutschen Bevölkerung unter Gluten-Unverträglichkeit litt. Fatalerweise schienen die meisten der Betroffenen in Freiburg zu leben, denn langwierige Verkaufsgespräche dieser Art waren Katharina hinlänglich vertraut.

Die Frau mit der gebatikten Hose deutete jetzt auf einen anderen Brotlaib. »Und was ist da drin?«

»Kleine Kinder«, murrte ein Mann mit Rübezahlbart, der vor Katharina stand. »Die verbacken sie immer, wenn das Getreide ausgeht.«

Katharina schmunzelte.

Als sich die Ladentür erneut öffnete, drehte Katharina sich um und wollte ihren Augen nicht trauen, als eine Frau mit einem ausladenden roten Hut hocherhobenen Hauptes an den Wartenden vorbei zur Theke rauschte.

»Ein Roggenbrot. Wenn möglich, ein frisches.« Es war Miriam Kleve, heute in einem Jumpsuit mit Leopardenmuster. Ihre magentaroten Strähnchen waren einer bläulichen Tönung gewichen. Die Witwe pflegte ihr Erscheinungsbild öfter zu wechseln als Popstar Madonna zu ihren besten Zeiten.

Die Verkäuferin und die Dame in der Batikhose schauten sie mit offenen Mündern an. In der Schlange machte sich Unruhe breit.

»Da müssen Sie sich schon hinten anstellen«, erklärte die Verkäuferin.

»Wissen Sie nicht, wer ich bin?«, plusterte sich die Ehrenbürgerwitwe wie ein balzender Pfau auf.

»Von mir aus die Königin von England. Bei mir kommt einer nach dem anderen dran.«

Katharina ahnte, was jetzt folgen würde. Und sie wurde nicht enttäuscht.

»Ich bin Miriam Kleve.« Die Ehrenbürgerwitwe stemmte die Hände in ihre Hüften. »Mein verstorbener Mann –«

»Wollen Sie jetzt ein Brot oder nicht?«, wandte sich die Verkäuferin ungerührt an die Frau in der Batikhose. »Ich hätte da noch was nur mit Mais. Garantiert glutenfrei.«

»Das nehme ich«, kam es ohne Zögern. Allem Anschein nach hatte Miriam Kleves Auftritt gereicht, um ihre Entscheidungsfreudigkeit zu beschleunigen. Umständlich zog die Frau aus ihrer jutesackähnlichen Tasche einen Geldbeutel und nestelte den Betrag heraus, dann machte sie, dass sie aus dem Laden verschwand, nicht ohne Miriam Kleve einen triumphierenden Blick zugeworfen zu haben.

»Der Nächste, bitte.«

»Ich hätte gern zwei Stück Apfelkuchen, zwei Schwarzwälder Kirsch und vier Muffins.« Eine Seniorin mit Einkaufstrolley, die sich weniger um ihre Gesundheit zu sorgen schien, ratterte ihre Bestellung herunter.

In Windeseile richtete ihr die Verkäuferin das Gewünschte auf einem großen Pappteller an, den sie sorgfältig in eine Papiertüte stellte. »Bitte schön. Macht sechzehn fünfzig.«

»Also, das ist doch …« Miriam Kleve, die wohl oder übel einsehen musste, dass die Verkäuferin keinerlei Anstalten machte, sie bevorzugt zu bedienen, stellte sich zähneknirschend hinter Katharina, die sich am liebsten unsichtbar gemacht hätte. Hoffentlich fühlte sich die Ehrenbürgerwitwe nicht bemüßigt, mit ihr ein Gespräch anzufangen, flehte sie innerlich.

Als sie spürte, wie jemand ihr auf die Schulter tippte, zuckte Katharina zusammen.

»Sie kenne ich doch, Sie sind von der Presse. Von diesem linken Blatt, wenn ich mich nicht täusche. Ich werde nie verstehen, wie man so was abonnieren kann.«

Katharina beschloss, sich nicht provozieren zu lassen. »Müssen Sie ja auch nicht«, erwiderte sie kurz angebunden und schaute stur geradeaus.

»Vor allem Ihre Hofberichterstattung über das Freiburger Theater ist reine Papierverschwendung. Eine Unverschämtheit, wie Sie diesen Schönberg hochloben. Der wird völlig überschätzt.«

Jetzt wandte Katharina doch den Kopf. »Wenn Sie sich beschweren wollen, fürs Theater ist bei uns Frau Dr. Klagemann zuständig. Ich kann Ihnen ihre Telefonnummer geben, sie unterhält sich bestimmt sehr gern mit Ihnen.« Sollte sich doch ihre Kollegin mit der Kleve rumschlagen, geschah ihr ganz recht, der blöden Ziege.

Doch die Ehrenbürgerwitwe hörte ihr überhaupt nicht zu. »Und erst seine Sängerinnen. Völlig talentfrei. Aber man weiß ja, wie so was läuft. Ich könnte Ihnen Sachen erzählen ...«

»Ich glaube, die will ich gar nicht hören.« Katharina richtete ihren Blick eisern auf den Rücken des Rübezahls vor ihr, bis sie endlich an der Reihe war. Sie ließ sich fünf Brezeln einpacken, bezahlte und zog schleunigst ab.

»Bist du heute noch verabredet?«, fragte Dominik, als sie kurze Zeit später das Büro betrat, die gefüllte Tüte vor sich herschwenkend.

»Wie kommst du denn darauf?«, fragte sie erstaunt.

»Weil du normalerweise nicht in einem roten Sommerkleid zur Arbeit kommst. Jedenfalls habe ich dich in dem Teil noch nie hier gesehen. Steht dir allerdings gut, wenn du dich aufbrezelst«, fügte er charmant hinzu.

»Apropos Brezeln.« Katharina hielt Dominik die Tüte unter die Nase. »Bedien dich. War gar nicht so einfach, die Teile zu ergattern.«

»Da komme ich ja goldrichtig.« Bambi streckte den Kopf durch den Türrahmen. »Krieg ich auch eine?«

Er ließ sich auf Dominiks Schreibtisch nieder. Einträchtig kauend saßen die drei da, bis sie Anton Gutmanns Stimme auf dem Flur vernahmen. »Ich störe ja nur ungern, aber hättet ihr drei vielleicht die Güte, endlich zur Konferenz zu erscheinen?«

»Wenn du uns so nett bittest.« Katharina wischte sich die Krümel vom Mund und stand auf. Bambi und Dominik trabten hinter ihr her. Da nichts Besonderes anstand, ging die Besprechung zügig über die Bühne, und Katharina konnte sich eine halbe Stunde später an ihren Artikel über die Fortschritte der Sanierungsarbeiten am Augustinermuseum machen.

»Sollen wir eine Kleinigkeit auf der Karstadt-Terrasse essen?«, fragte Dominik, als sich der Uhrzeiger der Eins näherte.

»Geht leider nicht. Ich hab schon was vor.« Katharina fuhr den Computer runter und strich sich mit den Fingern durch die Haare.

»Also doch. Und mit wem, wenn ich fragen darf?«

»Klar darfst du fragen.« Katharina lächelte ihren Kollegen an und griff nach ihrer Handtasche. »Bis später.«

Sie machte einen kurzen Abstecher auf die Damentoilette, wo sie sich vor dem Spiegel den Lippenstift nachzog, dann stürmte sie die Treppe hinunter. Sie war spät dran, Arno wartete bestimmt schon vor der Markthalle auf sie.

»Gut siehst du aus. Das Kleid steht dir super.« Er umarmte sie, als sie mit hängender Zunge ankam. »Dann wollen wir mal. Ich habe echt Kohldampf.«

Wie gewöhnlich war Freiburgs Fresstempel Nummer eins zur Mittagszeit hoffnungslos überfüllt von hungrigen Menschen, die sich mit Spezialitäten aus aller Welt für den zweiten Teil des Arbeitstags oder einen Stadtbummel stärken wollten.

Katharina sah sich suchend nach einem freien Platz um. Als zwei Herren in dunkelblauen Anzügen und weißen Hemden ihre leeren Teller auf ein Tablett luden, stürzte sie sich auf den Tisch wie ein Tiger auf seine Beute.

»Weißt du was? Bring mir einfach was mit, und ich halte hier die Stellung«, schlug sie Arno vor, als sie sich hingesetzt hatte. »Ich esse alles außer Döner.«

»Dann schaue ich mal, was sich machen lässt.« Er verschwand im Getümmel.

Katharina schlug die Beine übereinander und beobachtete geistesabwesend, wie die Fischverkäuferinnen am Stand gegenüber wie am Fließband Forellen und Lachs über die Theke wandern ließen.

Arno Schüssler. Wenn sie ehrlich war, gefiel er ihr. Sie mochte seinen trockenen Humor und seine direkte Art. Leider hatte sie keine Ahnung, ob ihre Gefühle auf Gegenseitigkeit beruhten. Aber hätte er sich dann mit ihr verabredet? Und letzthin in der Hotelbar hatte er definitiv mit ihr geflirtet.

»Bitte schön. Lass es dir schmecken. Mexikanisch hast du

doch früher schon gern gegessen, wenn ich mich richtig erinnere.« Schneller als erwartet war Arno zurück und stellte einen Teller vor ihr ab.

Katharina nahm den Duft von Chili und Koriander wahr. Alarmiert schossen ihre Augenbrauen hoch. Mist. Wenn es etwas gab, was außer Döner für ein erstes Date völlig ungeeignet war, dann Tacos, die traditionell ohne Besteck gegessen wurden.

Katharina hatte diese Art der Nahrungsaufnahme nur ein einziges Mal gemeinsam mit Dominik in einem kleinen mexikanischen Restaurant ausprobiert. Anschließend musste sie auf die Schnelle ein neues T-Shirt kaufen und sich in der Redaktion umziehen, weil sie sich von oben bis unten mit grüner Salsa bekleckert hatte. Damals hatte sie sich geschworen, nie mehr Tacos mit bloßen Händen zu essen.

Sollte sie aufstehen und sich Messer und Gabel besorgen? Katharina zögerte, als sie sah, wie Arno den ersten Taco gekonnt zwischen Daumen und Zeigefinger nahm, seinen Kopf um neunzig Grad nach links neigte und herzhaft zubiss.

»Stimmt was nicht?« Ihm war nicht entgangen, wie Katharina erst ihn und dann skeptisch ihren Teller angestarrt hatte.

»Nö, alles bestens.« Sie probierte, es ihm nachzumachen. Prompt landeten die ersten Spritzer Guacamole auf ihrem Kleid. Vergeblich versuchte sie, die Flecken mit einer Serviette zu entfernen. Prima! Und dafür hatte sie sich jetzt extra schick gemacht. Im Geiste verfluchte sie sämtliche Mexikaner samt ihrer Esskultur. Nach einem weiteren Bissen merkte sie, wie sich die Hühnchenfüllung auf ihre Hand ergoss.

Arno beobachtete sie amüsiert. »Kann es sein, dass du die Technik nicht so ganz beherrschst? Am besten, ich hole dir Besteck und noch ein paar Servietten.«

Katharina atmete auf. »Das wäre echt großartig, sonst muss ich anschließend noch unter die Dusche.«

»Moment.« Er sah ihr tief in die Augen und neigte sich so nah zu ihr, dass sie seinen Atem im Gesicht spürte. »Darf ich?«

Katharina wurde es heiß und kalt. Wollte er sie am Ende

küssen? Aber ausgerechnet hier? Inmitten von Essensständen und Tellergeklapper?

Noch nie hatte sie sich so gründlich getäuscht. Arno schnappte sich eine Serviette und wischte ihr damit grinsend über die Wange. »So. Die Salsa ist weg. Und jetzt bringe ich dir Werkzeug, bevor du dich noch komplett einsaust.«

Katharina konnte nicht sagen, ob sie enttäuscht oder dankbar sein sollte, als er sie ein zweites Mal allein am Tisch zurückließ. Nur eines wusste sie mit Sicherheit: Das nächste Mal würde sie mit Arno Pizza essen gehen.

Missmutig schaute sie einem Teenie im bauchfreien Top hinterher, der einen vollen Suppenteller auf einem Tablett balancierte, als sie von einer üppigen Blondine angerempelt wurde, die sich hinter ihr auf einen Hocker fallen ließ.

»Nein, Mama, mir geht es alles andere als gut. Seit zwei Jahren muss ich jetzt schon diese Ökospießer mit ihrem patriotisch-elitären Gehabe ertragen, die keine Ahnung von Kultur haben«, trötete die Blonde ungeniert in ihr Smartphone. »Du kannst dir nicht vorstellen, mit was für Banausen ich mich hier abgeben muss. Aber damit ist hoffentlich bald Schluss.«

Musste die ausgerechnet in der Markthalle ihre Privatgespräche führen?, ärgerte sich Katharina. Abgesehen davon konnte sie es nicht leiden, wenn ihr jemand zu dicht auf die Pelle rückte.

Der nächste Satz der Blondine ließ Katharina allerdings die Ohren spitzen. »Es wird höchste Zeit, dass Mike an die Berliner Oper wechselt, da weiß man seine Arbeit wenigstens zu schätzen. Wie? – Selbstverständlich sind die Netrebko und die Bartoli schon gebucht, die können es kaum erwarten, mit ihm zusammenzuarbeiten. Genau wie Plácido Domingo. Ach, ich kann dir gar nicht sagen, wie ich mich darauf freue, endlich in anderen Kreisen zu verkehren. – Mama? – Bist du noch dran? – Mama?« Offensichtlich war die Verbindung abgebrochen. Die Frau steckte ihr Smartphone weg, rutschte vom Hocker und ging weiter.

»Hier, dein Besteck.« Arno war zurückgekehrt. »Hoffentlich ist dein Essen noch nicht kalt.«

»Sag mal, wie sieht eigentlich Mike Schönbergs Frau aus?«, erkundigte sich Katharina.

Arno sah sie irritiert an. »Groß, blond und kräftige Figur. Aber wieso fragst du?«

»Weil ich soeben erfahren habe, welch glänzende Zukunft auf die Dame und ihren Gatten wartet.«

26

»Verrückte Sache.« Ein bärtiger KTUler saß kopfschüttelnd in Webers Büro. »Der Theaterdolch lag auf dem Boden des Kostümfundus, direkt neben einem Stiefel. Als wäre er absichtlich dort hingelegt worden, damit jemand über ihn stolpert.«

»Wieso habt ihr das Beweisstück eigentlich erst jetzt entdeckt? Wie ich dich kenne, habt ihr den Laden doch schon vor Tagen gründlich auf den Kopf gestellt«, wunderte sich Weber.

»Frag mich was Leichteres.« Der Bärtige seufzte. »Zum Glück ist unsere geschätzte Kollegin Sommer auf die glorreiche Idee gekommen, dem Kostümfundus heute Morgen nochmals einen Besuch abzustatten.«

Webers Augenbrauen schossen nach oben. »Ausgerechnet Sabine Sommer? Von der hätte ich jetzt am wenigsten erwartet, dass sie sich so ins Zeug legt.« Er kannte die Kollegin, die sich nicht gerade durch besonderen Arbeitseifer auszeichnete. Vor allem hatte er sich schon öfter gewundert, wie sie mit ihren langen, zu regelrechten Kunstwerken gestalteten Fingernägeln vernünftig arbeiten konnte.

Der Bärtige lachte gallig. »Genau genommen war ihr Interesse eher privater Natur. Du weißt ja, Frauen und Klamotten. Sie wollte sich unbedingt in aller Ruhe die Abendkleider genauer anschauen.«

»Sehr aufschlussreich, womit ihr euch während eurer Dienstzeit so alles beschäftigt«, knurrte Weber. »Aber nun gut. Wie sieht es mit Spuren aus? Welche gefunden?«

»Sogar jede Menge. Nur leider weder am Stiefel noch am Dolch. Abgesehen von einem einzelnen schwarzen Haar.«

»Und das sagst du mir erst jetzt?« Weber ging hoch wie eine Rakete. »Möglicherweise kann uns das einen wichtigen Hinweis auf den Täter liefern.«

»Wohl kaum.« Der Bärtige winkte ab. »Es stammt eindeutig von einer Katze.

»Katze?«, echote der Hauptkommissar verblüfft.

Der Bärtige lehnte sich zurück und streckte die Beine aus. »Sag nur, du hast noch nichts von der Katze gehört, die im ›Barbier von Sevilla‹ aufgetreten ist. Die geht inzwischen im Theater ein und aus, wie es ihr beliebt. Vielleicht sollten wir uns auf dem Revier auch ein Maskottchen anschaffen. Wäre bestimmt gut fürs Betriebsklima.«

»Allmählich frage ich mich, ob ich den Stubentiger nicht endlich mal als Zeugen vorladen sollte«, erwiderte Weber resigniert. »Ich habe das unbestimmte Gefühl, als wüsste der wesentlich mehr als wir.«

»Zumindest steht jetzt eindeutig fest, dass sich der Täter im Theater bestens auskennt«, tröstete ihn sein Kollege. »Wer sonst wäre auf die Idee gekommen, den Dolch ausgerechnet zwischen einem Haufen Klamotten und Schuhen zu verstecken? Jeder andere hätte ihn mitgenommen, und wir würden heute noch danach suchen. Apropos, habt ihr schon einen konkreten Verdacht?«

Weber schnaubte grimmig. »Jedes Mal, wenn wir auf ein mögliches Motiv stoßen, zerplatzt es schneller als eine Seifenblase. Anders ausgedrückt: Wir tappen momentan völlig im Dunkeln. Was vor allem unserem Polizeipräsidenten überhaupt nicht in den Kram passt. Du weißt doch, das Jubiläum.«

»Dann bleibt dir nicht mehr viel Zeit, den Täter vorher noch zu schnappen.« Aufrichtiges Mitleid schwang in der Stimme des Bärtigen mit.

»Sehr zuvorkommend von dir, mich darauf aufmerksam zu machen«, stieß Weber zwischen den Zähnen hervor. So schlau war er auch selbst.

Der Bärtige stand auf. »Dann lasse ich dich mal besser weitermachen.« Er zögerte kurz. »Wäre es dir übrigens möglich, Manuel Angelico um ein Autogramm zu bitten, wenn du ihn das nächste Mal triffst? Meine Frau fährt total auf den ab, und in drei Tagen hat sie Geburtstag.«

»Raus!«, brüllte Weber, und der Bärtige machte, dass er wegkam.

27

Wieso um alles in der Welt hatte er sich nur auf die schwachsinnige Idee seiner Pressereferentin eingelassen? Von Sekunde zu Sekunde bereute Winkler es mehr, dass er sich auf den Rücken einer gutmütigen und nicht mehr ganz jungen Apfelschimmelstute namens Apollonia hatte hieven lassen.

Zum Glück hing das Tier nach wie vor an einer Art überdimensionalen Hundeleine, die in Fachkreisen Longe genannt wurde. Es konnte also absolut nichts schiefgehen. Behauptete zumindest Reitlehrer Björn Weigand, der das andere Ende der Longe fest in seiner Hand hielt. Winkler war da weitaus weniger optimistisch, obwohl sich Apollonia bislang noch keinen Millimeter vom Fleck bewegt hatte. Offensichtlich hatte sie genauso viel Lust auf die Reitstunde wie er.

»Du musst sie antreiben, wenn du hier nicht anwachsen willst!«, rief ihm Weigand jetzt schon zum dritten Mal zu. Mit seinen weißblonden Haaren und stahlblauen Augen sah er aus, als wäre er einem Werbespot für schwedisches Knäckebrot entsprungen. »Also, Rücken gerade und Fersen einsetzen!«

»Hüa«, machte Winkler lustlos. Das Kommando kannte er aus zahllosen John-Wayne-Filmen. Doch entweder war das Pferd kein Western-Fan, oder es ließ sich aus Prinzip nichts von blutigen Anfängern sagen. Gelangweilt neigte Apollonia ihren schlanken Kopf zu Boden und zupfte in aller Seelenruhe an einem Grasbüschel herum, als gäbe es nichts Wichtigeres zu tun.

So ein ignorantes Mistvieh. Winkler bemühte sich verzweifelt, nicht die Balance zu verlieren. Dafür, dass er die Stute unter den Augen von Weigand stundenlang gebürstet hatte, hätte er von ihr durchaus mehr Kooperationsbereitschaft erwartet.

»Jetzt setz schon Schenkel und Fersen ein, Norbert«, forderte ihn der Reitlehrer auf. »Und immer daran denken – du bestimmst, wo es langgeht, nicht das Pferd.«

Wenn er meinte. Winkler sandte ein schnelles Stoßgebet Richtung Himmel, dann stieß er der Stute beherzt die Stiefelhacken in die Seiten. Zeitgleich gab Weigand ein schnalzendes Geräusch von sich. Die Wirkung blieb nicht aus: Apollonia ließ das Grasbüschel Grasbüschel sein und verfiel in einen gemächlichen Trab, der Winkler den Angstschweiß auf die Stirn trieb.

Meine Güte, der Gaul schwankte schlimmer als ein altersschwacher Fischkutter bei Sturmflut. Der Oberbürgermeister spürte deutlich, wie sich seine Wirbelsäule gegen die ungewohnten Erschütterungen auflehnte. Von seinem Hinterteil ganz zu schweigen.

So gut es ging, ignorierte er die Schmerzen und konzentrierte sich darauf, nicht vom Pferd zu stürzen. Was schon anstrengend genug war. Deshalb hatte er auch keinen Blick für die Landschaft rings um ihn herum. Vor ihm plätscherte der Neumagen, mittendrin auf einem flachen Stein thronte bewegungslos ein Reiher, der mit buddhistischer Langmut darauf wartete, dass sein Mittagessen vorbeischwamm. Neben dem Bach führte ein Spazierweg entlang, gesäumt von sattgrünen Bäumen und Büschen, etwas weiter entfernt erhob sich malerisch die Ruine der Staufener Burg. Doch das Einzige, was Winkler wahrnahm, waren seine zitternden Hände, die den am Sattel befestigten Riemen umklammerten, während Apollonia Runde für Runde auf dem Reitplatz drehte. Bis sie genug hatte und abrupt stoppte.

»Habe ich es dir nicht gesagt? Das klappt doch schon wunderbar.« Weigand tätschelte die Flanken der Stute, und Winkler befürchtete schon, er würde das Gleiche mit ihm tun.

»Und jetzt probieren wir das Ganze mal ohne Longe«, teilte ihm der Reitlehrer mit einem aufmunternden Lächeln mit.

»Sicher, dass das eine gute Idee ist?« Winkler wurde abwechselnd heiß und kalt.

Doch Björn Weigand zeigte keine Gnade. »Reiten lernt man nur durch reiten«, behauptete er, löste die Leine und drückte Winkler die Zügel in die Hand. Dann schnalzte er erneut mit der Zunge, und Apollonia setzte sich prompt in Bewegung, dieses Mal etwas schneller.

Mit zusammengebissenen Zähnen ließ Winkler geschehen, dass die Stute munter mit ihm auf dem Gelände hin und her trabte. Was blieb ihm auch anderes übrig?

Ein Pärchen war am Gatter stehen geblieben und beobachtete interessiert, wie sich Winkler mit Ach und Krach im Sattel hielt.

»Schau mal, Schatz, wie der auf dem Gaul herumwackelt. Ich wette, der küsst gleich den Boden.« Die Frau gab sich keinerlei Mühe, ihre Erheiterung zu verbergen.

Super, dachte Winkler. Jetzt musste er auch noch zur allgemeinen Volksbelustigung herhalten. Am liebsten hätte er das Pferd zum Stehen gebracht und wäre abgestiegen, doch leider wusste er nicht, wie er das bewerkstelligen sollte.

Auch das noch. Eine blutrünstige Bremse hatte es auf ihn abgesehen und griff ihn lautlos an. »Hau ab«, zischte Winkler, doch das Insekt ließ sich nicht vertreiben. Als es Anstalten machte, sich auf seiner rechten Wange niederzulassen, folgte er seinem ersten Reflex und schlug wild um sich, um das lästige Vieh loszuwerden.

»Norbert, nein!«, brüllte Weigand los.

Zu spät. Apollonia hatte die hektischen Gesten ihres Reiters völlig falsch gedeutet und galoppierte los. Und zwar direkt Richtung Gatter, das das Gelände umgab. Die beiden Zaungäste stoben auseinander.

»Zieh die Zügel an!«, hörte Winkler wie aus der Ferne den Reitlehrer.

Doch die waren schon lange seinen Händen entglitten. Er hatte es gewusst. Pferde und er waren einfach nicht füreinander geschaffen. Schicksalsergeben schloss Winkler seine Augen, als das Gatter immer näher kam. Sekunden später, die ihm wie Stunden vorgekommen waren, hatte Björn Weigand die Stute gestoppt, und Apollonia stand wieder da wie eine Eins. Winkler hielt sich noch kurz oben, doch seine Füße waren bereits aus den Steigbügeln gerutscht. Dann glitt er wie ein nasser Sack Richtung Boden, wo er unsanft landete. Noch nie war er sich so würdelos vorgekommen.

Apollonia wieherte schadenfroh. Genauso wie das Pärchen.

»Alles in Ordnung?«, fragte der Reitlehrer, während sich Winkler zurück auf die Beine kämpfte. Um seine Mundwinkel zuckte es verdächtig. »Dann können wir ja weitermachen.«

»Bevor ich noch einmal auf dieses Biest steige, lass ich mich freiwillig zur städtischen Müllabfuhr versetzen«, zischte der Oberbürgermeister und wischte sich mit einer Hand die Hose ab. Dann kehrte er Björn Weigand wortlos den Rücken zu und stiefelte mit steifen Beinen vom Hof, ohne einen Blick zurückzuwerfen. Jubiläumsumzug hin oder her, für ihn war die Reitstunde beendet.

28

Wie überdimensionale Bälle ragten die schwimmenden blauen Plastikelemente der spektakulären Pontonbrücke aus dem Flückigersee, zwischen Seerosenblättern streckten Rotwangenschildkröten ihre Köpfe hervor, um sich die morgendlichen Sonnenstrahlen auf den Kopf scheinen zu lassen. Genau genommen lebten die ursprünglich in Nordamerika beheimateten und vermutlich ausgesetzten Tiere seit Jahren ohne Aufenthaltsgenehmigung im Flückigersee, den sie sich einträchtig mit Enten, Schwänen und Badegästen teilten. Und mit Tauchern, die hin und wieder der Arche, einem alten Rheinkahn mit einem Haus aus Wellblech in rund zwanzig Metern Tiefe, einen Besuch abstatteten.

Geschaffen worden war das umstrittene Kunstwerk anlässlich der Landesgartenschau, die vor Jahrzehnten in Freiburg stattgefunden hatte. Allerdings hatte es sich zur großen Freude seiner Gegner als weitaus weniger stabil erwiesen als das von Noah gebaute Original. Nach einer stürmischen Herbstnacht war es schlicht abgesoffen und hatte damit allen Diskussionen ein Ende bereitet.

Hauptkommissar Weber zeigte sich an diesem schönen Sommermorgen weder an baulichen Raffinessen noch an illegalen Amphibien oder versunkenen Schiffen interessiert. Aufgebracht setzte er einen Fuß vor den anderen. Es war zum Verrücktwerden. Wer zum Henker hatte die Opernsängerin auf dem Gewissen? Kaum tauchte ein Verdächtiger auf, konnte er ihn auch prompt wieder von der Liste streichen. Nele Otto beispielsweise. Die hatte tatsächlich nicht einen Gedanken daran verschwendet, dass Charlotte Caspari hinter der Sache mit der Katze gesteckt haben könnte, wie sie Weber überzeugend versichert hatte. Außerdem hatte sie ein Alibi für die Tatnacht, das bereits von Jens Bösch überprüft worden war. Die Sängerin war gemeinsam mit zwei Freundinnen im Kino und anschließend in einer Kneipe gewesen und konnte infolgedessen unmöglich die Dolche vertauscht haben.

Charlotte Casparis Ex-Freund Manuel Angelico wiederum war in Webers Augen zwar ein übler Weiberheld, aber zum einen gab es keinerlei Beweise, dass er seine Ex-Freundin getötet hatte, und zum anderen hatten seine Kollegen übereinstimmend ausgesagt, dass das Verhältnis zwischen ihm und dem Opfer nach der Trennung zwar unterkühlt, aber ansonsten von beiden Seiten professionell gewesen war. Falls der Bariton kein blendender Schauspieler war, der seine Enttäuschung über das Scheitern der Beziehung in seinem tiefsten Inneren verborgen hatte, schied Mord aus Eifersucht ebenfalls aus.

Sumi Kim kam als Täterin ebenfalls nicht in Frage, der Tod von Charlotte Caspari hätte weder etwas an ihrer Schwangerschaft noch an den damit verbundenen Übelkeitsattacken geändert.

Blieb noch Carsten Moll, der immerhin den tödlichen Stich ausgeführt hatte. Allerdings hatte auch er keinen ersichtlichen Grund dafür gehabt, die Sängerin zu ermorden. Das Einzige, was man ihm vorwerfen konnte, war die Entführung eines Katers zu amourösen Zwecken.

Doch es war hauptsächlich Julia Körner, die dem Hauptkommissar nicht mehr aus dem Kopf gehen wollte. Obwohl er sie nach wie vor für unschuldig hielt, wurde er einfach das Gefühl nicht los, dass sie mehr wusste, als sie ihm sagte. Noch mehr beunruhigte ihn, dass die junge Frau völlig verängstigt wirkte, ganz so, als würde sie von jemandem bedroht. Egal, wie er es drehte und wendete, er kam einfach nicht weiter. Möglicherweise war er ja auf der völlig falschen Fährte, und der Täter hatte mit dem Opernensemble überhaupt nichts zu tun.

Eigentlich war Weber heute Morgen schon in aller Frühe aufgestanden, um beim Joggen den Kopf freizubekommen. Doch jetzt rannte er schon zum dritten Mal an dem aus Stein gehauenen nackten Bacchus vorbei, und seine Gedanken wirbelten immer noch wild durcheinander.

Genauso gut konnte er die Rennerei auch lassen, beschloss er kurzerhand. Er stieg einen der sanften Hügel hinauf, zog

Strümpfe und Schuhe aus und legte sich ins Gras. Schon besser. Allmählich spürte der Hauptkommissar, wie er ruhiger wurde. Blinzelnd sah er den weißen Wölkchen nach, die über ihm am Himmel vorbeizogen.

»Nimm das, elender Franzmann! Freiburg gehört uns!«

Weber fuhr hoch wie von der Tarantel gestochen. Von links und rechts kamen mit Stöcken bewaffnete Kinder den Hügel hochgerannt und liefen direkt aufeinander zu. Kein Zweifel, es musste sich um zwei verfeindete Gangs handeln.

»Mercy, ich mach dir platt.« Trotz mangelnder Grammatikkenntnisse zeigte sich ein kleines Mädchen, die Anführerin der einen Gruppe, wild entschlossen, ihrem um mindestens einen halben Kopf größeren Kontrahenten eins mit dem Stock überzubraten, der sich bei näherem Hinsehen als Besenstiel erwies.

»Mann gegen Mann!«, brüllten die anderen, bereit, sich ins Kampfgetümmel zu stürzen.

Mit einem Satz war Weber auf den Beinen, stürmte auf die Kinder zu, entriss den beiden Anführern ihre Waffen und schnappte sie am Schlafittchen. Was angesichts seiner stolzen Größe keine größere Anstrengung für ihn darstellte. »Was soll der Quatsch?«, knurrte er. »Habt ihr nichts Besseres zu tun, als euch gegenseitig die Köpfe einzuschlagen?«

»Lassen Sie sofort Kevin und Juliane los!«, kreischte eine Frau in Jeans und Ringel-T-Shirt los, die den Kindern keuchend gefolgt war. »Oder ich rufe die Polizei.«

»Nicht nötig«, versicherte ihr Weber grimmig. »Die bin ich selbst. – Also, ich höre.« Noch immer hielt er die Streithähne fest.

Atemlos baute sich die Frau vor ihm auf. »Meine Grundschüler proben fürs Jubiläum. Die Schlacht von 1644, um genau zu sein.«

Die Kinder nickten zustimmend.

»Die, wo die Bayern gegen die Franzosen gekämpft haben«, erklärte Juliane. »Der Chef von den Bayern hieß mit Nachnamen Mercy. Wie die Schokolade. Und der bin ich.«

»Genau. Und ich bin der Turenne«, fügte Kevin hinzu und schielte zu Weber hinauf. Den Namen des französischen Generals sprach er aus, wie man ihn schrieb. »Und ein Herzog mit einem komischen Namen bin ich auch, weil wir so wenige in der Klasse sind.«

Allmählich dämmerte es Weber: Die Knirpse stellten die legendäre Schlacht nach, die während des Dreißigjährigen Kriegs zwischen zwei französischen Heeren auf der einen und den Bayern auf der anderen Seite stattgefunden hatte. Siebentausendfünfhundert Menschenleben hatte der Kampf um Freiburg gekostet, der bei Ebringen und auf dem heutigen Lorettoberg ausgetragen worden war. Geendet hatte das Ganze mit einem glatten Unentschieden, doch jede Partei hatte den Sieg für sich reklamiert. Wie so oft in der Weltgeschichte.

»Auch heute noch erinnert das Läuten der ›Hosanna‹ jeden Freitag um elf Uhr an die Gefallenen«, dozierte die Lehrerin. »Und der zweite französische Anführer war Herzog von Enghien, übrigens ein Cousin von Ludwig XIV.«

»Ihr wisst aber schon, dass die Schlacht nicht hier stattgefunden hat?«, meinte Weber.

»Logo«, versicherte ihm die Kleine mit der fragwürdigen Grammatik. »Aber die Blödis auf dem Lorettoberg haben uns weggeschickt. Wegen Ruhestörung und so.«

Die Blödis, das waren vermutlich die Anwohner, schloss Weber.

Er verspürte ein gewisses Verständnis für sie.

»Mama sagt, Krieg spielen ist doof«, mischte sich jetzt ein blasser Junge ein. Er öffnete seinen Rucksack, holte eine Plastikdose heraus, schob sich einen Apfelschnitz in den Mund und ließ sich ins Gras fallen. »Außerdem ist mir heiß.« Seine Kampfmoral ließ definitiv zu wünschen übrig.

»Dann spielt mal schön weiter. Aber passt auf, dass sich keiner verletzt.« Weber kehrte der Lehrerin und den Kindern den Rücken zu, schnappte sich seine Schuhe und Strümpfe und machte sich davon. Wenn er nicht einmal in einem Naherholungsgebiet von Mord und Totschlag verschont wurde, konnte er genauso gut zurück ins Büro gehen.

29

Obwohl sie ein ärmelloses, dünnes Sommerkleid trug, wischte sich Katharina schon wieder den Schweiß von der Stirn. Den ganzen Tag über war es bereits extrem schwül gewesen, und es war nur eine Frage der Zeit, bis sich erneut ein heftiges Gewitter entladen würde.

Um sie herum herrschte lebhaftes Treiben. Bühnenarbeiter flitzten zwischen Kulissenteilen hin und her, auf einem riesigen Tisch, bewacht von einer jungen Frau in einem überdimensionalen Pullover, warteten Schwerter und Degen auf ihren Einsatz.

Dass sie sich hinter der Bühne aufhalten durfte, hatte Katharina Annes Chefin zu verdanken, die ihr großzügig erlaubt hatte, den Schneiderinnen bei der Arbeit zuzusehen.

Die Damen hatten alle Hände voll zu tun, um die Darsteller von Verdis Oper »Macbeth« an- und umzukleiden, während der König und seine Gattin knöcheltief durch Kunstblut wateten, das bei der Inszenierung mehr als verschwenderisch zum Einsatz kam. Angesichts der jüngsten Vorkommnisse vielleicht nicht gerade das passendste Stück, ging es Katharina durch den Kopf. In dieser Oper waren nun nicht gerade wenige Tote zu beklagen.

Neugierig nahm sie ein rotes Samtkleid von der Kleiderstange. Du liebe Zeit, das mit Goldpailletten und Glitzersteinen besetzte Teil musste mindestens zehn Kilo wiegen. Sie hängte es schleunigst zurück.

Was Arno wohl gerade machte? Seit ihrem gemeinsamen Mittagessen in der Markthalle vor zwei Tagen hatte sie nichts mehr von ihm gehört, grübelte Katharina, während Manuel Angelico als König Macbeth seinen vollen Bariton ertönen ließ. Auch in der gestrigen Gesangsprobe hatten sie sich nicht gesehen, weil sie den Abend bei einem Vortrag zum Thema »Der Bitcoin und andere Krypto-Währungen« verbringen musste. Sie hatte noch keine Ahnung, was sie darüber schreiben sollte, da sie nur die Hälfte von dem, was der Referent zum Besten gab, verstanden hatte.

Frau Höpfner plagten indes andere Sorgen. »Jesses, ist das eine Sauerei auf der Bühne. Hoffentlich rutscht keiner aus«, seufzte sie, während sie kräftig mit irgendeinem Zaubermittel an einem hässlichen Fleck auf einem weißen Hosenbein herumrieb.

Ihre Sorgen waren unbegründet, keine Sekunde später sauste Carsten Moll, der die Rolle von Macbeths Widersacher Macduff verkörperte, unbeschadet heran. Sie riss ihm das weiße Kletthemd vom Leib und hielt ihm einen bereitgelegten Lederwams und eine andere Hose hin. Das Ganze dauerte keine halbe Minute, dann schwirrte der Tenor in neuem Outfit wieder Richtung Bühne ab.

»Da muss eben jeder Handgriff sitzen«, wandte sich Frau Höpfner stolz an Katharina, die ihr mit offenem Mund zugesehen hatte, bevor sie sich zu Anne herumdrehte. »In acht Minuten bringt sich Nele um. Geh schon mal hoch in die Schneiderei, brüh Tee auf und bring ihn ihr dann in die Garderobe. Den hat sie sich redlich verdient. Phantastisch, wie die heute die Lady Macbeth gibt. So gut habe ich sie noch nie erlebt.«

Anne, die schon den ganzen Abend einen geistesabwesenden Eindruck machte, schaute sie mit großen Augen an.

Frau Höpfner klatschte in die Hände. »Hopp jetzt! Worauf wartest du? Sonst bist du ja auch kaum zu bremsen, wenn es darum geht, unsere Sängerinnen mit Getränken zu versorgen.«

Endlich flitzte Anne los.

»Ich weiß auch nicht, was mit der Kleinen los ist. Seit Tagen läuft sie herum wie eine wandelnde Leiche«, murmelte die Schneiderin vor sich hin. Sie sah auf die Uhr. »Herrschaftszeiten, wo bleibt denn der Wald von Birnam?«

Wie auf Kommando tauchten etwa zwanzig Männer mit dunkelgrün geschminkten Gesichtern auf, die allesamt Kettenhemden trugen, in denen frische Tannenzweige steckten. Mit geschickten Fingern kontrollierte Frau Höpfner, ob die Zweige richtig befestigt waren.

»Verdammt, ich brauch mehr Grünzeug. Die Tannen sehen

ja aus, als wäre der Borkenkäfer über sie hergefallen«, fluchte sie leise. Sie drehte ihren Kopf nach hinten. »Julia?« Doch der Platz am Requisitentisch war verwaist.

»Egal, dann muss es eben so gehen. Dem Himmel sei Dank ist Schönberg bei einem Kongress, der hätte bestimmt einen seiner Tobsuchtsanfälle bekommen.«

Das getarnte Heer verschwand eilig, um zum alles entscheidenden Kampf gegen Macbeth anzutreten.

Ganz schön stressig hier, dachte Katharina, als sie plötzlich von einem Hustenanfall heimgesucht wurde, verursacht von dem aus dem Untergrund steigenden Kunstnebel. Frau Höpfner warf ihr einen strafenden Blick zu.

»Sorry«, brachte Katharina gerade noch heraus, bevor sie flüchtete. Sie blieb vor der Tür stehen, kramte in ihrer Handtasche, zog ein Bonbon heraus und steckte es sich in den Mund. Endlich. Der Hustenreiz ließ nach. Sie wollte gerade zurückgehen, als sie bemerkte, dass sie nicht allein auf dem Gang war. Eine Gestalt in dunklem Umhang und mit heruntergezogener Kapuze huschte an ihr vorbei.

Katharina sah ihr stirnrunzelnd nach. Sie hatte ja schon allerlei furchteinflößende Figuren im Theater gesehen, zuletzt sogar einen Zombie mit Kettensäge. Der hatte ihr den Schreck ihres Lebens eingejagt, als er unverhofft um die Ecke geschossen war. Dagegen wirkte dieser Umhang auf zwei Beinen völlig harmlos. Trotzdem verursachte er ihr tiefstes Unbehagen.

Moment. Katharina stutzte. Hatten nicht die Schmuggler aus »Carmen« ein ähnliches Kostüm getragen? Aber die Oper stand doch heute Abend gar nicht auf dem Spielplan. Zudem war sie sich sicher, dass keiner der Mitwirkenden bei »Macbeth« einen Umhang trug. Was um alles in der Welt sollte also dieser Mummenschanz? Das ungute Gefühl im Magen wurde stärker.

Spontan heftete sie sich an die Fersen des Umhangträgers, vorsichtig darauf bedacht, ihm nicht zu nahe zu kommen.

Sie hatte Glück. Ohne sich umzublicken, ging der Unbekannte schnurstracks zu Nele Ottos Garderobe.

Das Geschehen auf der Bühne steuerte mittlerweile seinem

tragischen Höhepunkt entgegen. Der Arie nach, die gedämpft durch die Wände drang, war Macduffs Zweikampf gegen Macbeth in vollem Gang. Nicht mehr lange und der schottische König würde sein wohlverdientes Ende finden.

Der Umhangträger verharrte kurz, dann drückte er die Türklinke hinunter und verschwand in der Umkleide.

Katharina blieb unschlüssig stehen. Was jetzt? Sollte sie ihm folgen? Aber am Ende erwies sich die Sache als völlig harmlos, und der Typ wollte der Sängerin schlicht zu ihrem grandiosen Auftritt gratulieren. Nur wozu hatte er sich dann verkleidet? Während sie noch überlegte, trabte Anne ums Eck. In der rechten Hand balancierte sie eine dampfende Tasse Tee.

»Ist es eigentlich üblich, dass die Sängerinnen während der Vorstellung Besuch von kostümierten Männern in ihrer Garderobe bekommen?«, fragte Katharina.

Anne wurde weiß wie eine Wand und begann zu taumeln. Die Tasse fiel zu Boden und zerbarst in tausend Stücke. Eine unschöne Lache, die intensiv nach Pfefferminz roch, breitete sich aus.

Bevor sich Katharina über die heftige Reaktion wundern konnte, ertönte ein Aufschrei. Sie fackelte nicht lange, spurtete los und riss die Garderobentür auf. Dabei wäre sie beinahe über einen schwarzen Kater gestolpert, der dieselbe Idee gehabt hatte und an ihr vorbeigewitscht war.

Sofort brach ein Höllenlärm aus. Spitze Schreie mischten sich in wütendes Fauchen und lautes Niesen, gefolgt von heftigem Gepolter, das ein umfallender Stuhl verursachte. Dazu drangen aus dem Lautsprecher, der oben an einer Wand angebracht war, die Stimmen von Manuel Angelico und Carsten Moll.

Nele Otto quetschte sich wimmernd an die Wand, als wollte sie mit ihr verschmelzen, während der Kater die Arme und Hände des Eindringlings mit seinen Krallen bearbeitete.

»Was ist denn hier los?«, brüllte Katharina los.

Als der Vermummte bemerkte, dass er noch mehr unerwünschte Gesellschaft bekommen hatte, versetzte er dem Tier einen Fußtritt, schubste Katharina zur Seite und suchte sein Heil in der Flucht. Dabei streifte er Anne, die mit schreckerstarrtem Gesicht im Türrahmen stehen geblieben war, und war wenig später Richtung Personalausgang verschwunden.

Katharina versuchte erst gar nicht, ihm nachzusetzen. Wozu auch? Mit ihrer Raucherlunge hätte sie sowieso keine Chance gehabt, ihn einzuholen.

»Alles in Ordnung?« Sie schaute Nele Otto fragend an, die erneut heftig nieste. Die Augen der Sängerin waren knallrot unterlaufen, und sie keuchte, als hätte sie gerade einen Marathon absolviert.

»Er stand plötzlich hinter mir, ich habe ihn überhaupt nicht kommen hören, weil ich mich auf die Übertragung konzentriert habe. Keine Ahnung, was der von mir wollte.«

Jedenfalls nichts Gutes, schloss Katharina messerscharf.

»Haben Sie erkannt, wer es war?«, wollte sie wissen.

»Wie denn?«, schluchzte die Sängerin völlig aufgelöst. »Es ging alles so schnell.« Sie nieste erneut.

Katharina ging zurück auf den Gang und wählte auf ihrem Handy Webers Nummer.

»Anne, tu mir einen Gefallen und schaff die Katze weg, bevor ich ersticke«, hörte sie Nele Otto noch sagen, dann meldete sich der Hauptkommissar am anderen Ende. »Jürgen, gerade ist ein Unbekannter in Nele Ottos Garderobe eingedrungen. – Nein, ich habe sein Gesicht nicht gesehen, er trug eine Kapuze. Aber er müsste jede Menge Kratzspuren an Armen und Händen haben. – Was? Blödsinn, natürlich nicht von mir. Er wurde von einer Katze attackiert. Ja doch, du hast völlig richtig gehört.«

Sie beendete das Gespräch und schnaufte tief durch. Verdammt, was war nur an diesem Theater los? Gab es hier denn nur Verrückte? Doch dann beschlich sie ein anderer, noch weitaus beängstigender Gedanke. Hatte sie gerade Charlotte Casparis Mörder gegenübergestanden? Hatte der es womöglich auch auf Nele Otto abgesehen? Und bedeutete das, dass ein Serienmörder am Theater sein Unwesen trieb?

Während sie noch fieberhaft überlegte, kam Anne auf sie zu, den Stubentiger fest in beiden Armen haltend. Erst jetzt schaute sich Katharina das Tier genauer an. »Du schon wieder«, stellte sie erstaunt fest. »Dir ist aber klar, dass du ebenfalls ganz oben auf der Fahndungsliste stehst, oder? Magdalena und Claudia haben schon überall Steckbriefe von dir verteilt.«

»Sie wissen, wem er gehört?« Anne drückte die Katze fester an sich. Die beiden schienen sich blendend zu verstehen.

»Der Kater ist meinen Nachbarinnen ausgebüxt, die auf ihn aufpassen sollten, weil sein Frauchen in Urlaub ist. Die werden vielleicht froh sein, dass er gesund und munter ist. Nur nebenbei, er heißt Romeo.«

Der Kater miaute zustimmend.

Ein lautes »Vittoria! Vittoria!« dröhnte aus dem Lautsprecher in Nele Ottos Garderobe.

»Anne, hilfst du mir bitte, mein Kleid in Ordnung zu bringen? Die Vorführung ist gleich zu Ende, und ich muss schleunigst wieder auf die Bühne«, bat Nele Otto, die zwar etwas derangiert wirkte, aber unverletzt schien.

Mit zitternden Händen zupfte Anne mehr schlecht als recht an einer Bordüre, die sich im Eifer des Gefechts vom Ärmel des grünen Kleids gelöst hatte und jetzt herunterhing.

»Moment. Das haben wir gleich.« Ein Ruck und Katharina hielt das Teil in den Händen.

Die Sängerin warf ihr einen dankbaren Blick zu und rauschte davon.

Offensichtlich waren die letzten Minuten von »Macbeth« zu Ende gegangen, ohne dass jemand bemerkt hatte, was sich hinter den Kulissen abgespielt hatte. Das Publikum applaudierte frenetisch, und selbst Nele Otto schaffte es, wenn auch niesend, den Beifall in Empfang zu nehmen, bis sich der Vorhang schloss und die Besucher aus dem Theater strömten.

Umso größer war die Überraschung, als wenig später schon wieder die Polizei auf der Bühne stand.

30

Das war eben das Problem mit Laienschauspielern: Man musste nehmen, was man kriegen konnte. Österreicher ließ resigniert den Blick durch den Raum schweifen. Rund zwanzig Männer saßen zu später Stunde im Nebenzimmer des »Löwen« an einem langen Tisch, vor sich gut gefüllte Kristallgläser. Entgegen sonstigen Theatergepflogenheiten handelte es sich bei dem Inhalt jedoch um kein gefärbtes Wasser, darauf hatte Roland Koch, seines Zeichens Bauamtsleiter im städtischen Rathaus, vehement bestanden. Mit dem Argument, dass er wenigstens etwas Ordentliches trinken wolle, wenn er denn schon seinen wohlverdienten Feierabend als Darsteller dem Stadtjubiläum opfere.

Da es seine Mitspieler ähnlich sahen, sprachen die Herren ordentlich einem im Markgräflerland angebauten Rotwein zu, was sich zu Österreichers Leidwesen allmählich auch bemerkbar machte. Vor allem Koch, der den Dichter Joseph von Auffenberg mimen sollte, wurde zunehmend übermütiger. Anstatt sich mit dem notwendigen Ernst seiner Rolle zu widmen, erzählte er jetzt schon den dritten Witz. »Treffen sich zwei Griechen zum Grillen. Was passiert?« Er schaute erwartungsvoll in die Runde. »Nix. Die Kohle ist weg.«

»Ha, der ist gut.« Ein feister Blondschopf im verschwitzten Hemd, normalerweise zuständig für den Friedhofs- und Bestattungsbetrieb, hielt sich den Bauch vor Lachen.

Banausen, alle miteinander. Österreicher seufzte. Und mit denen sollte er jetzt ein – wenn auch nur kurzes – Theaterstück auf die Beine stellen, mit dem man sich nicht restlos blamierte.

Doch wenn man es recht bedachte, war ja auch der Dichter, um den es in der Szene ging, kein Kind von Traurigkeit gewesen, versuchte er sich zu trösten. Oder, anders ausgedrückt, hatte der gute Mann gesoffen wie ein Loch.

»Könnten mir die Herren kurz Ihre Aufmerksamkeit schenken?« Österreicher klopfte energisch mit einem Messer auf den Tisch, bis endlich einigermaßen Ruhe herrschte.

»Unser Stück handelt von dem bekannten Dichter Joseph von Auffenberg, der 1839 zum großherzoglich badischen Hofmarschall ernannt wurde. Leider erlangte er nicht nur durch seine künstlerischen Werke Berühmtheit. Während eines festlichen Diners parodierte er in trunkenem Zustand den Großherzog Leopold von Baden, bedauerlicherweise ohne zu merken, dass sein Dienstherr Zeuge des groben Scherzes wurde. Zur Strafe suspendierte ihn der Großherzog von sämtlichen Ämtern.«

»Spaßbremse«, kam es von einem glatzköpfigen Mitspieler.

»Ähm, ja.« Österreicher bemühte sich redlich, sich nicht aus dem Konzept bringen zu lassen. »Auffenberg zog daraufhin in seine Heimatstadt Freiburg zurück und hing völlig abgebrannt bis zu seinem Tod in üblen Kaschemmen herum – stets begleitet von einem schwarzen Pudel.«

»Und wer spielt den?«, rief Koch dazwischen. »Am besten unser Kämmerer. Der hat eine ähnliche Frisur.«

Österreicher ignorierte ihn und redete einfach weiter. »Ganz so verarmt, wie es nach außen den Anschein hatte, war von Auffenberg in den letzten Jahren seines Lebens allerdings doch nicht: In seinem Testament vermachte er dem Hospital zu Valencia del Cid, wo man ihn nach einem Raubüberfall versorgt hatte, neununddreißigtausend Gulden. Auch sein Hund ging nicht leer aus, sondern erbte tausend Gulden.«

»Pudel müsste man sein.« Schon wieder der Bauamtsleiter, dessen Gesichtsfarbe mehr und mehr an eine reife Tomate erinnerte. Österreicher räusperte sich energisch. »Aber bevor wir proben, möchte ich ein paar Aphorismen wiedergeben, die aus Auffenbergs Feder stammen.« Seine Brust hob sich. »Mit wilder Narrheit will ich lieber kämpfen / Als mit der Dummheit, die geregelt ist«, schmetterte er und sah sich beifallheischend um.

»Ein Glück für Sie, dass Sie nicht bei der Stadtverwaltung arbeiten«, bemerkte ein Mann mit grauen Schläfen, der den Großherzog Leopold geben sollte. »Sie ... Sie haben ja keine Ahnung, was wir für bescheuerte Dienstvorschriften haben.« Die Sätze kamen etwas unverständlich heraus, denn auch er hatte schon mehr Rotwein in sich hineingeschüttet, als seiner Rhetorik guttat.

Heilige Einfalt. An dieser Gesellschaft war wirklich jeder Anflug von Esprit verschwendet, musste Österreicher erkennen. »Dann lassen Sie uns die Sache abkürzen. Sie gehen jetzt raus und kommen nach ein paar Minuten wieder, beobachten, wie Auffenberg Sie nachäfft, sind tödlich beleidigt und entlassen wutentbrannt den Dichter. So weit alles verstanden? Den Text haben Sie ja«, erklärte er kurz und bündig. Unter dem Applaus der Anwesenden schwankte der Grauschläfige aus dem Raum.

Österreicher wandte sich an den Bauamtsleiter. »Und Sie werden sich jetzt über Ihren Dienstherrn lustig machen. Genau so, wie wir es besprochen haben.«

»Geht klar.« Roland Koch stand auf und begann, wilde Grimassen zu schneiden und wie ein Irrer herumzuhampeln.

Die anderen grölten.

Sehr realistisch, befand Österreicher zufrieden. Dem Bauamtsleiter schien die Rolle des betrunkenen Dichters auf den Leib geschrieben zu sein. Doch wo blieb der Großherzog? Allmählich könnte er mal zurückkommen, um den Dichter zu feuern, damit sie hier endlich fertig würden.

Österreicher stürzte hinaus, doch von dem Grauschläfigen war weit und breit nichts zu sehen.

»Falls Sie Ihren Großherzog suchen, muss ich Sie enttäuschen. Der würgt sich gerade auf der Toilette den Rotwein raus«, teilte ihm die Wirtin lässig mit, als er sich suchend umschaute. »Besonders trinkfest scheint der mir nicht gerade zu sein.« Sie drehte den Zapfhahn auf und ließ Bier in ein Glas schäumen. »Wenn Sie wollen, springe ich für ihn ein. Theater spielen war schon immer mein Traum.«

Eine dralle Mittsechzigerin in der Rolle des Großherzogs Leopold? Österreicher musterte sie von oben bis unten. Zumindest machte sie nicht den Eindruck, als würde sie von ein paar Viertele gleich in die Knie gehen. »Klar, warum nicht?«, sagte er dann. Man musste eben nehmen, was man kriegen konnte.

31

»Danke. Mir ist der Appetit restlos vergangen.« Frank Peters, ein kräftiger Mann mit buschigen Augenbrauen, winkte dankend ab, als ihm Weber den Teller mit belegten Brötchen rüberschob, die er sich in der Kantine organisiert hatte. Nach einer unruhigen Nacht saß der Hauptkommissar schon seit sieben Uhr an seinem Schreibtisch, um über den gestrigen Einsatz am Freiburger Theater nachzudenken, auf den er sich absolut keinen Reim machen konnte. Was hatte der Unbekannte in Nele Ottos Garderobe zu suchen gehabt? Glücklicherweise hatte das beherzte Eingreifen des Katers Schlimmeres verhindert.

Die Sängerin hatte sich nach dem Überfall erstaunlich gefasst gezeigt, hatte aber keinen blassen Schimmer, wer ihr ungebetener Besucher gewesen war. Dass es sich um einen ihrer Kollegen gehandelt haben könnte, schloss sie dennoch kategorisch aus.

Ähnlich erfolglos war die Überprüfung der Theaterleute geblieben. Zwar hatten Weber und seine Kollegen bei einigen Mitwirkenden Kratzspuren gefunden, doch die stammten eindeutig von diesen dämlichen Tannenzweigen, mit denen sie als wandelnder Wald aufgetreten waren. Was ihm jedoch noch viel mehr Kopfzerbrechen bereitete – auch bei Julia Körner waren frische Verletzungen an beiden Unterarmen entdeckt worden, die angeblich ebenfalls von den Requisiten stammten. Zu allem Übel hatten auch noch mehrere Zeugen einschließlich Katharina ausgesagt, dass sie gegen Ende der Vorstellung für kurze Zeit nicht an ihrem Platz gewesen war. Dennoch wehrte sich in Weber alles dagegen, in ihr die mögliche Täterin zu sehen. Allein er musste sie endlich zum Reden bringen, auch wenn er derzeit keine Ahnung hatte, wie.

Deshalb war er auch nicht undankbar gewesen, als Frank Peters, mit dem er gelegentlich joggen ging, seine Grübeleien unterbrochen hatte.

»Wie kommt's? Du bist doch sonst ständig am Futtern?« Erst

jetzt fiel Weber auf, dass der Kollege mehr als blass um die Nase herum aussah. »Spät ins Bett gekommen?«, erkundigte er sich, biss in ein Wurstbrötchen und spülte kräftig mit Kaffee nach. »Das Unwetter war aber auch heftig. So etwas habe ich schon lange nicht mehr erlebt. Der kurze Weg von der Garage ins Haus hat völlig ausgereicht, dass ich nass bis auf die Knochen war.«

Andere waren nicht ganz so glimpflich davongekommen, als das Sturmtief in der Nacht zuvor über Freiburg hinweggefegt war, wie Weber in der Früh den Nachrichten entnommen hatte. Golfballgroße Hagelkörner hatten etliche Straßen unter Wasser gesetzt, zahlreiche Autos waren von durch die Luft wirbelnden Ästen und Schildern beschädigt worden. Wenigstens hatte es keine Verletzten gegeben.

»Wenn es nur das Unwetter gewesen wäre.« Frank Peters ließ sich auf den Besucherstuhl fallen und rieb sich die Schläfen. »Am Freiburger Hauptbahnhof gab es einen Unfall mit Personenschaden. Eine Frau.«

»Oha.« Weber legte das Brötchen zur Seite. Ihm war bekannt, dass das die taktvolle Umschreibung dafür war, dass jemand auf den Schienen von einem Zug erfasst worden war. Er schenkte seinem Kollegen einen mitfühlenden Blick. »Suizid? Ausgerechnet bei so einem Sauwetter?«

Frank Peters zuckte mit den Schultern. »Ist noch unklar, sieht aber ganz danach aus.«

»Was sagt der Lokführer?«

»Das Einzige, was er mitgekriegt hat, war ein lauter Schlag unter ihm, als er mit dem Zug einfuhr. Die Frau muss bis zum letzten Moment gewartet haben, bevor sie aufs Gleis gesprungen ist. Der Mann steht verständlicherweise komplett unter Schock. Ansonsten hat keiner etwas gesehen. Wie auch? Bei dem Hagelschauer hat sich niemand freiwillig auf dem Bahnsteig aufgehalten, die saßen alle drinnen im Bahnhofsgebäude.«

»Konntet ihr sie schon identifizieren?«, fragte Weber weiter.

»Wir sind dran«, sagte Frank Peters kurz angebunden. »Und wie läuft es bei dir? Bist du schon weiter?«

Weber knirschte mit den Zähnen. »Schön wär's.« Er wollte seinem Kollegen gerade von dem Überfall auf die Sängerin erzählen, als sich die Tür erneut öffnete.

»Sie schon wieder«, stöhnte Weber beim Anblick des beleibten Polizisten. »Was gibt es denn heute? Ist der Kater wieder aufgetreten? Oder wurde ein Meerschweinchen zum Balletttanzen gezwungen? Was es auch sein mag, ich bin ganz Ohr.«

»Weder noch.« Der Uniformierte wandte sich an Webers Kollegen. »Wir haben die Handtasche des Suizidopfers gefunden. Ihr Ausweis war drin.«

Frank Peters war schon aufgestanden. »Und?«

»Sie heißt Julia Körner«, antwortete der Beamte.

32

»Wir zwei müssen uns dringend unterhalten.« In der Hoffnung, Anne in der Schneiderei anzutreffen, war Katharina nach der Redaktionskonferenz schnurstracks ins Theater marschiert. Sie hatte Glück gehabt, Anne war tatsächlich da gewesen, und Frau Höpfner hatte nichts dagegen gehabt, dass ihre Auszubildende eine Pause einlegte. Nun saß sie mit ihr auf der vom Regen blank geputzten Treppe zum Theater.

Katharina nahm einen Schluck Cola aus ihrem Glas, das sie sich im Theatercafé organisiert hatte. »Du kannst mir vertrauen, Anne«, sagte sie dann. »Also sag mir bitte, was im Theater vor sich geht.«

»Aber ich weiß doch überhaupt nichts«, erwiderte die Sommersprossige. Ihre Stimme zitterte.

»Das kaufe ich dir nicht ab. Warum hast du so heftig reagiert, als ich vom Männerbesuch in Nele Ottos Garderobe gesprochen habe? Du bist ja fast in Ohnmacht gefallen«, sagte Katharina barsch, die die junge Frau am liebsten in den Arm genommen hätte, so elend sah sie aus. Aber sie musste hart bleiben, sonst würde sie kein Wort aus ihr herauskriegen.

Neben Anne stieß Romeo, der keinen Millimeter von ihrer Seite gewichen war, ein bedrohliches Fauchen aus. Offenbar passte ihm Katharinas strenger Ton nicht.

»Du treibst dich doch ständig bei den Sängerinnen herum, und da willst du mir allen Ernstes weismachen, nie etwas aufgeschnappt zu haben? Am Ende weißt du sogar, wer das unter dem Umhang war. Etwa Charlottes Casparis Mörder?«

Anne sah aus, als würde sie jeden Moment zusammenklappen, während Katharinas Fragen auf sie einprasselten. Doch kein Ton drang über ihre Lippen. Romeo schmiegte sich eng an ihre Beine.

»Jetzt rede endlich, verdammt noch mal. Oder willst du, dass noch mehr passiert?«, fuhr Katharina sie an.

Die Schwanzspitze des Katers zuckte nervös.

»Er hat ihr an den Busen gefasst«, stammelte Anne schließlich. »Obwohl sie das nicht wollte, das habe ich an ihrem Gesicht gesehen.«

Katharina sah sie verblüfft an. »Wer? Der Mann im Umhang? Der hat eine Frau belästigt?«

»Nicht der. Jemand anders.«

»Und wer?«

Anne biss sich auf die zitternde Unterlippe. »Das kann ich Ihnen nicht sagen.«

Das wurde ja immer besser. Katharina zündete sich eine Zigarette an und zog den Rauch tief in ihre Lunge.

Der Kater ließ sie nicht aus den Augen.

»Also gut, dann noch mal von vorn. Du hast mitbekommen, dass ein Mann, von dem du mir nicht sagen kannst, wer er ist, eine Frau begrapscht hat. War es eine der Sängerinnen?«

Erst als der Kater Anne aufmunternd mit seiner Schnauze anstupste, nickte sie. »Es war Nele.«

»Und sie hat sich nicht gewehrt? Ihm keine gescheuert?«

Als Antwort erntete sie heftiges Kopfschütteln.

»Und du? Was hast du gemacht? Du hast die Szene doch beobachtet, oder?«

Anne brach endgültig in Tränen aus. »Was hätte ich denn machen sollen? Auf ihn losgehen? Und wenn ich jemandem davon erzählt hätte, hätte mir sowieso keiner geglaubt.«

Katharina nahm die junge Frau jetzt wirklich in den Arm und wartete, bis sie sich wieder beruhigt hatte. »Würdest du mit der Polizei darüber reden? Der Hauptkommissar ist mein bester Freund.«

Anne fuhr hektisch hoch. »Auf keinen Fall. Und Sie dürfen ihm auch nichts verraten.«

Super. Am liebsten hätte sich Katharina die Haare gerauft. Da saß direkt neben ihr eine Augenzeugin, die von sexuellen Übergriffen am Theater wusste, aber vor lauter Panik die Zähne nicht auseinanderbekam.

»Ja doch, ich verspreche es dir«, stieß sie widerwillig hervor.

Anne atmete erleichtert auf, während sich Katharinas Gedanken überschlugen. Warum war sich Anne so sicher, dass es sich bei dem Grapscher nicht um denselben Typen handelte, der gestern Nacht in die Garderobe von Nele Otto eingedrungen war und vielleicht sogar Charlotte Caspari auf dem Gewissen hatte? Daran, dass es sich dabei nur um jemanden vom Theater gehandelt hatte, hegte sie keinerlei Zweifel mehr. Verdammt, so schwer konnte es doch nicht sein, den Kerl zu erwischen, schließlich musste er von seiner Begegnung mit Romeo jede Menge Kratzspuren davongetragen haben.

Spontan kraulte Katharina dessen Kopf. »Kompliment, das hast du gestern wirklich fein gemacht. Dafür kommst du auch in die Zeitung, versprochen.«

Als hätte der Kater sie verstanden, schnurrte er zufrieden.

Katharina wandte sich wieder Anne zu. »Seit wann ist Romeo eigentlich Stammgast im Theater?«

Das erste Mal huschte so etwas wie ein Lächeln über Annes Gesicht. »Irgendwie will er nicht mehr weg, seit er beim ›Barbier von Sevilla‹ auf der Bühne gestanden hat. Und jetzt ist er eben unser Maskottchen. Nur wenn Vorstellungen stattfinden, muss er in Manuel Angelicos Garderobe bleiben. Was er aber meistens nicht macht, weil es ihm dort zu langweilig ist. Romeo kann nämlich selbstständig Türen öffnen, wenn er sich an die Klinken hängt, das habe ich selbst gesehen.«

»Was ein Glück, dass er so begabt ist. Sonst wäre die Sache mit Nele Otto nicht so glimpflich ausgegangen«, stellte Katharina fest.

»Nehmen Sie Romeo jetzt eigentlich mit? Sie wissen doch, wo er wohnt.« Anne sah Katharina nicht an, als sie die Frage stellte. Ihre Augen füllten sich erneut mit Tränen.

Katharina musste nicht lange überlegen. »Keine Angst, er bleibt erst mal bei dir. Wo du dich doch so gut um ihn kümmerst.« Irgendwie würde sie Magdalena Schulze-Kerkeling und Claudia Huber schonend beibringen, dass ihre Dienste als Katzensitterinnen nicht mehr benötigt wurden, bis Romeos Frauchen aus dem Urlaub zurückkam.

»Danke.« Anne machte den Eindruck, als würde ihr ein ganzes Kieswerk vom Herzen fallen.

Auf dem Platz der Synagoge gegenüber wurde es laut. Ein paar Jugendliche hatten spontan beschlossen, ihre Mitmenschen mit einer mobilen Verstärkeranlage zu unterhalten, aus deren Lautsprecher ein Rapper namens Kollegah tollkühn behauptete, durch Gangsterarroganz zu glänzen. Im ersten Moment wusste Katharina nicht, worüber sie sich mehr ärgern sollte: über die Rücksichtslosigkeit der Heranwachsenden oder über deren miserablen Musikgeschmack.

»Anne, bei allem Verständnis«, bat sie erneut, »aber wir müssen einfach etwas unternehmen. Willst du mir nicht doch den Namen des Mannes verraten, der Nele Otto belästigt hat?«

Anne sah sich hektisch um, dann flüsterte sie ihr etwas ins Ohr.

»WAS?« Fassungslos stieß Katharina versehentlich das halb leere Glas um, das bis eben noch neben ihr auf der Steinstufe gestanden hatte. Träge richtete sich Romeo auf und begann, die süße braune Flüssigkeit aufzuschlecken.

33

»Dann ist der Fall ja wohl geklärt.« Polizeipräsident Hannes Krug wirkte mehr als erleichtert, als er Weber auf dem Gang traf.

»Ist er das?« Der Hauptkommissar zeigte sich wesentlich weniger enthusiastisch als sein Vorgesetzter.

Der ließ sich von Webers skeptischer Miene nicht im Geringsten beeindrucken.

»Was wollen Sie denn noch? Julia Körners Suizid kommt einem Geständnis gleich.«

»Und welches Motiv sollte sie Ihrer Meinung nach gehabt haben, Charlotte Caspari zu töten?«, fragte der Hauptkommissar.

Krug klopfte ihm jovial auf die Schultern. »Neid? Eifersucht? Suchen Sie sich irgendetwas aus. Aber das hat Zeit, ich will unter keinen Umständen, dass Sie drei Tage vor der Jubiläumsaufführung weiter das Theaterensemble aufmischen.« Er wartete Webers Antwort nicht ab und fuhr fort: »Ich hätte die Premiere der ›Zauberflöte‹ wirklich zu gern gesehen. Nur leider bin ich ausgerechnet an dem Abend verhindert. Zu schade.«

Das konnte sich der Hauptkommissar nur allzu lebhaft vorstellen. Der Polizeipräsident war nicht dafür bekannt, bekennender Opernliebhaber zu sein. Eine der wenigen Gemeinsamkeiten, die ihn mit seinem Vorgesetzten verband.

»Haben wir uns verstanden?«, hakte Krug sicherheitshalber nach, dann eilte er forschen Schrittes weiter.

Der Hauptkommissar wartete, bis sein Chef außer Sichtweite war, dann ging er in Frank Peters' Büro. »Wart ihr eigentlich schon in Julia Körners Wohnung?«, fragte er.

»Noch nicht. Genau genommen wollte ich mich gerade auf den Weg machen«, erwiderte Peters. »Du weißt ja, dass es bei einem Suizid etwas dauert, bis wir das Okay vom Staatsanwalt bekommen. Und Julia Körners Kollegen am Theater wissen auch noch nichts davon, dass ihre Requisiteurin nicht mehr unter den Lebenden weilt.«

»Was dagegen, wenn Frau Reich dich begleitet? Ich kann leider nicht, der Polizeipräsident hat mir soeben unmissverständlich erklärt, dass ich mich zurückhalten soll. Zum Glück hat er vergessen zu erwähnen, dass das auch für den Rest meines Teams gilt. Außerdem, wer bin ich schon, dass ich spontane Alleingänge meiner Mitarbeiter verhindern könnte?« In gespielter Hilflosigkeit hob Weber die Hände.

»Ausgerechnet Tina Reich?« Frank Peters schaute ihn an, als hätte Weber ihm vorgeschlagen, eine Mülltonne auszulecken. »Na gut, in Gottes Namen. Auch wenn deine Kollegin eine echte Nervensäge ist. Manchmal kommt sie mir vor wie ein wandelndes Lehrbuch für angehende Polizisten. Keine Ahnung, wie du das den lieben langen Tag mit ihr aushältst.«

»Man gewöhnt sich dran. Darf ich?« Ungeachtet dessen tiefen Seufzers griff Weber zu Frank Peters' Telefon, um Tina Reich zu verständigen, verbunden mit der eindrücklichen Anweisung, dem Polizeipräsidenten nicht in die Arme zu laufen.

»Sie ist schon unterwegs zu dir«, informierte er seinen Kollegen. »Und wenn sie dir mit irgendwelchen Weisheiten aus ihrer umfangreichen Fachliteratur kommt, hör am besten einfach weg. So mache ich es auch immer.«

Frank Peters schaute ihn prüfend an. »Du glaubst nicht an einen Selbstmord, sehe ich das richtig?«

Weber zuckte ratlos mit den Achseln. »Ich weiß selbst nicht mehr, was ich glauben soll. Das Einzige, was ich weiß, ist, dass Julia Körner irgendetwas auf der Seele gebrannt hat. Verdammt, wenn ich sie doch nur dazu gebracht hätte, sich mir anzuvertrauen. Dann wäre sie vielleicht noch am Leben.«

Frank Peters schenkte ihm einen mitfühlenden Blick. »Hör auf, dir Vorwürfe zu machen. Woher hättest du wissen sollen, was sie vorhat? Aber jetzt muss ich los, deine übereifrige Kollegin steht bestimmt schon in den Startlöchern.«

Weber beschloss, die Zeit bis zu Tina Reichs Rückkehr zu nutzen, um endlich den Aktenberg auf seinem Schreibtisch abzutragen. Mehr konnte er momentan sowieso nicht tun.

Keine drei Stunden später trudelte Tina Reich aufgeregt in Webers Büro ein und wedelte mit einem sorgsam in Plastik verpackten Schreiben vor seiner Nase herum. »Julia Körners Abschiedsbrief«, informierte sie ihn lapidar.

Also doch. Der Hauptkommissar schluckte. »Wurde der in ihrer Wohnung gefunden?«, fragte er.

»Nein, an ihrem Arbeitsplatz im Theater, da kommen Peters und ich gerade her. Er lag unter einem vollen Aschenbecher.«

»Julia Körner durfte im Theater rauchen?«, fragte Jens Bösch verdutzt, der gerade hereinkam und über die neuesten Entwicklungen anscheinend schon informiert war.

Tina Reich schaute ihn durch ihre Brillengläser nachsichtig an. »Quatsch, natürlich nicht. Der war präpariert, volle Aschenbecher kann man auf der Bühne immer gebrauchen. War übrigens reiner Zufall, dass ich den Brief zwischen dem ganzen Nippes gefunden hat, den die da lagern. Sogar ein Skelett war dabei.«

»Hoffentlich kein echtes«, knurrte Weber.

»Auf den ersten Blick sah es nicht danach aus.« Wie meistens war Tina Reich die Ironie in seinen Worten entgangen. »Zum Glück, denn das hätten die Theaterleute bestimmt nicht mehr verkraftet. Die waren schon restlos erschüttert, als wir sie über Julia Körners Tod informiert haben. Zwei tote Kolleginnen innerhalb kürzester Zeit, das muss man erst mal wegstecken.«

»Na, dann lassen Sie den Brief mal sehen.« Weber nahm ihr das Beweisstück aus der Hand, während sich Jens Bösch neugierig hinter ihn stellte.

»›Ich konnte einfach nicht länger ertragen, dass nur andere im Rampenlicht stehen. Trotzdem kann ich mit meiner Schuld nicht mehr leben. Es tut mir alles so leid‹«, las der Hauptkommissar laut vor.

Durch das offene Fenster war das Hupen eines Autos zu hören, dessen Fahrer anscheinend befand, dass er schneller vorwärtskäme, wenn er sich lautstark bemerkbar machte.

»Also, ich kapiere das nicht. Sie vertauscht die Dolche, überfällt anschließend Nele Otto und bringt sich dann um. Für mich macht das alles keinen Sinn«, meinte Weber und kratzte sich ratlos am Kopf. »Ganz abgesehen davon kann ich mir beim besten Willen nicht vorstellen, dass Julia Körner eine Psychopathin war, die jemanden ermordet hat, weil derjenige mehr Erfolg als sie hatte. Zumal Charlotte Caspari doch eine gute Freundin von ihr war.«

Jens Bösch ließ sich auf den freien Stuhl neben Tina Reich fallen. »Trotzdem spricht einiges dafür, dass sie die zwei Taten verübt hat. Auch wenn du das nicht gern hören wirst, aber Julia Körner hatte mehr als eine Gelegenheit, Carsten Moll eine echte Waffe unterzujubeln. Genauso kommt sie für den Überfall auf Nele Otto in Betracht. Oder hast du die Kratzspuren an ihren Armen schon vergessen?«

Nachdenklich schaute sich Weber den Brief noch mal an und drückte ihn dann Jens Bösch in die Hand. »Fällt dir was auf?«

»Er wurde auf dem PC getippt und nicht einmal von Hand unterschrieben«, platzte Tina Reich heraus, bevor ihr Kollege auch nur den Hauch einer Chance hatte, Webers Frage zu beantworten. »Außerdem fehlen ausführliche und spezifische Erklärungen für ihren Suizid. Für einen echten Abschiedsbrief ist der viel zu kurz und allgemein gehalten. Und was noch erschwerend hinzukommt – er enthält keinerlei positive Gefühlsäußerungen für ihre Hinterbliebenen. Ich bin mir sicher, der Brief stammt von jemand anders.« Ihre Augen blitzten.

»Woher hast du eigentlich deine ganzen Weisheiten?« Jens Bösch wirkte nicht wirklich überzeugt. »Nur weil ihre Unterschrift fehlt, bedeutet das noch lange nicht, dass er nicht von Julia Körner geschrieben wurde. Was weiß ich, vielleicht hatte sie gerade nur keinen Kugelschreiber zur Hand. Und das ganze andere Zeug, das angeblich in dem Brief fehlt, für mich hört sich das nach reiner Küchenpsychologie an, was du da erzählst.«

»Vielleicht hättest du mal ein paar Bücher über forensische Linguistik lesen sollen, anstatt nachts vor dem Computer abzuhängen, dann wüsstest du jetzt, wovon ich spreche.« Tina Reich schaute ihren Kollegen angriffslustig an.

»Das mache ich schon lange nicht mehr. Seit ich mich mit Caro treffe …«

Weber lächelte. Offensichtlich hatte ihm seine neue Flamme das verpatzte Rendezvous im Theatercafé verziehen. »Jetzt haltet mal beide die Luft an«, ging er dazwischen.

Auf der Straße testete jetzt ein Autofahrer die Leistungsfähigkeit seiner Musikanlage, und Xavier Naidoo behauptete unüberhörbar für die Beamten, dass dieser Weg kein leichter sein würde. Der Hauptkommissar verzog das Gesicht, als hätte er Zahnweh. »Und mach endlich mal jemand das verdammte Fenster zu.«

Weber wartete, bis Jens Bösch seiner Aufforderung nachgekommen war. »In einem Punkt sind wir uns doch wohl einig, oder?« Er holte tief Luft. »Wenn Julia Körners Tod kein Suizid war, läuft ein Doppelmörder frei herum.«

»Der hochinteressiert daran sein dürfte, dass wir unsere Ermittlungen einstellen, sonst hätte er nicht diesen völlig dilettantischen Abschiedsbrief geschrieben«, führte Tina Reich seinen Gedankengang fort. »Und wer sagt uns, dass er nicht noch mal zuschlägt? Womöglich will er uns einfach nur in Sicherheit wiegen, und Nele Otto schwebt nach wie vor in Gefahr.«

»Dann müssen wir sie aber dringend beschützen«, schlug Jens Bösch besorgt vor.

Tina Reichs Lippen kräuselten sich spöttisch. »Können wir uns sparen. Carsten Moll weicht ihr nicht von der Seite. Aber bei der Premiere der ›Zauberflöte‹ sollten wir auf jeden Fall dabei sein. Schließlich kann uns keiner verbieten, die Vorstellung privat zu besuchen, nicht einmal unser Vorgesetzter. Ich werde mich sofort um Plätze kümmern.« Die Kommissarin sprang auf und rannte förmlich aus dem Büro.

Jens Bösch und Weber schauten sich vielsagend an.

»Manchmal frage ich mich, wer bei uns eigentlich der Chef ist«, bemerkte Jens Bösch amüsiert.

»Da bist du nicht der Einzige«, antwortete Weber säuerlich.

Bösch grinste immer noch über beide Ohren, als Webers Telefon aufgeregt zu läuten begann.

»Frank, was gibt's?«, blaffte Weber in den Hörer. Doch als

das Gespräch beendet war, strahlte sein Gesicht heller als der Stern von Bethlehem.

»Du wirst es nicht glauben, aber es geschehen noch Zeichen und Wunder.«

Jens Bösch hatte die wundersame Veränderung seines Chefs erstaunt zur Kenntnis genommen. »Gute Nachrichten?«

»Kann man so sagen. Peters hat gerade mit einem Zeugen geplaudert, der sich am Bahngleis aufhielt, als Julia Körner ums Leben kam. Ein gewisser Karl Ohnesorg. Scheint sich dort öfter herumzutreiben.«

»Was du nicht sagst.« Jetzt spitzte auch Jens Bösch die Ohren. »Und wo steckt der? Können wir mit ihm reden?«

»Momentan ist er noch in der Ausnüchterungszelle. Der gute Mann ist da Stammgast«, sagte Peters. »Die Kollegen haben schon überlegt, die Zelle dauerhaft an Ohnesorg zu vermieten.«

»Toller Zeuge«, murmelte Jens Bösch.

Weber ignorierte seinen Einwand. »Jedenfalls hat er Julia Körner gesehen, weil er draußen im überdachten Bereich auf einer Bank gesessen hat, als das Unwetter losging.«

»Ich nehme mal an, dass er zu besoffen war, um im Gebäude Schutz zu suchen«, merkte Jens Bösch spitz an.

»Gut möglich. Aber es kommt noch besser. Ohnesorg schwört Stein und Bein, dass sie nicht allein unterwegs war.«

»Und was hat dein Superzeuge sonst noch beobachtet?«, erkundigte sich Jens Bösch jetzt deutlich aufmerksamer.

Weber lächelte triumphierend. »Er behauptet felsenfest, dass die Frau vor den Zug gestoßen wurde. Von einem Typ mit schwarzem Kapuzenumhang.«

34

»Ist da noch frei?«, fragte eine silberhaarige Seniorin und deutete auf die Bank, auf der Katharinas Handtasche lag. Ihr bis zum Rand mit asiatischen Spezialitäten gefüllter Teller ließ darauf schließen, dass sie über eine gewisse Fertigkeit verfügte, sich großzügig am Büfett des Kaufhausrestaurants zu bedienen.

»Tut mir leid, aber es kommen noch Freunde«, schwindelte Katharina, obwohl an dem langen Tisch noch genügend Platz gewesen wäre. Aber das, was sie mit Nele Otto zu besprechen hatte, war nun wirklich nicht für fremde Ohren bestimmt. Katharina war schon froh, dass sie die Sängerin überhaupt zu einem Treffen hatte überreden können.

Die Silberhaarige zog von dannen und setzte sich zu einer Familie, deren kleiner Sohn trotz des Verbotsschildes eine Taube mit Nudelresten fütterte.

Wie immer bei schönem Wetter herrschte lebhafter Betrieb auf der Karstadt-Terrasse. Das Stimmengewirr war entsprechend groß, und es bestand keinerlei Gefahr, dass jemand etwas von der Unterhaltung zwischen Katharina und der Opernsängerin mitbekommen würde, zumal sie etwas abseits an einem Tisch unter einem Dachvorsprung saßen.

Nele Ottos himmelblaue Augen richteten sich auf ihren Kaffeebecher. »Was soll ich lange drum herumreden? Die Grapscherei war der Preis dafür, dass mein Engagement in Freiburg für diese Saison verlängert wurde. Andernfalls säße ich jetzt auf der Straße.«

So etwas Ähnliches hatte sich Katharina fast schon gedacht.

Nele Ottos Ton wurde aggressiver. »Haben Sie eine Ahnung, wie schwer es ist, als Newcomerin eine Chance zu bekommen? Arbeitslose Mezzosopranistinnen gibt es wie Sand am Meer.« Sie hielt kurz inne. »Aber in letzter Zeit konnte ich es einfach nicht mehr ertragen. Deshalb meine Bewerbung an der Frankfurter Oper. Ich wollte einfach nur noch weg von ihm. Was möglicherweise sogar geklappt hätte, wenn ich wegen der Katze die Vorstellung nicht vermasselt hätte.«

Verwundert stellte Katharina fest, dass der letzte Satz der Sängerin längst nicht so verbittert klang, wie sie es erwartet hätte.

»Nur damit wir uns richtig verstehen. Mir liegt nichts ferner, als Sie zu verurteilen«, versicherte sie Nele Otto schnell. »Mir geht es einfach und allein darum, dass Mike Schönberg zur Rechenschaft gezogen wird. Bestimmt hat er auch noch andere Frauen belästigt, oder etwa nicht?«

Nele Ottos Augenlider begannen zu zucken. »Madeleine beispielsweise. Die hat er nach Strich und Faden schikaniert, nachdem sie sich geweigert hatte, mit ihm zu schlafen.«

»So ein Schwein«, empörte sich Katharina. Als sie bemerkte, dass die Silberhaarige zu ihr herüberschaute, senkte sie sofort ihre Stimme. »Der glaubt wohl, er kann sich als Chef alles erlauben.«

»Eine andere Kollegin, deren Namen ich jetzt nicht nennen will, hatte mehrfach Sex mit ihm, weil sie Angst hatte, er könne ihre Karriere torpedieren.« Nele Ottos Finger begannen, auf dem Holztisch zu trommeln. »Was soll ich sagen, Schönberg hat von seiner Macht skrupellos Gebrauch gemacht. Wir wurden von ihm nicht nur belästigt, sondern auch ständig beleidigt. Sumi Kim hat er wegen ihrer asiatischen Herkunft prinzipiell nur mit ›Sushi‹ angeredet. Allerdings war er stets peinlichst darauf bedacht, dass möglichst keine Zeugen in der Nähe waren, wenn er ausfällig wurde.«

Sie nahm einen Schluck von ihrem zwischenzeitlich kalt gewordenen Kaffee. »Wenn ich es mir recht überlege, hatte nur Charlotte Ruhe vor ihm. Die hat ihm schlicht eine kräftige Ohrfeige verpasst, als er sich an sie heranmachen wollte, und damit war das Thema ein für alle Mal erledigt. Aber vor einigen Wochen muss noch etwas weitaus Schlimmeres vorgefallen sein.« Nele Otto geriet ins Stocken.

Obwohl sie bis zum Äußersten angespannt war, ließ Katharina der Sängerin Zeit, sich zu sammeln.

»Schönberg suchte Julia Körner im Requisitenraum auf. Er wollte sie zur Rede stellen, weil sie angeblich die falschen Weingläser für eine Szene im ›Freischütz‹ besorgt hatte.«

Trotz der Hitze verspürte Katharina plötzlich ein Frösteln. »Was ist dort passiert?«

Nele Otto fixierte schon wieder ihren Kaffeebecher. »Das habe ich nie erfahren. Ich weiß nur, dass Julia anschließend völlig verstört war, keinen mehr angeschaut hat und seither nur noch diese fürchterlichen riesigen Pullover trug.«

»Sie hat mit niemandem darüber gesprochen?«

»Wenn sie sich jemandem anvertraut hat, dann Charlotte«, antwortete Nele Otto bedrückt. »Obwohl die gar nicht betroffen war, wollte die urplötzlich, dass wir uns endlich gemeinsam gegen Schönberg zur Wehr setzen und ihn anzeigen. Die hatte ja auch gut reden, im Gegensatz zu mir wäre die sofort woanders engagiert worden.«

Tränen stiegen in ihre Augen. »Aber dazu ist es ja dann nicht mehr gekommen. Wer weiß, wenn ich mutiger gewesen wäre, würden Charlotte und Julia vielleicht noch leben.«

Es war Nele Otto anzusehen, wie sehr ihr der Tod ihrer Kolleginnen zu schaffen machte. »Aber nicht nur ich, alle haben wir den Mund gehalten, weil wir am Theater bleiben wollten.«

»Sie haben bis jetzt niemandem davon erzählt?«, rief Katharina erstaunt.

Nele Otto schüttelte den Kopf. »Dafür habe ich mich viel zu sehr geschämt. Ich nehme an, den anderen ging es ähnlich. Außerdem, wer hätte uns schon geglaubt? Schönberg hat einen blendenden Ruf als Intendant.«

»Das heißt, außer den Betroffenen weiß keiner am Theater, was der Mistkerl treibt?«, fragte Katharina weiter.

Nele Otto schnaubte verächtlich. »Doch, Manuel Angelico, der kam mal zufällig dazu, als Schönberg Marlene betatscht hat. Aber der hat beide Augen zugemacht.«

»Wieso das denn?« Katharina verstand die Welt nicht mehr.

»Ganz einfach. Unser allseits beliebter Superstar wollte seinen Erfolg nicht gefährden, indem er sich mit dem Intendanten anlegte. Das war übrigens auch der Grund, warum Charlotte ihn in die Wüste geschickt hat.«

Katharina wurde immer fassungsloser. Nie hätte sie es für möglich gehalten, was sich so alles hinter den Kulissen des Theaters abspielte. Andererseits – warum sollte es dort anders zugehen als in Hollywood? »Und warum der Überfall auf Sie? Hatte der ebenfalls etwas mit Schönberg zu tun?«

Nele Otto schnäuzte sich, bevor sie weitersprach.

»Keine Ahnung. Er selbst kann es auf keinen Fall gewesen sein, weil er an dem Abend auf einem Kongress war. Genauso wenig war er in der Vorstellung, in der die Messer vertauscht wurden. Und dass er schuld an Julias Suizid ist, kann man ihm ja wohl kaum nachweisen.«

Zu schade, befand Katharina im Stillen, die den Intendanten am liebsten in der ewigen Hölle schmoren sehen wollte. Doch wenn er für die Taten nicht in Frage kam, wer dann? Und was den Selbstmord der Requisiteurin anbelangte, machten sich zunehmend Zweifel in ihr breit. Hatte da am Ende gar jemand nachgeholfen?

Vom Nebentisch wehte Gelächter zu ihnen herüber. Ein Mann, der sein Besteck vergessen hatte, war zurück ins Restaurant geeilt, sodass fünf kesse Spatzen die Chance nutzten, sich über seine noch unberührten Spaghetti herzumachen. Erst als die Seniorin kräftig in die Hände klatschte, flatterten sie davon.

»Wären Sie bereit, einen Artikel über Schönbergs Übergriffe zu schreiben?« Nele Ottos Wangen färbten sich leicht rot. »Carsten findet nämlich auch, dass ich etwas unternehmen soll, damit das endlich aufhört.«

»Carsten Moll?«, fragte Katharina erstaunt dazwischen.

»Wir sind seit Kurzem ein Paar«, bestätigte die Sängerin lächelnd. »Übrigens werde ich auch Anzeige gegen Schönberg erstatten. Egal, was die anderen sagen.«

Katharina hüstelte. »Ähm, ich muss mich noch bei Ihnen entschuldigen. Ehrlich gesagt habe ich Sie zeitweise verdächtigt, bei Charlotte Casparis Tod die Finger im Spiel gehabt zu haben. Aber Sie müssen zugeben, dass es schon verdächtig ist, wenn eine Kollegin Sie in Ihrer Garderobe auffordert, endlich reinen Tisch zu machen.« Sie hatte wenigstens den Anstand, so zu tun, als ob es ihr peinlich wäre, das Gespräch heimlich belauscht zu haben. »Und wenn Sie dann noch antworten, Sie seien erledigt, wenn alles rauskäme …«

Nele Otto überlegte kurz, dann fing sie an zu lachen. Es war ein sehr sympathisches Lachen, wie Katharina feststellte.

»Du liebe Zeit, ich erinnere mich. Dieses Gespräch hat tatsächlich stattgefunden, nur haben Sie die falschen Schlüsse daraus gezogen.« Die Sängerin lachte erneut. »An dem Abend hat mir Sumi ordentlich Dampf gemacht, ich müsse Frau Höpfner endlich beichten, dass ich versehentlich Tee über einen weißen Federhut verschüttet hatte. Unsere Schneiderin ist zwar eine Perle, versteht aber so gar keinen Spaß, wenn wir nicht sorgfältig mit unserer Garderobe umgehen. Sie hätten erleben müssen, wie sie getobt hat, als Julia mal vergessen hatte, bei einer Vorstellung vom ›Freischütz‹ die Blütenstempel aus den Lilien zu entfernen, und sämtliche Brautjungfernkleider gelbe Flecken bekommen haben. Frau Höpfner hat geflucht wie ein irischer Hafenarbeiter, nachdem sie die Schweinerei entdeckt hatte. Die arme Julia war fix und fertig.« Ihr Gesicht wurde plötzlich von Traurigkeit überschattet. »Allein schon wegen ihr ist es mir jetzt völlig gleichgültig, ob es am Theater zu einem Skandal kommt. Ich werde nicht mehr länger schweigen, selbst wenn ich anschließend auf der Straße stehe. Also, wie sieht es aus? Veröffentlichen Sie die Sache?«

Katharina überlegte kurz. Sollte sie der Sängerin verraten, dass der Intendant dem Freiburger Theater sowieso den Rücken kehren wollte? Aber möglicherweise würde Nele Otto dann einen Rückzieher machen und Schönberg nie das Handwerk gelegt werden. »Gegenfrage. Können Sie Ihre Kolleginnen dazu bewegen, ebenfalls auszupacken?«

Es dauerte eine Weile, doch dann nickte Nele Otto. »Ich denke, nach dem Tod von Julia ist das durchaus möglich.«

Katharina zündete sich eine Zigarette an. »Wenn Sie das schaffen, habe ich eine noch wesentlich bessere Idee, wie wir Schönberg ans Messer liefern können. Auch wenn die Zeit knapp wird. Aber dazu brauche ich Ihre Mithilfe.«

35

Eine Aufführung von Mozarts Meisterwerk auf dem Freiburger Messegelände. Operngenuss unterm Sternenhimmel, Stechmücken inklusive. Es hätte so schön sein können. Doch nachdem der Wetterbericht für den großen Tag weitere Tiefausläufer vom Atlantik, begleitet von heftigen Unwettern, prognostiziert hatte, hatte man die Open-Air-Veranstaltung schweren Herzens abgeblasen und die »Zauberflöte« ins Innere des Theaters verlegt, wo sich nicht nur zahlreiche Besucher, sondern auch erstaunlich viele Presseleute versammelt hatten. Selbst das öffentlich-rechtliche Fernsehen hatte ein Kamerateam geschickt. Im Zuschauerraum gab es keinen freien Platz mehr. Angesichts der gesellschaftlichen Bedeutung des Events hatten sich die Besucher ordentlich in Schale geworfen. Vor allem die Promis in der ersten Reihe. Einzelhandelsverbands-Vorsitzender Rudi Müller schwitzte in einem etwas zu engen anthrazitfarbenen Anzug neben seiner in blauer Seide raschelnden Gattin schicksalsergeben vor sich hin. Sparkassendirektor Theo Schneider machte in seinem maßgeschneiderten Smoking den Eindruck, als wollte er sich für die Rolle des James Bond bewerben.

Waltraud Schönberg, die zu seiner Linken saß, zupfte nervös an den weiten Trompetenärmeln ihrer schwarzen Bluse, die ihr bis zu den Fingerspitzen reichten. Den Kopf in seine Hand gestützt, verfolgte ihr Mann, unschwer an seiner roten Fliege erkennbar, das Geschehen auf der Bühne. Im Gegensatz zu Oberbürgermeister Winkler, dem schon nach Einsetzen der Ouvertüre die Augen zugefallen waren. Alle wurden gleichermaßen von Parfümwolken eingenebelt, die die Damen aus dem Seniorenstift im Parkett verströmten. Dem intensiven Geruch nach mussten sie sich für diesen besonderen Anlass gleich literweise mit Eau de Cologne übergossen haben.

Mit offenem Mund starrte Dominik auf gigantische Raumschiffe und wild durcheinanderwirbelnde Planeten, die auf eine imposante Leinwand projiziert wurden, nachdem der letzte Ton der Ouvertüre verklungen war. Es war nicht schwer zu erraten, dass sich Schönberg entschlossen hatte, die Oper ins Weltall zu verlegen.

In Zeitlupentempo fuhr ein Mondauto auf die zu einer Kraterlandschaft umgestaltete Bühne, dem ein Mann mit halblangen blonden Locken in silbernem Overall entstieg. Es war Carsten Moll als Prinz Tamino, der auf der Suche nach seiner Prinzessin im Reich der Königin der Nacht gelandet war.

»Damit hätte ich nun echt nicht gerechnet«, flüsterte Dominik Katharina zu, die neben ihm in der zweiten Reihe saß. »Fehlt nur noch, dass R2-D2 auftaucht.«

»Mhm«, machte Katharina geistesabwesend. Sie war genauso wenig bei der Sache wie Weber, der vergeblich versuchte, seine Beine in dem engen Gang auszustrecken. Er war nicht der einzige Kriminalbeamte, der sich unter den Besuchern befand. Drei Reihen hinter ihm hatten Tina Reich und Jens Bösch Platz genommen, auf der Empore saß Frank Peters, bewaffnet mit einem Opernglas.

Erstes Gekicher machte sich im Publikum breit, als Tamino ausstieg und lässig über ein Kraterloch nach dem anderen hüpfte. Lange hielt sein Übermut nicht an, denn ein seltsames Wesen aus Pappmaché, das Rauch aus den Nüstern stieß, kroch hinter der Bühnenwand hervor.

»Und das soll ein furchteinflößendes Ungeheuer sein? Für mich sieht das eher aus wie das Urmel aus dem Eis«, bemerkte eine der Seniorinnen kritisch.

Derweil war das Tier dem Prinzen bedrohlich nahe gekommen und schnupperte neugierig an dessen weißen Stiefeln.

»Zu Hilfe! Zu Hilfe! Sonst bin ich verloren«, brachte der gerade noch heraus, bevor er in Ohnmacht fiel. Weshalb er auch nicht mitbekam, wie drei Damen in goldfarbenen Minikleidern Laserschwerte auf das niedliche Monster richteten, bis es wild zuckend zu Boden ging. Vereinzelt ertönten Lacher im Publikum.

»Kasperletheater«, keifte eine Frau. »Früher hätte es so etwas nicht gegeben. Zum Glück muss mein Mann das nicht mehr miterleben.« Offensichtlich befand sich auch Miriam Kleve unter den Besuchern.

Während sich Tamino und Pamina, eingetaucht in bläulich schimmerndes Licht, in den unendlichen Weiten des Weltalls allerlei Prüfungen stellen mussten, rutschte Katharina nervös auf ihrem Stuhl hin und her, ohne sich auf den Fortgang der Oper konzentrieren zu können. War es Nele Otto gelungen, die anderen Frauen zu mobilisieren? Nicht zu vergessen den Kollegen, dessen Aufgabe darin bestand, im richtigen Moment die Pfeiltasten seines Computers zu drücken, damit die Übertitel zum passenden Zeitpunkt auf der Projektionsfläche erschienen? Es wäre zu schön, wenn am heutigen Abend die Bombe platzte. Aber bis dahin würde sie sich noch etwas gedulden müssen.

»Was bist du denn so hippelig?«, fragte Dominik sie leise. »Befürchtest du, es könnte wieder Tote geben?«

»Pssst«, ermahnte ihn Katharina mit dem Zeigefinger auf ihren Lippen, den Blick starr auf die Übertitel gerichtet, die auf dem Display oberhalb der Bühne zu sehen waren. Zumindest die Technik schien zu funktionieren.

Endlich. Mit einem gewaltigen Donnerschlag erschien Sumi Kim als Königin der Nacht. Ihr enges schwarzes Spitzenkleid, das ihren Babybauch mehr betonte als verbarg, wurde von einer Lichterkette beleuchtet, die um ihren Körper drapiert worden war. Ein Raunen ging durch die Reihen, denn zur großen Verblüffung eingefleischter Mozart-Kenner stimmte sie, begleitet vom Orchester, ihre berühmte Rache-Arie an, die der Komponist eigentlich erst für den zweiten Akt vorgesehen hatte.

»Der Hölle Rache kocht in meinem Herzen.« Sumi Kim legte ihre ganze Kraft in ihren Sopran.

Nach der ersten Schrecksekunde sprang Mike Schönberg auf und winkte heftig ab. Das Orchester legte noch einen Zahn zu.

Daran konnte auch Manuel Angelico als Papageno nichts ändern, der vergeblich versuchte, die Sängerin am Arm wegzuziehen. Als er realisierte, dass die drei Damen der Königin mit ihren Laserschwertern entschlossen auf ihn zusteuerten, verschwand er flugs hinter den Kulissen.

»Wow!«, machte Dominik begeistert.

Im Publikum war eine gewisse Unruhe spürbar.

Endlich. Genau darauf hatte Katharina gewartet. Die Projektionsfläche wurde dunkel, ganz so, als hätte es eine technische Panne gegeben. Eine für sie unerträglich lange Minute verging, bis die erste Textzeile aufleuchtete.

»Schönberg hat mir vorgeschlagen, das Vorstellungsgespräch im Schlafzimmer zu beenden.«

Sumi Kim sang ungerührt weiter.

»Mich hat Schönberg im Büro auf seinen Schoß gezogen.«

»Gehört das jetzt dazu?«, fragte Rudi Müller ratlos seine Frau. Die zuckte so heftig mit den Schultern, dass ihr Seidenkleid nur so knisterte. Selbst Oberbürgermeister Winkler war aus seinem Opernschlaf erwacht und rieb sich ungläubig die Augen.

»Mich hat er auf einer Party bedrängt.«

Allmählich merkte auch der opernunkundigste Besucher, dass die Aufführung eine unerwartete Wendung genommen hatte.

»Mich hat Schönberg entlassen, weil ich nicht mit ihm schlafen wollte.«

Obwohl der Intendant immer heftiger mit den Armen ruderte, rührte sich die Königin der Nacht nicht von der Stelle. »Tod und Verzweiflung flammet um mich her! Fühlt nicht durch dich Sarastro Todesschmerzen, so bist du meine Tochter nimmermehr.«

»Ich hab's doch schon immer gesagt. Der Mann ist eine wandelnde Besetzungscouch.« Miriam Kleve fühlte sich als Erste bemüßigt, den ungewöhnlichen Fortgang der Oper lauthals zu kommentieren. Spontan erinnerte sich Katharina an ihre Begegnung mit der Ehrenbürgerwitwe in der Bäckerei. Nie hätte sie es für möglich gehalten, dass die bösartigen Bemerkungen von Miriam Kleve auch nur ein Körnchen Wahrheit enthalten könnten. Nun, jetzt wusste sie es besser.

Zum allgemeinen Erstaunen griff noch jemand aktiv in das Geschehen ein. »Ihr verdammten Schlampen!«, kreischte Waltraud Schönberg los, als Sumi Kim endlich verstummte und triumphierend zum Intendanten hinunterblickte. Die Genugtuung stand der Sängerin ins Gesicht geschrieben, als sie sich sanft über den gewölbten Bauch rieb.

»Schönberg hat mir an den Busen gefasst.«

»Wie kommt ihr dazu, meinen Mann derart durch den Dreck zu ziehen? Ist denn keiner in der Lage, diese Farce zu stoppen? AUFHÖREN! SOFORT AUFHÖREN!«

»Von mir hat Schönberg verlangt, dass ich mich ausziehe, damit ich bei ihm singen darf.«

Die Übertitel liefen unbarmherzig weiter. Nele Ottos Kollege, der für die Technik zuständig war, hatte ganze Arbeit geleistet, wie Katharina erfreut feststellte.

»Und ich musste mich ständig von ihm begrapschen lassen, damit er mich nicht rauswirft«, drang es laut und deutlich durch den Zuschauersaal.

Alle Blicke richteten sich jetzt auf Nele Otto, die an den Bühnenrand getreten war. Das alberne glitzernde Minikleidchen, das sie als dritte Dame der Königin trug, schmälerte in keiner Weise die Wirkung ihrer Worte.

Wie eine Furie stürmte Waltraud Schönberg die Treppe zur Bühne hinauf und ging auf sie los. »Na, warte. Ich stopf dir das Maul, du verdammte Lügnerin.« In letzter Sekunde wurde sie von Carsten Moll gestoppt, der sie von der Sängerin fortriss. Waltraud Schönberg drehte sich zum Publikum um, das wie gebannt dasaß. Vor allem die Damen des Seniorenstifts wirkten so versteinert, als hätten sie das Haupt der Medusa erblickt.

»Alles Lüge. Mein Mann ist ein großartiger Intendant, das wissen alle. Applaus für Mike Schönberg.« Sie hob theatralisch die Arme und begann zu klatschen, wobei die Trompetenärmel ihrer Bluse zurückrutschten. Niemand fiel ein.

»Das glaube ich jetzt nicht.« Webers Kinnlade klappte nach unten, als er die Kratzspuren auf Waltraud Schönbergs Armen und Händen entdeckte.

Mike Schönberg sah sich derweil hektisch um, dann rannte er Richtung Ausgang los. Weit kam er nicht, denn Miriam Kleve streckte geistesgegenwärtig eines ihrer in edlen Seidenstrümpfen steckenden Beine aus und brachte ihn zu Fall. Ehe er sich aufrappeln konnte, waren Tina Reich und Jens Bösch bei ihm und hielten ihn fest.

Waltraud Schönbergs Gesicht verwandelte sich in eine wutverzerrte Grimasse. »Du verdammter Idiot. Alles hast du kaputt gemacht.« Dann fing sie hysterisch an zu schluchzen und sank in sich zusammen. Niemand eilte ihr zur Hilfe.

»So«, sagte Katharina zufrieden zu Weber, nachdem sie sich von ihrer Überraschung erholt hatte. »Da hast du dein Mordmotiv. Die ehrenwerte Gattin wollte schlicht den Ruf ihres Ehemanns wahren, damit er die Stelle an der Berliner Oper bekommt. Deshalb hat sie Charlotte Caspari zum Schweigen gebracht. Übrigens gehe ich jede Wette ein, dass sie auch Julia Körner auf dem Gewissen hat. Eines muss man ihr lassen. Die hat sich echt ins Zeug gelegt, um der Provinz zu entfliehen und zur Promiszene dazuzugehören. Tja, ich schätze mal, daraus wird jetzt nichts mehr.«

Weber sah sie sprachlos an. »Du hast das alles hier eingefädelt?«

»Na ja, nicht allein. Nele Otto und Sumi Kim haben mir geholfen, damit auch wirklich alle mitmachen. Allerdings hätte selbst ich nicht gedacht, dass wir mit unserer Aktion auch gleich noch eine Mörderin überführen.« Katharina gestattete sich ein stolzes Lächeln. »Übrigens wäre es schön, wenn du das saubere Paar in Handschellen abführen lassen könntest. Schließlich wollen wir den so zahlreich anwesenden Medienvertretern etwas bieten.«

»Und ich habe immer gedacht, dass Opern langweilig sind«, fügte Dominik hinzu, der endlich aus seiner Schockstarre erwacht war.

»So kann man sich täuschen«, beschied ihm Katharina fröhlich.

36

Nachdem die Jubiläumsaufführung der »Zauberflöte« gewaltig aus dem Ruder gelaufen war, hatte die Freiburger Stadtverwaltung spontan ein musikalisches Alternativprogramm auf die Beine gestellt, um die gedämpfte Stimmung wieder zu heben.

In Windeseile hatte der Bauhof auf dem Augustinerplatz eine Bühne aufgebaut, auf der das Konzert der Wunderbaren Neuen Band, einer Freiburger Kultband, die sich mit spöttischen, aber dafür umso treffenderen Songtexten über die Stadt und deren Bewohner einen Namen gemacht hatte, bereits in vollem Gang war. Drum herum gab es jede Menge Getränkestände, die zusätzlich für gute Laune sorgten.

»Du schmecksch nach nix«, krittelten die fünf Männer und ihre Sängerinnen unbarmherzig an der Tofuwurst herum, die neben Bratwürsten auf dem Münsterplatz ihr Dasein fristete.

Katharina, die aus vollem Hals und voller Überzeugung den Refrain mitgrölte, bemerkte, wie sich die Gesichter von Magdalena Schulze-Kerkeling und Claudia Huber neben ihr immer mehr verdüsterten.

»Gut kann ich das nicht finden, dass man sich über gesunde Ernährung lustig macht«, maulte Magdalena Schulze-Kerkeling, als der Song zu Ende war. Pikiert nippte sie an ihrer Bionade.

»Jetzt krieg dich wieder ein. Schließlich hindert dich niemand daran, das Zeug zu essen«, machte Katharina ihre Nachbarin aufmerksam.

»Ich weiß auch nicht, was Mama an dem Fraß findet«, fiel Magdalena Schulze-Kerkeling jetzt auch noch ihr eigen Fleisch und Blut in den Rücken. Matthäus, vor einem Tag von seiner Klassenreise nach Edinburgh zurückgekehrt, zwinkerte Katharina verschwörerisch zu. »Ich finde, dass Schafsmagen viel besser schmeckt.«

Vor Entsetzen schnappten Katharinas Nachbarinnen synchron nach Luft.

»So ist das halt mit Kindern. Irgendwann gehen sie ihre eigenen Wege«, sagte Katharina, der Matthäus bereits ausführlich erzählt hatte, dass er lieber verhungert wäre, als Haggis, das schottische Nationalgericht, auch nur anzurühren. Mit gespielt ernster Miene hob sie ihr Rotweinglas in seine Richtung und blinzelte verstohlen zurück. Dann grinste sie Weber an, der das Gespräch belustigt verfolgt hatte.

Dabei entdeckte sie Markus Österreicher, der an der Säule der Toleranz lehnte und sich mit zwei Fingern das Kinn rieb. Er sah noch blasierter aus als sonst, stellte sie fest. Offenbar konnte es der Schauspieler nicht leiden, wenn jemand auf der Bühne mehr Applaus bekam als er.

Vor ihm saßen an die fünfzehn Mönche auf dem Boden, jeder von ihnen ein Glas Bier in der Hand. Bei ihrem Anblick hätten Uneingeweihte glatt auf die Idee kommen können, es handle sich um einen Betriebsausflug des Klosters Andechs, doch nicht nur Katharina wusste, dass die Jungs, allesamt aufrechte Germanistikstudenten, gerade von ihrem Auftritt als Bettelmönche des einst in Freiburg beheimateten Dominikanerklosters zurückkamen, an das heute noch eine Gedenktafel im Stadtteil Unterlinden erinnerte. Ohne Zweifel war ihre Mission, Passanten Geld abzuschwatzen, sehr erfolgreich gewesen, denn schon wieder stand einer auf, um Nachschub zu besorgen.

Auch andere Statisten des Freiburg-Protokolls, die den Nachmittag über die Passanten in der Innenstadt unterhalten hatten, waren eingetrudelt, darunter Rudi Müller als Scharfrichter, der bereits gefährlich schwankte. Was weniger seiner aufreibenden Tätigkeit, sondern vielmehr seinen guten Beziehungen zum Personal am Bierausschank geschuldet war. Die allgemeine Aufmerksamkeit richtete sich jedoch auf acht höfische Damen, die sich ungeniert nach vorn Richtung Bühne drängten. Es waren Anne und ihre Kolleginnen aus der Theaterschneiderei, die in prachtvollen Gewändern den Tross von Marie-Antoinette darstellten. Die angehende Dauphine von Frankreich selbst war nicht dabei, vermutlich hatte sie Angst, den Kopf zu verlieren. Stattdessen führten die Damen in ihrer

Mitte Erasmus von Rotterdam mit sich, der seinen schwarzen Pelzmantel über dem Arm trug.

»Hat Waltraud Schönberg gestanden?«, wollte Katharina von Weber wissen, als die Musik vorübergehend verstummte.

Der schüttelte den Kopf. »Wenn du mich fragst, ist die völlig durchgeknallt. Sie faselt ständig nur von der gesellschaftlichen Position, die ihr zustünde und die sie sich von niemandem nehmen ließe.«

»Habt ihr trotzdem genug gegen sie in der Hand?«, hakte Katharina nach.

»Keine Sorge, wir haben die Aussage einer Raumpflegerin, die mitbekommen hat, wie sich Waltraud Schönberg mit Charlotte Caspari kurz vor deren Tod des Nachts auf der Bühne heftig gestritten hat. Muss echt hoch hergegangen sein, unsere Zeugin war zunächst der Ansicht, es handle sich um eine Probe.«

»Wieso hat die so lange gebraucht, um sich bei euch zu melden?«, unterbrach ihn Katharina.

»Weil sie bis gestern noch gar nichts von den Vorfällen am Theater mitgekriegt hatte, da sie in Neapel bei ihrer Großmutter war. Zudem haben wir einen schwarzen Umhang gefunden, in dem sich Waltraud Schönberg unauffällig unter Carmens Bande gemischt hat, um die Dolche zu vertauschen. Natürlich ist niemandem aufgefallen, dass sich ein Schmuggler mehr als sonst hinter der Bühne herumtrieb. Nach der Aktion hat sie sich wieder seelenruhig ins Publikum gesetzt und das Ende der Vorstellung abgewartet.«

Katharina schüttelte sich. »So ein eiskaltes Miststück.«

»Da will ich dir nicht widersprechen. Denselben Umhang hat sie übrigens auch beim Überfall auf Nele Otto getragen. Und in jener Nacht, als sie Julia Körner nach der Vorstellung zum Bahnhof gefolgt ist und sie aufs Gleis gestoßen hat.«

»Und das könnt ihr der Schönberg alles nachweisen?«

»Nun, wir haben nicht nur DNA von ihr auf dem Kleidungsstück entdeckt, sondern auch Katzenhaare, die der Stubentiger bei seiner Attacke in Nele Ottos Garderobe hinterlassen hatte.«

Webers Stimme wurde leiser. »Und Hautpartikel von Julia Körner. Sie muss noch versucht haben, sich zu wehren.«

»Wie seid ihr eigentlich so schnell an den Umhang gekommen?«, fragte Katharina beeindruckt.

»Offen gestanden war das Jens Böschs Verdienst. Der kam auf die glorreiche Idee, in der Theaterplastik-Werkstatt das Innere einer riesigen Schildkröte näher in Augenschein zu nehmen. Bei der Gelegenheit ist er auf den Umhang gestoßen, den Waltraud Schönberg dort deponiert hatte.«

»Und unser hochgeschätzter Intendant? Was sagt der zu den Vorwürfen der Frauen?«

»Streitet alles ab. Aber das wird ihm nicht viel nützen, der Staatsanwalt hat die Ermittlungen bereits eingeleitet. Seine Karriere kann er jedenfalls vergessen. Aber eines musst du mir jetzt noch verraten: Wieso stand Sumi Kim als Königin der Nacht auf der Bühne? Ich dachte, Schönberg hätte ihr die Rolle wegen ihrer Schwangerschaft weggenommen?«

Katharina lachte. »Hat er auch. Aber nachdem wir ihrer Nachfolgerin erklärt hatten, was wir vorhaben, ist die brav in ihrer Garderobe geblieben.«

»Und wenn sie nicht mitgespielt hätte?«

»Hätten wir sie solange eingesperrt«, versicherte ihm Katharina ungerührt. »Wozu gibt es Schlüssel?«

Die Band hatte wieder zu ihren Instrumenten gegriffen.

»Och-sen, nichts ist für die Ewigkeit! Aber deine Schnitzel, die sind die besten weit und breit. Och-sen, versorgst ganz Freiburg mit Eiweiß, dealst mit Proteinen, hältst nix von dem ganzen Körnerscheiß«, röhrte der Sänger mit dem schwarzen Schlapphut.

»Ich kann mir nicht vorstellen, dass die besonders viele Fans in der Veganerszene haben«, flüsterte jemand Katharina von hinten ins Ohr.

Sie drehte sich herum. Es war Arno.

»Wenn du magst, können wir gern mal wieder zusammen essen gehen«, sagte er. »Muss ja nicht unbedingt mexikanisch ohne Besteck sein.«

Katharinas Haltung versteifte sich. »Ich hatte in den letzten Tagen nicht den Eindruck, dass du allzu viel Wert auf meine Gesellschaft legst. Warum hast du dich nicht mehr bei mir gemeldet? Hast du deine Tätigkeit beim Theater vielleicht schon wieder beendet und gehst bald auf Tournee?«

Akkordeonklänge im Dreivierteltakt wurden laut, bevor Arno etwas erwidern konnte.

»Ich lasse euch besser mal allein.« Weber machte, dass er davonkam, und gesellte sich zu Manfred Klein und Toni Pfefferle, die einen der weißen Bistrotische vor einem Bierstand erobert hatten und gerade Dominik und Bambi zuprosteten.

»Weißt du, Liebling, ich würd so gern Tag und Nacht Kinderstimmen hörn, Ökosachen anziehen und Fahrrad fahren.«

Kollektives Schunkeln war angesagt. Arno hakte sich bei Katharina unter und machte fröhlich mit.

Keine Antwort war auch eine Antwort. Was hatte sie auch erwartet? Trotzdem hatte ihr Übermut einen empfindlichen Dämpfer erlitten. Sie entzog ihm ihren Arm und zündete sich eine Zigarette an.

»Vauban, Vauban – wo baun wir unser Häuschen hin?«

Selbst Magdalena Schulze-Kerkeling und Claudia Huber trällerten mit.

»Wer selbst im Glashaus namens Wiehre sitzt, sollte nicht mit Steinen schmeißen«, zischte Katharina in deren Richtung.

Endlich merkte auch Arno, dass etwas mit Katharina nicht stimmte. »Komm mal mit«, befahl er und zog sie von den anderen weg Richtung Naturkundemuseum, wo nicht mehr ganz so viele Leute standen. »Wir müssen reden. Und zwar sofort.«

Ihr blieb nichts anderes übrig, als ihm zu folgen. Trotzig sah sie zu Boden, als er sich dicht vor sie hinstellte.

»Das mit der A-cappella-Band hat sich ein für alle Mal erledigt«, erklärte Arno. »Und somit auch sämtliche Tourneen.«

Katharina hob den Kopf.

»Oder denkst du, ich reise weiterhin mit meiner Ex durch die Weltgeschichte?«

»Deiner Ex?« Katharina japste nach Luft.

»Gut, vielleicht hätte ich es dir früher erzählen sollen. Wir haben uns vor Kurzem nach fast fünfzehn Jahren getrennt. Sie ist jetzt mit unserem Bass zusammen. Deswegen bin ich momentan auch nicht in Australien, sondern habe den Job am Freiburger Theater angenommen. Eigentlich wollte ich nach der Trennung ein wenig Zeit für mich, doch dann bist du mir über den Weg gelaufen, und … na ja.« Arno kam ins Stocken. »Ich habe einfach ein bisschen gebraucht, um mir darüber klar zu werden, was ich will.«

»Das heißt, du bleibst?« Katharina begann zu strahlen.

Er streichelte ihr zärtlich über die Wange. »Aber nur unter zwei Bedingungen.«

»Und die wären?«

»Du stellst mir möglichst bald deinen Hasen vor. Und du kommst nie auf die Schnapsidee, gemeinsam mit mir ins Vauban zu ziehen, versprochen?«, sagte Arno streng.

Katharina schaute ihn mit gespieltem Entsetzen an und hob ihre rechte Hand wie zum Schwur. »Versprochen. Eher gewöhne ich mir noch das Rauchen ab.«

Epilog

Auf der Bank vor dem Wasserschlössle genossen zwei Spaziergänger die Aussicht auf die Dächer der Wiehre, auf der Straße trieb der kleine Rotzlöffel von nebenan mal wieder mit seinem Skateboard die Anwohner in die Verzweiflung, und ich döste entspannt unter dem Sonnenschirm im Vorgarten.

Kurzum: Alles war wie immer. Zumindest beinahe. Denn seit der Artikel über mich in der Zeitung erschienen war – mit Foto, versteht sich –, war ich der unbestrittene Held in der Stadt. Die Überschrift »Kater überführt mutmaßliche Theater-Mörderin« ging mir immer noch runter wie Öl. Vor allem, seit ich wusste, dass mehr Online-Zugriffe auf den Artikel gezählt worden waren als auf sämtliche Berichte über die Feierlichkeiten zum neunhundertsten Jubiläum der Stadt. Und das, obwohl es beim Umzug zu einem kleinen Malheur gekommen war. Freiburgs Oberbürgermeister hatte es nämlich geschafft, dass ihm einer der Brauereigäule auf den Fuß getreten war, bevor er sich als Ritter Bertold auf einen schmucken Rappen schwingen konnte. Was allerdings nicht wirklich tragisch war, denn auch ohne Anführer war der Umzug ein voller Erfolg gewesen. Genauso wie das Freiburg-Protokoll, das mit seinen vielseitigen Darbietungen die Zuschauer restlos begeistert hatte. Besonders eine Wirtin hatte viel Lob für ihre Darstellung des Großherzogs Leopold geerntet. Doch wenn ich das mal in aller Bescheidenheit erwähnen durfte: *Everybody's darling* war eindeutig ich, der pfiffige Kater, der maßgeblich dazu beigetragen hatte, zwei Mordfälle aufzuklären. Mit ungeahnten Folgen. Soeben hatten mich meine Katzensitterinnen besucht und mir veganes Futter, reich an Eiweiß aus pflanzlichen Quellen, vorbeigebracht, das nicht einmal so schlecht schmeckte, wie ich zunächst befürchtet hatte. Auch sonst konnte ich mich vor Geschenken nicht mehr retten, die sich in der Wohnung regelrecht türmten. Spielzeug, Kratzbäume, Futternäpfe – alles für die Katz sozusagen.

Der Hit aber war das Katzen-Sudoku aus Holz, das Carsten Moll und Nele Otto angeschleppt hatten und das mich – vorausgesetzt, die Hersteller übertrieben nicht – sinnvoll beschäftigen und dazu noch meine Intelligenz fördern sollte. Vermutlich wollten sie mich mit dem Spielzeug darüber hinwegtrösten, dass am Freiburger Theater die Sommerpause begann und damit mein Job als Maskottchen vorläufig beendet war. Beide hatten einen sehr entspannten Eindruck gemacht, und selbst Nele Otto mit ihrer Katzenallergie hatte sich näher als drei Meter an mich herangetraut.

Aber am meisten freute mich, dass meine Mitbewohnerin braun gebrannt aus ihrem Kreta-Urlaub zurückgekehrt war. Gut, als sie mitbekommen hatte, dass ihr Haustier während ihrer Abwesenheit wesentlich dazu beigetragen hatte, dass eine Mörderin geschnappt werden konnte und sich das Freiburger Theater einen neuen Intendanten suchen musste, hatte sich ihre Begeisterung zunächst in Grenzen gehalten. Aber mittlerweile platzte sie fast vor Stolz, auch wenn sie mir gedroht hatte, künftig die Katzenklappe zuzunageln, um meine Alleingänge zu unterbinden.

Ich räkelte mich, legte meinen Kopf auf die Pfoten und gähnte.

»Hier. Dein Honorar.« Vor mir stand die Journalistin, die den Artikel über mich verfasst hatte. In der Hand hielt sie eine Tüte, aus der es verlockend nach Frikadellen roch. Und neben ihr stand: Anne. Ich miaute entzückt, als sie sich hinkniete, mich hochnahm und fest an sich drückte.

»Wir sehen uns jetzt öfter«, vertraute sie mir an. »Dein Frauchen hat mir versprochen, mir Deutschnachhilfe zu geben, damit ich besser in der Berufsschule mitkomme. Und das soll ich dir von Frau Höpfner geben. Sie hat es extra für dich genäht.« Anne kramte in ihrer Handtasche und zog ein prachtvolles Katzenhalsband aus weichem schwarzem Leder und bestückt mit roten Strasssteinen hervor. Wow. Das Teil machte echt was her. Doch ehe ich mich angemessen bedanken konnte, tat es auf der Straße einen üblen Schlag, gefolgt von lautem Geheule. Ich hob den Kopf, und mir wurde es noch wärmer ums Herz. Der Rotzlöffel hatte gerade definitiv seine Fahrkünste überschätzt und war schmerzhaft auf seinem Hinterteil gelandet. Aus dem Haus nebenan kam seine Mutter gestürmt.

»Selbst schuld. Wie oft habe ich dir schon gesagt, du sollst mit dem Ding nicht so rasen. Aber ab heute ist damit Schluss. Das Brett kommt in den Keller!«

Ich miaute zufrieden. Konnte ein Tag noch schöner werden?

Danksagung

Wie immer herzlichen Dank an Hans Jürgen und Karlheinz, die mir erneut mit Rat und Tat zur Seite gestanden sind. Und natürlich an die (Neue) Wunderbare Band, die die ganz speziellen Befindlichkeiten der Freiburger in ihren Songs so treffend auf den Punkt bringt.

Ute Wehrle
BÄCHLE, GÄSSLE, MORD
Broschur, 288 Seiten
ISBN 978-3-95451-312-3

»Köstliche Dialoge und Wortgefechte. Dieses Lesevergnügen sollte man sich nicht entgehen lassen.« Die Oberbadische

www.emons-verlag.de

Ute Wehrle
BÄCHLE, GÄSSLE, KÜNSTLERPECH
Broschur, 256 Seiten
ISBN 978-3-95451-560-8

»Aus viel Lokalkolorit, diversen ineinandergreifenden Handlungssträngen, flotten Dialogen und klischeezugespitzten Charakteren hat Wehrle erneut einen unterhaltsamen Krimi gemacht.«
Badische Zeitung

www.emons-verlag.de

Ute Wehrle
BÄCHLE, GÄSSLE, PUPPENTOD
Broschur, 240 Seiten
ISBN 978-3-95451-807-4

»Flott und locker geschrieben, liest er sich ideal als leichte Urlaubslektüre oder in Häppchen am Feierabend.« Badische Zeitung

www.emons-verlag.de

Ute Wehrle
BÄCHLE, GÄSSLE, BOMBENSTIMMUNG
Broschur, 208 Seiten
ISBN 978-3-7408-0288-2

»Wehrles Krimireihe setzt auf flotte Dialoge, viele Wendungen in der Handlung und sattes Lokalkolorit.« Badische Zeitung

www.emons-verlag.de

Ute Wehrle
SCHWARZWALD SEHEN UND STERBEN
Broschur, 240 Seiten
ISBN 978-3-7408-0087-1

»*Ute Wehrle hat einen rundum gelungenen Krimi geschrieben, in dem sie in idealer Weise Spannung, Humor und Lokalkolorit verbindet. Ein Lesefest!*« Markgräfler Bürgerblatt

www.emons-verlag.de

Ute Wehrle
ENDSTATION SCHWARZWALD
Broschur, 224 Seiten
ISBN 978-3-7408-0532-6

»Die lebendigen, bildhaften Beschreibungen sind eigenem Erleben, gründlichen Recherchen, präziser Beobachtungsgabe, feiner Ironie und alltagstauglicher Erzählsprache geschuldet. Eine gewohnt tierisch unterhaltsame, spannungsreiche Wehrle-Sommerlektüre.«
Badische Zeitung

www.emons-verlag.de